古典詩歌研究彙刊

第十四輯

龔鵬程 主編

第 17 冊

中國古代詩歌編輯專題研究

范　軍　著

國家圖書館出版品預行編目資料

中國古代詩歌編輯專題研究／范軍 著 -- 初版 -- 新北市：花
木蘭文化出版社，2013〔民102〕
目 2+192 面；17×24 公分
（古典詩歌研究彙刊 第十四輯；第 17 冊）
ISBN 978-986-322-460-0（精裝）
1. 詩歌 2. 編輯
820.91   102015004

ISBN-978-986-322-460-0

9 789863 224600

古典詩歌研究彙刊
第十四輯　第十七冊   ISBN：978-986-322-460-0

中國古代詩歌編輯專題研究

作　者 范軍
主　編 龔鵬程
總 編 輯 杜潔祥
出　版 花木蘭文化出版社
發 行 所 花木蘭文化出版社
發 行 人 高小娟
聯絡地址 235 新北市中和區中安街七二號十三樓
　　　　 電話：02-2923-1455／傳眞：02-2923-1452
網　址 http://www.huamulan.tw 信箱 sut81518@gmail.com
印　刷 普羅文化出版廣告事業
初　版 2013 年 9 月
定　價 第十四輯 17 冊（精裝）新台幣 24,000 元

本書係湖北省社會科學基金項目
「中國古代詩歌編輯專題研究」結項成果

中國古代詩歌編輯專題研究

范 軍 著

作者簡介

范軍，男，1961 年 2 月生，湖北省荊門市人。畢業於華中師範大學。先後獲文學學士、碩士，歷史學博士學位。現任華中師範大學國家文化產業研究中心、文學院、新聞傳播學院教授，華中師範大學出版社有限責任公司董事長、社長，華中師範大學出版科學研究中心主任；兼任中國出版協會理事、中國編輯學會理事、中國圖書評論學會理事，湖北省編輯學會副會長，《出版科學》雜誌編委會主任。學術研究的主攻方向是中國思想文化史、文化傳播和出版理論。其代表性著作有《出版文化散論》、《中國出版文化史研究書錄》、《中國出版文化史論稿》、《蘇東坡的人生哲學》等；主持國家級、省部多項人文社會科學課題及產業研究項目。

提　　要

　　與狹義的編輯概念——媒介組織中的一種專業活動不同，中國古代的編輯活動屬於廣義的編輯概念。它是以傳播知識、信息爲目的，設計、組織、選擇、加工整理作品和資料的再創造性智力活動。古代詩歌發展史上眾多的別集、選集、總集的成書過程，實際上就是編輯活動的結晶。編輯與編纂同義互訓。中國古代詩歌編輯史既是中國詩歌發展史、文學發展史的重要組成部分，也是中國文學編輯史、乃至整個編輯出版文化史的重要組成部分。本書試圖從編輯史的角度，採用文獻學、編輯出版學、文化傳播學、文學批評學相結合的方法，以專題研究的形式選取從《詩經》到唐詩編輯的各個歷史時期一些有代表性的總集、選集和有影響的文學編輯家，研究其編輯思想、編輯旨趣、編輯方法、編輯體例以及在編輯史和文化傳播史上的貢獻，以期對今天的編輯出版事業和編輯出版史及整個文化史的研究提供有益的啓示。

　　本書除了引言、結語外，主體部分分爲六章。其中，引言部分通過對「編輯」古今詞義演變的梳理，辨析著作活動與編輯活動的差異，探討古今編輯的聯繫與區別，確立了從廣義編輯概念的角度進行古代詩歌編輯的研究。第一章討論《詩經》編輯成書的種種問題，涉及按樂分類的排列體例，「采詩」「獻詩」的集稿方法，「孔子刪詩」的是非辨正，樂官編詩與孔子正樂。對於學術界特別是編輯史學界有爭議的「孔子刪詩」說作了深入的辨析，認爲孔子並不是《詩經》的刪訂者，但其對《詩經》的整理、正樂工作等仍是具有重要編輯理論與實踐價值的。第二章探討《楚辭》的編輯，從「楚辭」的三重含義入手，分別研究了從漢代劉向劉

歆父子、王逸，南北朝時期的摯虞、蕭統，直到宋代晁補之、朱熹等比較重要的楚辭學家的辭賦編輯理論、編纂實踐及其文化貢獻。第三章先分辨「樂府」的詞義及其演變，進而探討作為一種詩歌體裁的樂府的分類與編輯歷史，按漢魏六朝、唐宋、元明清三個階段展開論述。特別對於宋代郭茂倩《樂府詩集》在樂府詩的分類、採錄、研究方面的集大成的成就，以及在編輯創新方面的貢獻給予了深入闡發。第四章把《文選》的詩歌編輯挑出來，置於整個文學總集編纂的大背景下，闡釋其編輯目的、編輯標準、詩歌編輯旨趣及編輯價值和影響。對於素來有爭議的《文選》編輯標準，提出「事出於沈思，義歸乎翰藻」並不能作為蕭統的總體標準，其詩歌包括散文的編選標準是辭采之美、抒情之美、中和雅正之美。第五章討論具有鮮明編輯特點和文學價值的《玉臺新詠》，分析其產生的文學土壤，論述其專錄豔歌的編輯旨趣，同時探討其突破宮體的重要價值和以史為綱的編排體系。從詩歌編纂史和文化積累與傳播的角度對《玉臺新詠》給予了必要的關注和應有的評價。第六章「唐詩編輯論」則把編輯與刊刻作為重要的唐詩傳播方式予以研究。先總述歷代唐詩編輯的概況，進而從統治者的文化政策、個人嗜好，科舉內容與形式的變化，印刷複製技術的進步，以及文學風氣、文學思潮、文學流派、文學團體等文學自身發展等多個視角來探析唐詩編輯興盛不衰的原因。隨後，從眾多唐詩選本中選取《唐詩品彙》和《唐詩三百首》作個案解剖。前者是明代唐詩學的第一個範本，其對唐詩七類、四階段、九格的劃分及其綜合運用，不僅具有文學研究的價值，也具有編輯學的典範意義。後者作為一個普及性的唐詩童蒙讀本，在學術史上是無足輕重的，但從詩歌編輯史和文化傳播史的角度看卻是有重要研究價值和啟示作用的。《唐詩三百首》的成功及廣為流傳，除了其自身的編輯特點之外，還與它深刻地契合了我們民族文化心理有關。本書的「結語」提出了進一步深入研究中國詩歌編輯史的幾點思考，強調理論的支撐、宏觀的把握與個案的深入解析。

目次

引　言

　　從編輯史的角度來探討關於中國古代詩歌編輯的種種情形，就理當先對「編輯」這個概念進行必要的梳理和辨析。

　　現代漢語「編輯」是一個多義詞，既可以作為動詞指編輯活動，也可以作為名詞指從事編輯活動的人——編輯人員。作為編輯學研究對象的「編輯」，當是指動詞性名詞「編輯活動」，指由編輯群體全員參加的各種不同方式的整個編輯活動。〔註1〕

　　中國古代的「編輯」與我們今天職業化、專業化的編輯當然是有顯著區別的。這裏，就得先從詞源和語義等方面作些清理。古代漢語中的「編輯」屬於單音合成詞。起初，這是兩個並沒有內在關聯的單音節詞。甲骨文中已有「編」字，義謂用繩子編繫版片，造成典冊。徐中舒在《甲骨文字典》中這樣解釋「編」字：

　　　　從系從冊，會以絲次第竹簡而排列之之意。郭沫若疑編之
　　　　古文，可從。

　　　　《說文》：「編，次簡也。從系、扁聲。」〔註2〕

　　徐說當有所本。段玉裁《說文解字注》亦云：「以絲次第竹簡而排列之曰編。」可見，「編」就是排列竹簡，變無序為有序的活動。

〔註1〕參閱王振鐸、趙運通《編輯學原理論》（修訂本），中國書籍出版社，
　　　2004年版，第28頁。

〔註2〕徐中舒：《甲骨文字典》，四川辭書出版社，1989年版，第142頁。

後來,「編」的詞義逐步明晰並有所發展,如《史記·孔子世家》:「上紀唐虞之際,下至秦繆,編次其事。」「編次」合成一詞,是按順序編排的意思,反映了編輯工作的最原始、最基本的含義。「輯」的原意是和協,如《詩經·大雅·板》:「辭之輯矣,民之洽矣。」後來詞義又有了新的變化,《漢書·藝文志》:「夫子既卒,門人相與輯而論纂,故謂之《論語》。」這裏的「輯」字,就含有將文字資料加以收集的意思。許慎《說文解字》釋「輯」爲:「輯,車輿也。」段玉裁注:「輿之中無所不居,無所不載,因引申爲斂義。……又爲和義。」這就是說,「輯」的本義指車輿,因爲車輿可以用來貯積、負載、運輸眾多物體,越高山,行長路,故而又引申爲聚斂、集合併使之中和、協調,易於運行。綜合起來看,到漢代,「編」和「輯」兩字已分別作爲編次和輯集來解釋了。漢代劉向父子對歷代典籍做了大量收集和整理的工作,它包括輯集、審讀、編校、文字加工和撰寫提要等工序,其「辨章學術,考竟源流」與我們今天的編輯工作已十分接近。但當時尚未出現「編輯」這個詞語,漢人稱爲「摩研編削」,或簡稱「校治」、「校理」。〔註3〕

　　據有關專家考證,「編」與「輯」連用,先是寫作「編緝」。「輯」古通「緝」。從南北朝到清代,「編輯」常寫作「編緝」。民國以後才逐步固定爲「編輯」。南北朝時期「編」與「輯」(緝)連用或對舉有以下二例:

　　《昭明文選》輯有南朝梁代任昉的《爲蕭揚州作薦士表》,其中講到:「(王僧孺)既筆耕爲養,亦傭書爲學,至乃集螢、映雪、編蒲、輯柳。」這裏的「集螢、映雪、編蒲、輯柳」是四個古人勤學的典故,並不含有今天編輯的意思。

　　《魏書·李琰之傳》講到李琰之「修撰國史……前後再居史職,無所編輯」。「編輯」一詞大概最早見於此書。《魏書》是北齊中書令

────────────

〔註3〕參閱姚福申《中國編輯史》(修訂本),復旦大學出版社,2004年版,第1頁。

兼著作郎魏收奉詔於天寶二至五年（公元 551～554 年）編撰的北魏史。李琰之是北魏末期大臣，多次出任修撰國史的官職，「經史百家無所不覽」，可惜沒有編出什麼傳世之作。很顯然，這裏的「編輯」是指修撰，「無所編輯」也就是無所修撰。〔註4〕

　　到初唐時期，「編輯」作爲雙音節詞的使用逐漸多了起來。李延壽《南史‧劉苞傳》中說：劉苞「少好學，能屬文。家有舊書，例皆殘蠹，手自編緝，筐篋盈滿。」這段文字說明，劉苞是根據自己藏書、讀書的需要，對家中舊書籍之殘破蠹蝕、序例失損者親自進行修補整理。雖然不是「發凡起例」率先編創，但拾遺補缺，使之序例清晰，便於閱讀。這大抵也可算是初級的編輯工作。

　　至唐高宗以後，「編緝」一詞逐漸爲「編輯」所取代。《唐大詔令集》載（唐高宗）儀鳳元年（676 年）《頒行新令制》說到，「然以萬機事廣，恐聽覽之或遺，四海務殷，慮編輯之多缺。」

　　綜合分析，《南史‧劉苞傳》的「編緝」，指的是「校理」，或「摩研編削」工作；《唐大詔令集》的「編輯」則是指的文字資料的收集和整理工作。仔細辨別，二者還是有所不同的。《顏魯公文集》補遺《干祿字書序》中也使用了「編輯」一詞：

　　　若總據《說文》，使下筆多礙，當去泰去甚，使輕重合宜。
　　　不揆庸虛，久思編輯。

　　顏眞卿是唐玄宗時期的名臣，其生活的年代稍遲於貞觀、儀鳳十數年；但這篇序文是他伯父顏元孫所作，誤收在顏眞卿的文集中，因此文中的論述仍可看作是唐初人們對「編輯」概念的理解。誠如有的專家所論，古代「編輯」這個概念的容量是比較大的，它既可以指文字資料的收集和整理，又可以理解爲對古籍的校理，還有收集材料整理成書的意思。〔註5〕

〔註 4〕參閱闕道隆、徐柏容、林穗芳《書籍編輯學概論》，遼寧教育出版社，1996 年版，第 65～66 頁。
〔註 5〕參閱姚福申《中國編輯史》（修訂本），復旦大學出版社，2004 年版，

　　與「編輯」音相諧、義相近的詞還有「編集」。唐代文學興盛，許多詩文被編爲總集、選集、別集，如《篋中集》、《河嶽英靈集》、《才調集》、《搜玉小集》、《杜工部集》、《李翰林集》等等，個人「編集」傳播之風盛行。據《白氏長慶集後序》云，爲了「藏於家、傳於後」，「尋前好、結後緣」，白居易先後多次「編集」自己的詩集，加上他去世後的元白合集，唐時就有多至九種本子。「編集」一詞可能是隨著《白氏長慶集》傳播到「日本、暹羅諸國及兩京人家」的。可見，唐代「編輯」與「編集」也是通用的。至今，在日本「編輯」一詞還是用「編集」這兩個字。

　　這裏還需要加以辨析的是「編輯」與「編纂」、「編撰」幾個詞語〔註6〕。我們知道，隨著書寫材料的變化，「編」的原初含義漸漸模糊了，其引申意義被廣泛運用，如「手不停披於百家之編」〔註7〕的「編」字，指的是書卷。另一種更常見的是作爲動詞的「編」，由編次竹簡演化爲成書活動。這一「編」字，既可以指編纂，也可以指編撰。編纂與編輯是同義，無論古今兩者均可互訓，且都不帶有著述的含義。編纂是一種成書活動，指的是將已有的作品和資料經過選擇、輯集、整理加工，編排成書。《現代漢語詞典》徑直將「編纂」訓釋爲「編輯」。編撰的「撰」字，在古代漢語中，有時候可與「纂」字通假。有時也可解釋爲著述。因此，編撰一詞在古代既可作爲編次解釋，也可當編寫使用。近代以來，「撰」字含義逐漸窄化，一般只能解釋爲寫作，編撰就是編寫。它成爲不同於編纂的另一種成書活動，指的是把從各處收集來的資料，按自己的構思和理解，用自己的語言，撰寫成有系統的書稿。這已經屬於著作方式，而非編輯活動了。

　　通過對詞義演變的辨析、對著述活動與編輯活動的分別，我們

第 2 頁。

〔註6〕參閱姚福申《中國編輯史》（修訂本），復旦大學出版社，2004 年版，第 2 頁。

〔註7〕韓愈：《進學解》。

不難看出，儘管古今編輯活動不斷發展，類型多樣，形態複雜，但其內在的本質特徵是清楚的。「編輯活動的共性就是組織、收集和選擇、整理已有的文化成果，通過一定的媒介向社會傳播。凡是有這種本質特徵的文化活動，即可稱為編輯活動。」〔註 8〕從這個角度來看，本書的研究對象——歷代詩歌的各種選集、別集、總集，正是人們編輯活動的產物。我們知道，這樣一種詩歌編輯活動既不同於一般的著作活動，也有別於常見的文學創作。編輯活動必須是選擇加工已有的作品，而不改變作品的內容、觀點和風格，不破壞作品的完整性。我國歷代編輯家對詩歌作品的輯集、彙編、選編等，無疑就是這樣一種廣義的編輯活動。

我們這裏還有必要略加討論的，是古代編輯活動的一個特點——編輯與著述的互相融合與滲透，有學者稱為「編著合一」。事實上，在現代出版業形成之前，編輯活動往往包含在書籍的著述、校理、箋注、評品等研究性、創造性活動之中，是一種成書方式，一般由文人學士或者朝廷命官兼任。一個人既從事書籍的著述、校理、研究注釋等活動，又從事書籍成書過程中的選擇、加工、編次、整理等編輯活動；一種圖書既是著作活動的產品，又是編輯活動的產品。比如明代高棅的《唐詩品彙》是屬於編纂性質的圖書，但書前的《總敘》、各詩體前的《敘目》，對於某位詩人、詩作下所附前賢評語等內容，顯然又有著述的性質。《總敘》對明代之前唐詩選本的優劣得失，自己編書的緣起等都作了詳盡介紹；而各體《敘目》主要說明某種詩體的來源，以及在唐代初、盛、中、晚各個階段的發展流變，有哪些代表作家，各自的風格如何。這其間創造的性質、著作的成分也是顯而易見的。司馬光主持編修的《資治通鑒》屬於著述性質，司馬光應視為該書的作者之一。但其成書過程中有編輯因素也是學界公認的，司馬光在組織編寫《通鑒》時，同時包含著一系列具有

〔註 8〕參閱闕道隆《編輯學理論綱要》（上），載《出版科學》2001 年第 3 期。

編輯性質的精神勞動，如策劃設計全書編輯新體例、根據各人所長選擇相應歷史階段的作者、組織專人審讀全書文字、確定紀年的統一標準使作品組合有序化、制定辨僞考異的方法進一步優化編寫成果等等。鑒於此，姚福申先生的《中國編輯史》也將諸如《史記》、《漢書》、《資治通鑒》、《通鑒紀事本末》、《文獻通考》等著作列入論述範疇。我們認爲，以編爲主和以著爲主的兩類作品，都存在編著合一的現象，但研究編輯史的重心還是應放在前一類編纂類作品上。本書選取的歷代詩歌選本也都是以編纂爲主的。

像《資治通鑒》這類作品的編撰或編修，雖有所依憑，但已改變原有作品，形成新的作品，是以著爲主，應視爲著作活動。而《唐詩品彙》一類書籍的輯集、彙編、選編等，未破壞原有作品的完整性，保持了原有作品的面貌與風格，是以編爲主，宜視爲編輯活動。值得我們注意的是，按照現行著作權法以及人們的理解，輯集、彙編、選編等過去屬於編輯範疇的方式，現在屬於著作方式，編者享有彙編作品的著作權（行使著作權時不得侵害原作品的著作權）；這和媒介組織中的專業編輯活動有了區別。就像清人孫洙遍選《唐詩三百首》我們可以視其爲編輯產品，而今人葛曉音主編《新編唐詩三百首》就視其爲著作產品。這是因爲，隨著社會的進步，新聞出版事業的發展，編輯活動逐步從著作活動中獨立出來了，編著分離是現代出版的典型方式。雖古今編纂活動有了區別，「但兩者又有共同的本質，都是對已有作品的選擇加工；同時兩者有一脈相承的聯繫，後者是從前者發展來的」〔註9〕。

今天我們日常使用「編輯」這一詞語時，並不感到古今概念有多大出入，但當仔細辨析近代以來編輯工作與古代編輯工作的區別時，卻深深感受到編輯的實際內容、工作方式的變化。〔註10〕近代

〔註9〕參閱關道隆《編輯學理論綱要》（上），載《出版科學》2001 年第 3 期。

〔註10〕參閱姚福申《中國編輯史》（修訂本），復旦大學出版社，2004 年版，

出版機構剛剛出現的時候，教科書的編寫、工具書的編纂等等，仍然是編輯部的主要任務。翻檢商務印書館、中華書局、世界書局、開明書店等出版社的發展史，追溯《辭源》、《辭海》、各類新式教科書的編纂史，都可以充分證明這一點。後來，這些原來由編輯（或編譯）人員承擔的工作大量包給出版社外的作者，轉爲作者的工作範圍，編輯工作則主要成了組織和審定書稿，做出版前的把關和加工工作。儘管現在的出版社也還在做一些書籍的編纂工作，但已不把它當作編輯工作的「正業」，今天編輯業務已越來越把傳統的編纂工作排除在外。

　　作爲歷史唯物主義者，我們不能割斷歷史來研究中國編輯的發展演進。對於古代編輯包括本文涉及的古代詩歌編輯，一定要考慮歷史的實際，考慮古代編輯活動的特點。鑒於此，本書對中國古代詩歌編輯的專題研究就立足於廣義的編輯概念而非狹義的編輯概念。這裏所謂狹義的編輯是指媒介組織中的一種專業活動，除了具有選擇性、加工性的基本特徵外，還具有專業性、中介性的新特徵。而所謂廣義編輯「指以傳播信息、知識爲目的，設計、組織、選擇、加工整理作品和資料的再創造性智力活動」〔註11〕。利用媒介傳播信息、知識，是編輯活動的目的；再創造性智力活動是編輯活動的性質；設計、組織、選擇、加工整理作品和資料，是編輯活動的內容和特徵。從這一概念出發，中國詩歌編輯史就可以列出一串長長的書目：《詩經》、《楚辭》、《古詩源》、《樂府詩集》、《玉臺新詠》、《文選》、《全唐詩》、《唐人選唐詩》、《唐詩鼓吹》、《唐詩品彙》、《唐詩選》、《唐詩歸》、《唐詩別裁集》、《唐詩三百首》、《雲謠集》、《西崑酬唱集》、《絕妙好詞》，等等。也還可以相應列出一長串詩歌（或文學）編輯家的名字。本書選取了從《詩經》到唐詩編輯一些有代表性的本子，一些有代表性的編輯家，探尋其編輯思想、編輯旨趣、

　　第 3 頁。

〔註11〕參閱闕道隆《編輯學理論綱要》（上），載《出版科學》2001 年第 3 期。

編輯體例、編輯方法以及在編輯史和文化傳播史上的貢獻，以期爲我們今天的編輯出版事業和文化學術事業提供一些有益的啓示。

第一章　《詩經》編輯論

　　我國是一個詩的國度，在悠久的歷史上，曾經產生過無數傑出的詩人，創造了難以數計的優美詩篇。而《詩經》作爲世界最早的三大詩歌總集（另兩部是古埃及的《亡靈書》、古印度的《吠陀》）之一，正是中國詩歌，乃至整個中國文學光輝燦爛的第一頁。近代思想家、著名學者梁啓超先生在《要籍解題及其讀法》中說：「現存先秦古籍，眞僞雜糅，幾乎無一書無問題；其眞金美玉、字字可信者，《詩經》其首也。」作爲我國文學史上第一部詩歌總集，《詩經》的確是眞實可信的美玉眞金，是古代藝術寶庫中閃閃發光的一串串的明珠。

　　《詩經》共三百零五篇作品，最初只稱《詩》，或《詩三百》，漢代始稱爲經，並被列爲儒家經典之一。《詩經》這個名稱後來便沿襲下來了。《詩經》的創作，距今二千五百多年。大抵是西周至春秋中葉的作品，包括的時期共約五百多年。這些詩歌作品，眞實生動地反映了當時的社會現實，展示了勤勞而富有智慧的廣大人民群眾，以及統治階級中一些被壓抑的人物的一幅幅美麗生動的生活畫卷，眞正當得起是當時社會的一面鏡子。它奠定了我國現實主義的文學傳統，無論思想或藝術，都對後世文學產生了極爲深遠的影響。

　　兩千多年來，人們從經學或是詩學的角度，對《詩經》進行了

廣泛深入的研究。歷代關於《詩經》的論析、考證、注釋等，著述迭出，材料十分豐富，它們是中國文化史上的一筆寶貴財富。這裏，筆者嘗試著從詩歌編輯與刊刻傳播的角度，對《詩經》編輯方面的一些問題加以探討，主要有四個方面的內容，即按樂分類的編排體例；「採詩」「獻詩」的集稿方法；「孔子刪詩」的是非辨正；樂官編詩與孔子「正樂」。

第一節　按樂分類的編排體例

　　《詩經》有三百零五篇詩，另有六篇有目無辭，叫做「笙詩」。有人說「笙詩」只是笙樂的名目，在演唱詩歌時插入吹奏，因此它本來就沒有辭；也有人說「笙詩」是用笙伴奏的詩，本來是有辭的，後來失傳了。究竟哪種說法正確，現在已不能確考。總之，《詩經》中實際存在著三百一十一個題目，三百零五篇詩。《詩經》中的詩是按《風》、《雅》、《頌》三大部分來編排的。而風、雅、頌是從音樂得名。《詩經》是一部詩歌總集，但它爲什麼按照音樂的樂調來分類編排呢？要回答這個問題，必須對我國原始時代詩、樂、舞的關係有所瞭解，對《詩經》與舞、樂的關係有所瞭解。

一、早期藝術的詩樂舞三位一體

　　中國上古時代的文藝實踐中，詩、樂、舞三者是緊密結合而不可分割的。《尚書·堯典》中說的「擊石拊石，百獸率舞」，是音樂和舞蹈相互配合的，也許同時還有相應的的口頭詩歌。據《呂氏春秋·古樂篇》記載：「昔葛天氏之樂，三人摻牛尾，投足以歌八闋：一曰載民，二曰玄鳥，三曰遂草木，四曰奮五穀，五曰敬天常，六曰達帝功，七曰依帝德，八曰總禽獸之極。」這裏的「八闋」可能雜有後代人觀念，但基本上還是對原始藝術的描述，詩、樂、舞三位一體表現得很清楚。又，《周禮·春官·大司樂》說：「以樂舞教國子舞《雲門大卷》。」這種樂、舞實際也是與詩相配的。近人朱謙

之先生早在二十世紀三十年代就對中國早期文藝詩樂舞的關係作過詳細深入的考辨〔註1〕。朱先生認為，中國文學是以「音樂文學」為正宗的。中國最古的文學定義，對詩歌與音樂的關係已揭示得相當清楚：

> 詩言志，歌永言，聲依永，律和聲，八音克諧，無相奪倫，
> 神人以和。〔註2〕

這一文學定義，東漢經學家鄭玄《詩譜序》認作是講詩的起源的。而明代劉濂更認為這幾句話，是「萬世詩樂之宗」；他還進而分析說：「夫人性本靜也，喜怒哀樂之心感，而呻吟謳歎之事興，凡詩篇歌曲，莫不陳其情而敷其事，故曰詩言志也。歌生於言，永生於歌，引長其音而使之悠颺迴翔，累然而成節奏，故曰歌永言也。樂聲被歌非人歌效樂，當歌之時，必和之以鍾磬琴瑟之聲，故曰聲依永也。樂聲以清濁順序不相侵犯為美，必定之於律管而後協焉，故曰律和聲也。律呂既定，由是度之金石絃管諸音，且如作黃鍾調則眾音以次皆從黃鍾，作太簇調則眾音以次皆從太簇，人聲樂聲莫不安順和好，故曰：八音克諧，無相奪倫也。……夫始於詩言志，終於八音克諧，古樂之全，大略可見矣。」〔註3〕

《尚書》的「定義」及其後人的解釋，已經對詩、樂之間相互涵容、相互生發的關係講得較為透徹了。而《樂記》和《毛詩序》中的幾段文字，更是把詩歌、音樂、舞蹈三者合為一體，朱謙之先生稱之為「道著中國文學的美質了」。《樂記》說的是：

> 凡音者，生人心者也。情動於中，故形於聲；聲成文，謂
> 之音。……故歌之為言也，長言之也，說之故言也，言之
> 不足故長言之，長言之不足故嗟歎之，嗟歎之不足，故不
> 知手之舞之足之蹈之也。……詩言其志也，歌詠其聲也，
> 舞動其容也，三者本於心然後樂器從之。

〔註1〕 參見朱謙之《中國音樂文學史》第二章，北京大學出版社，1989年版。
〔註2〕 《尚書·虞書·舜典》。
〔註3〕 〔明〕劉濂：《樂經元義》。

《毛詩序》進一步闡明了詩歌的言志抒情的特徵和詩歌與音樂、舞蹈的相互關係，其中有這麼幾句話：

> 詩者，志之所之也，在心為志，發言為詩。情動於中而形於言，言之不足故嗟歎之，嗟歎之不足故永歌之，永歌之不足，不知手之舞之，足之蹈之也。情發於聲，聲成文謂之音。

這裏所謂「詩者志之所之也」的「志」和「情動於中而形於言」的「情」，是二而一的東西。這就更清楚地說明了詩歌的特徵。詩、樂、舞在產生和發展過程中緊密相聯，《詩大序》的論述較之《尚書》、《樂記》更為詳細明瞭，顯示出「以聲為用的詩的傳統，比以義為用的詩的傳統古久得多」〔註4〕。

詩歌在產生和發展的早期與樂、舞不分家，已是古今學者所公認的了。只是古代側重從創作主體情感的角度切入，來闡發這個問題，而今人又從新的角度來審視這個問題。楊公驥先生在論析「中國原始文學」時指出：「勞動產生文學」。最初的詩歌是因襲著勞動呼聲的樣式而形成的；音樂是仿傚勞動音響而形成的；舞蹈則是仿傚勞動動作而形成的。「由於勞動動作、勞動音響和勞動呼聲（或詩歌）在是勞動進行中自然形成的有著共同節奏的『結合體』，彼此是不可分的，所以由勞動的動作、音響、呼聲發展演變而成的舞蹈、音樂、詩歌在最初階段也是依從著一定的節奏結合在一起來演唱。古時（中國的或外國的）舞蹈、音樂、詩歌之所以是結合在一起演唱，也正是由於這三者在起源時所形成的習慣；而三者在結合演唱時之所以必須遵循同一的節奏，也正是由於勞動節奏的決定作用。如果說，由於節奏的共同性，才能使舞蹈、音樂、詩歌這三種藝術形式結合在一起，那麼這也就說明了舞蹈、音樂、詩歌等的節奏的同一起源。」〔註5〕

楊先生這種從勞動角度談詩樂舞的三位一體，與古人從情感角度

〔註4〕朱自清：《詩言志辨》，開明書店民國三十六年版。

〔註5〕楊公驥：《中國文學》第一分冊，吉林人民出版社，1980 年版，第13～14 頁。

談詩樂舞的三位一體並不矛盾。二者是互相補充、互相印證的。

二、《詩經》即《樂經》

　　我國原始時代的文學藝術是混合的文學藝術，但創作於西周和春秋時期的《詩經》，反映的是奴隸社會的生活，那麼它與舞、樂的關係又是怎樣的呢？

　　關於這個問題，文學史家劉大杰先生論之甚詳。他認爲《詩經》中的「大部分卻是與音樂、跳舞緊密結合著的」〔註6〕。這個結論是有詳細可靠的史料作依據的。孔子說「吾自衛反魯，然後樂正，《雅》、《頌》各得其所。」〔註7〕墨子也說過儒者「誦詩三百，弦詩三百，歌詩三百，舞詩三百」的話〔註8〕。他又在《非儒篇》內，把「絃歌鼓舞以聚徒，務趨翔之節以觀眾」的事，當作孔子的罪名。《史記·孔子世家》說：「三百五篇，孔子皆絃歌之，以求合《韶》《武》《雅》《頌》之音。」詩之可龠，見於《周官》；詩之可管，見於二《禮》；詩之可簫，見於《國語》。由此可知《詩經》在古代與音樂舞蹈的關係之密切。因此，有許多人把《詩經》看作是古代的《樂經》。明代的劉濂在《樂經元義》中說：「六經缺《樂經》，古今有是論矣。愚謂《樂經》不缺，三百篇者《樂經》也，世儒未之深考耳。」（《律呂精義》內篇五引）劉濂還舉出《詩經》中的一些具體篇目，說明它們皆是「讀之則爲言，歌之則爲曲，被之金石絃管則爲樂」的。近代吳承仕也有類似看法。他說：

　　聖王作樂之道載諸經史，其後雖經秦火而樂經固未盡亡也。……《詩經》一部乃周之全樂，十五國風王侯卿大夫士庶者，如《明良》、《南風》、《之歌》、《韶》之遺也，《商頌》五篇《濩》之遺也，通用之樂也；《小雅》燕饗之樂也，《大雅》會朝之樂也，《周魯二頌》宗廟郊社之樂也。以此

〔註6〕劉大杰：《中國文學發展史》上冊第二章，上海古籍出版社，1982年新1版。
〔註7〕《論語·子罕篇》。
〔註8〕《墨子·公孟篇》。

觀之，樂經何嘗盡亡也哉？」〔註9〕

對於古人的這些見解，朱謙之先生深以爲然，認爲「《詩經》全爲樂歌」〔註10〕。

《詩經》即《樂經》。它和音樂的密切關係，又是與周代享燕祭祀的功能相聯繫的。《儀禮》一書具體講禮節和儀式如何按音樂的節奏來進行，「燕禮」一節，就涉及到《詩經》詩樂合一，爲禮服務的問題：「樂正先升，……工四人，二瑟，小臣鼓何瑟，面鼓執越，內弦右手，相入，升自西階，北面東上，坐。小臣坐授瑟乃降，工歌《鹿鳴》、《四牡》、《皇皇者華》……笙入，立於懸中，奏《南陔》、《白華》、《華黍》……乃間歌《魚麗》，笙《由庚》；歌《南有嘉魚》，笙《崇丘》；歌《南山有臺》，笙《由儀》。遂歌鄉樂，《周南》：《關雎》、《葛覃》、《卷耳》；《召南》：《鵲巢》、《採蘩》、《採蘋》……賓醉，北面坐，取其薦脯以降，奏《陔》。」這裏，燕禮的過程，也就是音樂演奏的過程。而《詩經》的歌樂一體，於此可見一斑。對於詩樂關係，宋人鄭樵在《樂府總序》中也有深入細緻的分析：

古之達禮三：一曰燕，二曰享，三曰祀。所謂古凶軍賓嘉，皆主此三者以成禮。古之達樂三：一曰風，二曰雅，三曰頌。所謂金石絲竹匏土革木，皆主此三者以成樂。禮樂相須以爲用，禮非樂不行，樂非禮不舉。自后夔以來，樂以詩爲本，詩以聲爲樂，八音六律爲之羽翼耳。仲尼編詩，爲燕享祀之時用以歌，而非用以説義也。古之詩，今之辭曲也，若不能歌之，但能誦其文而説其義，可乎？不幸腐儒之説起，齊、魯、韓、毛四家各爲序訓而以説相高，漢朝又立之學官，以義理相授，遂使聲歌之音湮沒無聞。

然當漢之初，去三代未遠，雖經生學者不識詩，然太樂氏以聲歌肄業，往往仲尼三百篇，瞽史之徒例能歌也。奈義理之説既勝，則聲歌之學日微。〔註11〕

〔註9〕 吳承仕：《樂經源流論‧樂經未亡》。
〔註10〕 朱謙之：《中國音樂文學史》第55頁。
〔註11〕 鄭樵：《通志‧樂略》。

鄭樵此處論述了詩樂與燕享祭祀的關係，並主張要從聲歌上去研究《詩經》，不要專從義理上去研究《詩經》。古人關於這類意見也還見諸其它典籍。前引朱自清先生的話亦當於古有徵。

三、風雅頌的分類編排

既然《詩經》即《樂經》，與音樂密不可分，甚至聲歌的成份重於義理，那麼，古人從音樂的角度去對《詩經》進行分類編排，也就順理成章了。具體講，就是按照風、雅、頌三種樂調來編排《詩經》。也就是說，有幾類音樂，便自然分類成幾組詩歌。所以風雅頌的分類法，是和漢樂之分「鼓吹曲」、「橫吹曲」、「相和歌」或唐樂之分「雅樂」、「清樂」、「燕樂」具有同樣意義的。

將三者分別辨析，什麼叫做風、雅、頌呢？宋人鄭樵在《六經奧論》中說：「風土之音曰風，朝廷之音曰雅，宗廟之音曰頌。」風，就是各地方的樂調，「國風」，也就是各國土樂的意思。《大雅‧崧高》說：「吉甫作誦，其詩孔碩，其風肆好。」朱熹注：「風，聲。」這幾句的大意是：尹吉甫作一首歌，他詩的內容意義很偉大，它的土調兒極好聽。《左傳‧魯成公九年》說：「鍾儀操南音」，范文子稱讚他：「樂操土風，不忘舊也。」按范文子所說的「土風」，即指「南音」而言，稱讚鍾儀彈奏自己鄉土的樂調。《山海經》說：「太子長琴，始作樂風。」郭璞注：「風，曲也。」由此可見，古人所謂風，多是指聲調說的。《詩經》中的「秦風」、「魏風」、「鄭風」，如同今人說的「陝西調」、「山西調」、「河南調」。編《詩》人顯然是注意到了詩樂的地方性，編輯成書時就按方域編排，分成了十五國風。其中邶、庸、衛三風實際都是衛國一國的風。《周南》、《召南》都是「南國」之風。這裏所謂「南國」泛指洛陽以南直到江、漢的廣大地域。全部風詩產生的地域不出陝西、山西、河南、河北、山東及湖北北部。就十五國風的具體編排看：《周南》十一篇，《召南》十四篇，《邶風》十九篇，《鄘風》十篇，《衛風》十篇，《王風》

十篇，《鄭風》二十一篇，《齊風》十一篇，《魏風》七篇，《唐風》
十二篇，《秦風》十篇，《陳風》十篇，《檜風》四篇，《曹風》四篇，
《豳風》七篇。共計一百六十篇，占三百零五篇的半數以上。

「雅」是正的意思，周人所認爲的正聲叫作雅樂，正如周人的
官話叫作雅言。雅也就是周王朝直接統治地區的樂調，而用這種樂
調演唱的詩歌就歸入「雅」的部分。周、秦同地，在今陝西。周的
都城在陝西省西安西南，古代叫作「鎬」。這在當時被看作「中原正
聲」的樂調，實際上是秦地的樂調。〔註12〕風與雅的區別，好像現
在俗調和京調的區別一樣。雅詩被認爲是中原或華夏的正聲，古今
學者從字源上進行了探究。依梁啓超說：「雅」與「夏」古字相通。
《荀子‧榮辱篇》說：「越人安越，楚人安楚，君子安雅」；《儒效篇》
則說：「居楚而楚，居越而越，居夏而夏」；可見「安雅」之雅，即
夏字。《荀子‧申鑒篇》、《左氏三都賦》都說：「音有楚夏」，說的是
音有楚音夏音之別，可見風雅之「雅」，其本字當作「夏」無疑。雅
樂又分爲大雅、小雅兩個部分。大小之別向來沒有圓滿可信的解釋。
余冠英先生認爲，可能原來只有一種雅樂，無所謂大小，後來新的
雅樂產生，便叫舊的爲大雅，新的爲小雅。編訂者便依大雅、小雅
將雅樂編次釐定。〔註13〕周滿江先生在其《詩經》一書中則將二《雅》
的內容細加比較，指出了二者的區別：《大雅》中史詩、讚頌詩較多，
共計二十篇，怨刺詩只八篇；《小雅》中有三十一首是讚頌詩和寫宴
飲生活的詩，另一半是反映征戍之苦的詩，及士大夫的怨刺詩。在
風格上《小雅》與《國風》較接近。從時代方面說，《大雅》較早，
全部產生於西周，《小雅》裏兼有東周的詩。據此周先生推測：編者
可能是把時代較早，以歌頌爲主的雅詩編爲一集，稱爲《大雅》；把
時代較晚的民歌及一般貴族的雅樂編爲一集，稱《小雅》。〔註14〕
具體說，《小雅》八十篇（內含有目無辭的「笙詩」六篇，實際上是

〔註12〕參閱程俊英《詩經漫話》，上海文藝出版社，1983年版，第8頁。
〔註13〕余冠英注譯《詩經選》前言，人民文學出版社，1979年版。
〔註14〕周滿江：《詩經》，上海古籍出版社，1980年版，第14～15頁。

七十四篇），《大雅》三十一篇。二雅共計一百十一篇（實際上是一百零五篇）。雅詩在編排上，是以十篇爲一組，用這一組的第一篇詩命名，如《小雅》從《鹿鳴》到《南陔》十篇，稱爲《鹿鳴之什》。不夠十篇的就不立「什」。零數的詩，便包含在最後的什內，如《蕩之什》就有十一篇。頌詩的編排也是以十爲組的。由此可見，《詩經》的編輯從大的方面看以樂調爲綱，兼及內容與時代，類別分明；從小的方面看，以數列組，也頗有章法。

　　「頌」是宗廟祭祀用的舞曲，收入這一部分的詩歌當然也用於祭祀。至於用於宗廟的樂歌爲什麼叫作「頌」，前人有不同的解釋。一種觀點是「頌」通「鏞」，「鏞」是大鐘，這種舞曲因爲用大鐘伴奏所以叫「頌」。另一種觀點是「頌」通「容」。《毛詩序》說：「頌者，美盛德之形容，以其成功告於神明者也。」清人阮元從訓詁學的角度將「頌」翻作「樣子」〔註15〕，頌樂是連歌帶舞的，舞就有種種樣子，因爲有這一特點所以叫作頌，「頌」也就是「舞容」。這些解釋都可供參考。關於頌樂的特點，近代學者王國維以一「緩」字概括之，他在《說周頌》中道：「頌之聲較風雅爲緩」，因爲頌詩多無韻，不分章，篇製短小；而根據《儀禮》知道奏一首頌的時間是很長的，這些現象都可以用聲緩來解釋。聲緩可能是頌樂的一個特點。「頌」分爲「周頌」、「魯頌」、「商頌」。「周頌」三十一篇，「魯頌」四篇，「商頌」五篇。三頌共計四十篇。

　　綜上所述，風、雅、頌是《詩經》編訂者從音樂角度進行的分類；而「風」中的十五國風，「雅」中的大雅、小雅，「頌」中的周頌、魯頌、商頌，也均是著眼於音樂的分類。《詩經》的編排分類，具有標準統一、分類科學、層級分明的特點，體現了編訂者較高的編輯水平和較成熟的編輯意識。

　　當然，就某些具體的作品講，風雅頌的分類也並非絕對準確，無可更易。日本學者曾注意到這一點，認爲「並不是所有上古的詩都能

〔註15〕阮元：《擘經室集·釋頌》。

夠如此整然地加以分類」,「如果對原文的理解有所改變,也可以劃入其他完全不同的分類。例如對《桃夭》一詩,假使重視這樣一種通常的原則,即青年男女的婚禮活動本身具有祈願豐收的咒術性的話,那麼也可以列入祭祀樂歌。還有《七月》,如果另外建立一個在農民間流行的勞動歌曲的分類,自然也可以劃入這一類吧。」〔註16〕這種看法也可備一說。

第二節 「採詩」「獻詩」的集稿方法

　　《詩經》中的詩,就其創作時間而言,早至西周初期,晚至春秋中葉(公元前十一世紀到公元前六世紀),這與古希臘荷馬文學的產生與成熟恰好處於同一個時期;就其產生的地域而言,涉及今陝西、山西、河北、河南、湖北各省;再就作者而言,則又有各種身份的人,有農民,也有士兵,有官吏,也有貴族,有男子,也有婦女,作者不下數百人。這些作品,有隨心所之的歌唱,也有刻意精心的吟哦,最後彙集成一本五彩繽紛的詩集。從詩歌編輯史的角度,我們不禁思考這麼一個問題:來源如此複雜的詩,究竟是怎樣收羅編集在一起的?或者說,它是怎樣「組稿」的?

一、「王官採詩」說試析

　　《詩經》三百零五篇中大部分是各地民間歌謠,小部分是貴族的製作。歌謠的採集方法,先秦典籍中已有所涉及,漢朝人又進一步作過一些說明或推測。據古書說,各地的歌謠是周王朝派出專門的官員到下面去採集的。官員的名稱,各書不同,如「行人」、「遒人」、「軒車使者」、「迫人使者」等等;但他們採詩的任務、目的是相同的。〔註17〕古書對採詩制度有以下一些說法:

────────────

〔註16〕〔日〕前野直彬主編:《中國文學史》,上海古籍出版社,1995年版,第11頁。

〔註17〕關於「王官採詩」說詳參余冠英《詩經選》前言、程俊英《詩經漫話》。

1. 《左傳‧魯襄公十四年》引《夏書》說:「遒人以木鐸徇於路,官師相規,工執藝事以諫。」杜預注:「遒人,行令之官也。木鐸,木舌金鈴。徇於路,求歌謠之言。」今人考證,「遒人」這一官職在左丘明以前就有。

2. 《孟子》:「王者之迹熄而詩亡,詩亡然後《春秋》作。」《說文解字丌部》:「古人遒人,以木鐸記詩言。」朱駿聲《說文通訓定聲》:「《孟子》王者之迹熄而詩亡,『迹』即『迊』之誤。」程樹德《說文稽古篇》:「此論甚確。考《左傳》引《夏書》曰:『遒人以木鐸徇於路。』……《王制》:『命太師陳詩以觀民風。』」按許慎、朱駿聲、程樹德解釋孟子所說的「迹熄」二字,是正確的。採詩遒人官職廢止以後,詩歌就沒有了,接著就產生了《春秋》一書。據此。楊伯峻先生《孟子譯注》將「王者之迹」一句翻譯為:聖王採詩的事情廢止了,《詩》也就沒有了;《詩》沒有了,孔子便創作了《春秋》。

3. 劉歆《與揚雄書》:「詔問三代、周、秦軒車使者、迌人使者,以歲八月巡路求代語、童謠、歌戲。」按段玉裁《說文解字注》認為「迌人」就是「遒人」,它和「使者」、「行人」名異實同。

4. 《漢書‧食貨志》:「孟春之月,群居者將散,行人振木鐸徇於路以採詩,獻之太師,比其音樂,以聞於天子。故曰,王者不窺牖戶而知天下。」這裏說周朝負責採詩的人是「行人」之官;採詩的時間在「孟春之月」,這與劉歆說的「歲八月」有所不同,可能當時採詩有春秋兩季之別。《漢書‧藝文志》:「故古有採詩之官,王者所以觀風俗、知得失、自考正也。」此處側重強調了「王者」派人採詩的政治意圖。

5. 何休《春秋公羊傳注》:「男女所有怨恨,相從而歌。饑者歌其食,勞者歌其事。男年六十女年五十無子者,官衣食之,使民間採詩。分移於邑,邑移於國,國以聞於天子。」可見,為了採集民間歌謠,國家還特意為那些年事較高的孤寡老人(就當時平均壽命而言,男六十女五十當屬較高年齡了)提供食衣條件,既解決其生活之憂,

又使其對國家有所貢獻。

關於「王官採詩」問題，長期以來學者們有不同的兩種看法。一些人持肯定態度，另有一些人表示懷疑。我們認為「王官採詩」基本上是可信的，否則就很難解釋在那麼長的時間中，那麼大的地域中產生的詩歌怎麼能集中和編排起來。周朝學在王官，一切書籍、學術都掌握在統治階級手裏，民間無私學，況且交通不便，抄書編書困難，即使一般貴族文人，也不可能有採集、編定五百年間十幾國民歌的力量。《詩經》時代的人民口頭歌謠得以保存，能和文人作品一起彙編成冊，是應該歸功於當時的採詩制度的。漢朝也有樂府採詩制度，這一制度恐怕不是漢朝人的首創，而是有所沿襲。即便是在今天，從事民間文學藝術研究、創作和編輯的人們，還時常要到民間「採風」。如果追本溯源，這種「採風」制度也可看作是《詩經》時代「王官採詩」的流風餘韻。

二、「獻詩」「陳詩」說淺論

如果說「王官採詩」是《詩經》中民歌的主要來源，那麼，「獻詩」和「陳詩」則是貴族詩歌的主要來源。關於「獻詩」與「陳詩」，古書上也有一些記載。《國語·周語》上便記載了西周屬王時（公元前842年以前）召公的話：

> 故天子聽政，使公卿至於列士獻詩，瞽獻典，史獻書，師箴，瞍賦，矇誦，百工諫，庶人傳語。近臣盡規，親戚補察，瞽史教誨，耆艾修之，而後王斟酌焉。

可見，周朝有獻詩的制度，規定公卿大夫在特定場合給天子獻詩，以便瞭解下情和考察政治得失。從所引《周語》的材料看，周朝除了「獻詩」，同時還有一些盲藝人「獻典」（古代典籍）、朗誦箴言（押韻的格言）等等。「說到獻詩，連帶說到瞽、矇、瞍、工，都是樂工，又可見詩是合樂的。」〔註18〕

〔註18〕朱自清：《詩言志辨》。

　　《國語・晉語》中也說：「古之王者，使工誦諫於朝，在列者獻詩。」《毛詩・卷阿傳》有「王使公卿獻詩以陳其志」之說，陳志即諷諫和頌美。《禮記・王制》則有「陳詩」之論：「命太師陳詩以觀民風。」這裏所說的公卿列士獻詩，太師陳詩，可能有一部分是遒人、行人、使者從民間採集的，一部分則是貴族官吏專門創作的詩篇。

　　既然詩是合樂的，那麼「獻詩」亦即「獻樂」。《論語》和《左傳》有列國之間贈樂的記載，諸侯敬獻土樂於天子也應該是可能的事。《左傳・襄公十一年》：「鄭人賂晉侯（晉悼公）以師悝、師觸、師蠲（三人都是鄭國的樂師），歌鍾二肆（三十六鍾），及其鎛磬，女樂二八（女子能奏樂者十六人）。晉侯以樂之半賜魏絳。」晉國當時處於諸侯盟長的地位，可以得鄭國贈送音樂；以周天子的地位，列國向他獻樂應是情理之中的事情。從上引材料可以看出，不僅諸侯可以贈樂，連樂師也可以送給別國。樂師本是各國宮廷中掌管音樂的官員和專家，以歌詩誦詩為職業。他們不但熟悉本國的歌謠，還可能是本國採詩工作的負責人和直接參加者。這些人除了被送給別國之外，也能夠自由到別國去，如《論語・微子篇》記載著魯國的「大師摯適齊。亞飯干適楚。三飯繚適蔡。四飯缺適秦。……」摯、干、繚、缺都是樂人的名字。樂師們往來於列國，就幫助了各國樂章的傳播；他們聚集到王廷，也就使得各國的歌詩彙集於王廷了。

　　從現代編輯觀念看，王官採詩、公卿列士獻詩、太師陳詩、諸侯獻樂等的實現過程，便是《詩經》原稿的彙集過程、組稿過程。雖然採詩、獻詩等的出發點和目的並不是編輯一部詩歌合集，但這些工作又切切實實為《詩經》的編輯打下了基礎。它可以看作是我國早期編輯工作中一種不自覺的組稿活動。儘管採詩、獻詩等在政治上是一種自覺的行動（觀風俗、知得失；諷諫、頌美等），但從編輯工作的角度看，它仍是一種不自覺的編輯行為。

　　採詩獻詩還直接導致了兩種現象：一是用詩進行規誨刺譏。這

種行爲由陳詩獻詩發展到自作詩篇，終於演成以諷諫刺譏爲目的的詩歌創作思想，《詩經》中的不少作品就是這種創作思想的產物。二是通過採詩獻詩把來自各地民間的作品納入周代禮樂文化的範圍。這些作品經過樂官的編排修訂，改變了原來傳唱於民間的鄉野之作的地位，堂而皇之地登上了大雅之堂；又經過學校的傳習和不同場合的應用，不斷地被賦予新義，終於被儒家確立爲經典。這前一種現象，是文學接受反過來影響文學創作的例子，後一種現象則是接受行爲改變作品性質和地位的例子。〔註19〕《詩經》時代的編輯活動，換一個角度看，也就是一種文學接受活動。

第三節　「孔子刪詩」的是非辨正

關於孔子是否刪詩（《詩經》），近些年編輯學界一直有一些不同的看法。筆者在《編輯學刊》1997 年第 1 期發表《「孔子刪詩說」述略》，綜合了文學史家、經學史家的意見，認爲孔子不曾刪詩應該是定論。這個觀點並不是我的創見，而是從事古典經史研究的大多數學者的看法。之所以現在還有必要繼續討論，是因爲這個在詩經學史中已不再是問題的問題，在編輯史學界並未得到解決。邵益文先生在《20 世紀中國的編輯學研究》的長文 〔註20〕 轉述了筆者的觀點，但持不贊成態度。復旦大學出版社出版的姚福申先生的《中國編輯史》（修訂本） 〔註21〕，仍然認爲是孔子編選了《詩經》的三百零五篇詩。鑒於這兩位學者及其論著的重大影響，也考慮到編輯史學界持相同或近似觀點的人還不少，我們認爲還有必要再就孔子刪詩之說作進一步討論。因此，我們這裏不憚繁複，盡可能較爲完整、全面地引述學術界對孔子刪詩的論述。

〔註19〕 參閱尚學鋒等著《中國古典文學接受史》第一章，山東教育出版社，2000 年版。

〔註20〕 載於《出版廣角》1998 年第 5、6 期，收入《中國編輯研究》，1999 輯刊。

〔註21〕 姚福申著：《中國編輯史》（修訂本），復旦大學出版社，2004 年版。

一、「孔子刪詩」說的源流

　　《詩經》的彙編成冊，由誰完成，在漢代以前的典籍上沒有明確記載。到了漢代，有人認為王官到民間採的詩非常多，現存的《詩經》，不是太師保存的舊本，而是經過孔子刪訂過的。也就是說，孔子是《詩經》的最初編訂者。最先提出這個觀點的是史學家司馬遷。他在《史記·孔子世家》中說：

> 古者《詩》三千餘篇，及至孔子，去其重，取可施於禮義，上採契、后稷，中述殷、周之盛，至幽、厲之缺，始於衽席，故曰「《關雎》之亂以為《風》始，《鹿鳴》為《小雅》始，《文王》為《大雅》始，《清廟》為《頌》始。」三百五篇，孔子皆絃歌之，以求合《韶》、《武》、《雅》、《頌》之音。

> 禮樂自此可得而述，以備王道，成六義。

司馬遷此說，後又被東漢史學家班固繼承了。他在《漢書·藝文志》中說：「孔子純取周詩，上採殷，下取魯，凡三百五篇，遭秦而全者，以其諷誦，不獨在竹帛故也。」東漢鄭玄為《毛詩》作《箋》，採信《史記》、《漢書》之說，但也並無其他史料作佐證。此外，漢趙歧《孟子題辭》、偽孔《尚書序》、吳陸璣《毛詩草木鳥獸蟲魚疏》以及唐陸德明《經典釋文》均本之司馬遷之說。

　　宋代文學家、史學家歐陽修更發展了《史記》、《漢書》的說法。他曾說：「孔子生於周末，方修禮樂之壞，於是正其《雅》、《頌》，刪其繁重，列於六經，著其善惡，以為勸誡，此聖人之志也。」這裏，歐陽修強調了孔子刪編《詩經》用以教化民眾的宗旨；對於孔子如何刪詩，他還歸納出刪章、刪句、刪字的三個原則〔註22〕。宋代王應麟也歷引逸詩以證成孔子「刪詩」之說；鄭樵則從詩樂關係上肯定了「孔子刪詩」說，其《通志樂志樂府總序》說：「夫子刪詩，得其詩而得聲者三百篇，則係之風雅頌，其得詩不得聲則置之，謂之逸詩，如《河

〔註22〕參見《詩本義》。

水》、《祈招》之類，無此係也。」當然，鄭樵在這個問題上似乎又有些矛盾。

直到清代，顧炎武仍然崇信「孔子刪詩」說，並進一步爲孔子不刪「淫詩」作辯護〔註23〕。趙坦也用史公之說，並論證「孔子刪詩」爲「千古不易之論」。可見一般學者，尤其是史學家，對《史記》、《漢書》「孔子刪詩」之說是深信不疑的。〔註24〕

二、唐以來對「孔子刪詩」說的質疑

對於孔子刪詩之說，漢代已有人提出疑問。孔安國就認爲，古代詩歌絕不會有三千多篇，孔子也絕不會刪去十分之九〔註25〕。這個觀點在唐代以前並沒有引起人們的廣泛關注，也無人應和。

唐代以後，學者們對孔子刪詩說疑問漸多。唐代孔穎達就不贊成孔子刪詩說，其《毛義正義》卷首《詩譜序》疏說：「如《史記》之言，則孔子之前，詩篇多矣。按書傳所引之詩，見在者多，亡逸者少，則孔子所錄，不容十分去九。馬遷言古詩三千餘篇，未可信也。」宋代理學家朱熹說得更直截了當：「人言夫子刪詩，看來只採得許多詩，夫子不曾刪詩，只是刊定而已。」「當時史官收詩時，已各有編次，但經孔子時，已經散佚，故孔子重新整理一番，未見得刪與不刪。」〔註26〕稍後於朱熹的葉適也說：「《論語》稱『詩三百』，本謂古人已具之詩，不應指其自刪者言之，然則詩不因孔子而後刪矣。」南宋史學家鄭樵也曾經說：「上下千餘年，詩才三百五篇……夫子並得之於魯太師，編而錄之，非有意於刪也。刪詩之說，漢儒倡之。」〔註27〕在題名鄭樵所作的《六經奧論》裏還說「季札聘魯，魯人以《雅》、《頌》之外所得十五《國風》盡歌之。及觀

〔註23〕參見《日知錄·說四詩》。
〔註24〕參見皮錫瑞《經學通論》，中華書局，1954年版，第67頁。
〔註25〕參見呂祖謙《呂氏家塾讀書記》。
〔註26〕朱彝尊《經義考》引。
〔註27〕朱彝尊《經義考》引。

今三百篇，於季札所觀與魯人所存，無加損也。若夫夫子有意刪詩，則當環轍之時，必大搜而備索之，奚止十五國乎？」〔註28〕如果說宋代對孔子刪詩說的質疑以思辨取勝，清代學者的討論則以考據見長。到了清代，對孔子刪詩說持懷疑態度的人越來越多，懷疑的理由也越來越多。朱彝尊、趙翼、崔述、李惇、方玉潤等是其代表。朱彝尊在其《曝書亭集》卷五十九中，與朱熹之論相呼應。他說：

> 孔子「刪詩」之說，倡自司馬子長。歷代儒生，莫敢異議。
> 惟朱子謂：「經孔子重新整理，未見得刪與不刪。」又謂：
> 「孔子不曾刪去，只是刊定而已。」水心葉氏亦謂：「《詩》
> 不因孔子而刪。」誠千古卓見也。（《詩論一》）

他在《經義考》卷九十八中進一步論證說：「詩者，掌之王朝，頒之侯服，小學大學之所諷誦，多夏之所教，莫之有異。故盟會聘問燕享，列國之大夫賦詩見志，不盡操其土風，使孔子以一人之見取而刪之，王朝列國之臣，其孰信而從之者？詩至於三千篇，則輶軒之所採定，不止於十三國矣。而季札觀樂於魯，所歌風詩，無出十三國之外者。又『子所雅言』，一則曰『《詩三百》』，再則曰『誦《詩三百》』，未必定為刪後之言。況多至三千，樂師矇瞍，安能遍其諷誦？竊疑當日掌之王朝、頒之侯服者，亦止於三百餘篇而已。」文中還針對歐陽修所舉孔子刪詩之例，逐條作了批駁。

趙翼「據《國語》引詩凡三十一條，止兩條是逸詩，《左傳》引詩共二百十九條，而逸詩不過十三條，是逸詩僅當刪存之詩二十分之一，以此明史遷之說為不然。今謂孔子刪詩，只是重加整理，不必刪去多篇。史遷古詩三千之說原屬虛數，以孔子刪定篇數為三百，故稱未刪之前為三千，以著其數之多，非謂實有三千篇也。」〔註29〕趙翼在其《陔餘叢考》中總結說：「若使古詩有三千餘，則所引逸詩，宜多於刪存之詩十倍，豈有古詩十倍於刪存詩，而所引逸詩，反不及刪

〔註28〕《六經奧論‧七》。
〔註29〕見黃焯《詩說》卷一，長江文藝出版社，1981年版，第1頁。

存詩二、三十分之一？以此而推，知古詩三千之說，不足憑也。」崔
述在其《洙泗考信錄》中更是專作《辨刪〈詩〉之說》文，以較爲充
足的理據否定孔子「刪詩」說，茲摘錄部分：

> 余按：《國風》自《二南》、《豳》以外，多衰世之音，《小
> 雅》大半作於宣、幽之世，夷王以前寥寥無幾，如果每君
> 皆有詩，孔子不應盡刪其盛，而獨存其衰。且武丁以前之
> 頌，豈遽不如周？而六百年之《風》、《雅》，豈無一二可
> 取？孔子何爲而盡刪之乎？子曰：「誦《詩三百》，授之以
> 政不達，使於四方，不能專對，雖多，亦奚以爲！」子曰：
> 「《詩三百》，一言以蔽之，曰：思無邪！」玩其詞意，乃
> 當孔子之時，已止此數，非自孔子刪之而後爲三百也。《春
> 秋傳》云：「吳公子札來聘，請觀於周樂。」所歌之風，
> 無在今十五國外者，是十五國之外，本無風可採；不則有
> 之而魯逸之，非孔子刪詩也。且孔子所刪者何詩也哉？
> 鄭、衛之風，淫靡之作，孔子未嘗刪也。「絲麻菅蒯」之
> 句，不遜於「縞衣茹藘」之章，「棣華室遠」之言，亦何
> 異於「東門不卽」之意，此何爲而存之，彼何爲而刪之哉？
> 況以《論》、《孟》、《左傳》、《戴記》諸書考之，所引之詩，
> 逸者不及十一。則是穎達之言，左券甚明，而宋儒顧非之，
> 甚可怪也。由此論之，孔子原無刪《詩》之事。古者風尚
> 簡質，作者本不多，而又以竹寫之，其傳不廣。是以存者
> 少而逸者多。……故世愈近則詩愈多，世愈遠則詩愈少。
> 孔子所得，止有此數；或此外雖有而缺略不全，則遂取是
> 而釐正次第之以教門人，非刪之也。……自漢以來，易竹
> 以紙，傳佈最多，其勢可以不逸，然其所爲書亦代有逸者。
> 逸者，事勢之常，不必孔子刪之而後逸也。〔註30〕

《詩經》研究專家認爲，崔述「這一長篇論述，給刪詩問題做了
一次總結；對於古詩存少佚多的原因，也作了分析和探討，都是很有
說服力的」。〔註31〕

〔註30〕《洙泗考信錄》卷三。
〔註31〕洪湛侯：《詩經學史》上，中華書局，2002 年版，第 13 頁。

方玉潤對「孔子刪詩」說同樣持否定態度，只是與崔述批駁的角度稍異，但也言之成理。他在其《詩旨》中指出：

> 夫子反魯在周敬王三十六年，魯哀公十一年，丁巳，時年已六十有九。若云刪詩，當在此時。乃何以前此言《詩》，皆曰「三百」，不聞有「三千」說耶？此蓋史遷誤讀「正樂」爲「刪詩」云耳。夫曰「正樂」，必《雅》、《頌》諸樂，固各有其所在，不幸歲久年湮，殘缺失次，夫子從而正之，俾復舊觀，故曰「各得其所」，非有增刪於其際也。奈何後人不察，相沿以至於今，莫不以「正樂」爲「刪詩」，何不即《論語》諸文而一細讀之也？〔註32〕

三、結 論

對孔子「刪詩」之說的否定之論，到清代，的確更趨理據充分。程俊英先生在《詩經漫談》中將他們的理由歸納爲六個方面，周滿江先生在其所著《詩經》中歸納爲四個方面，大致差不多，茲綜合引述如下，並對材料作些補充說明。

1. 孔子在《論語》中常說「詩三百」，可見三百篇早就是定數，不是孔子刪後定的。據楊伯峻先生編《論語詞典》，《論語》中「詩」出現十四次，指《詩經》，即《詩》三百，直接稱「《詩》三百」者也不乏其例，如《論語·爲政篇》說「《詩》三百，一言以蔽之，曰：『思無邪』。」〔註33〕

2. 如果古代果眞有三千多篇詩，被孔子刪去十分之九，那麼在先秦古書中一定會提到許多逸詩，但實際上逸詩很少，可見孔子不曾刪詩。楊公驥先生在前人的基礎上對逸詩作過細心考察：「在春秋二百四十年間，《左傳》和《國語》中所記載的引用詩歌，便有二百五十條，其中百分之九十五的詩篇見於《詩三百篇》（《詩經》），逸詩只占百分之五。」據此，他肯定地說：「這說明，（《詩經》）當時已出現

〔註32〕方玉潤：《詩經原始》卷首下，中華書局，1986 年版，第 4 頁。
〔註33〕楊伯峻《論語譯注》，中華書局，1980 年第 2 版，第 292 頁。

了比較固定的定本。」〔註34〕清代郝懿行《郝氏遺書》中有《詩經拾遺》一卷，輯逸詩較爲完備，有興趣者可以參看。

3. 《史記》上所說孔子刪詩只「取可施於禮義」的。現在《詩經》中還保存著「淫詩」，孔子爲什麼不刪削？根據《論語》等書記載，孔子是嚴守「禮義」這個原則的，而且多次對鄭衛之音表示反感，要廢黜這兩種樂歌（孔子雖說是從音樂方面說的，但也不能排除思想內容這個因素），但《詩》三百中仍保存著鄭衛之風，說明《詩》不是孔子刪成的。另外，逸詩見於《儀禮》的，如《肆夏》、《新宮》，都被王朝所採用，認爲「可施於禮義」的，孔子爲什麼要刪削這些合禮的詩？這一點也無法解釋。

4. 吳公子季札到魯國觀周樂，樂工演奏歌舞的十五國名與風、雅、頌的次序和數量，與今本《詩經》基本一致〔註35〕，證明當時《詩經》已有定本。而當時孔子還只有八歲，自然不可能有刪詩之舉。

5. 古代外交家常常在宴會上「賦詩言志」，「在賦詩的人，詩所以『言志』，在聽詩的人，詩所以『觀志』『知志』。」〔註36〕關於詩與志的關係《左傳》就有好幾處說到，其中以襄公二十七年爲最詳。賦詩有時是外交家自己賦，但大多是點樂詩讓樂工朗誦，無論何種方式，都是借詩句表達他們的意圖和態度。賦詩者要達到「言志」的目的，聽詩者要能從中「觀志」、「知志」，樂工代人誦詩，要能領會意旨，這都要求有一個基本相同的詩歌選本。如果詩眞有三千多篇，當時的士大夫和樂工是很難記下這麼多詩的。從《左傳》、《國語》等史籍引用的詩句看，百分之九十以上見於《詩》三百篇，可見當時即有一個比較固定的本子。在當時要掌握全國各地那麼多詩歌，只有周太師才有條件做到。而孔子當時並不得志，「若喪家之犬」，他顯然難以掌握那麼多詩歌；就算能掌握，而且刪了詩，能使各國士大夫都相信

〔註34〕楊公驥：《中國文學》第一分冊第 158 頁。

〔註35〕《左傳·襄公二十九年》。

〔註36〕朱自清：《詩言志辨》。

他，以他的詩歌本子爲標準嗎？

6. 孔子自己只說過「誦詩三百」，「吾自衛反魯，然後樂正，雅頌各得其所」，並沒有提到刪詩的事。刪詩之說，是司馬遷最先說的。後人不信孔子自己說的話，卻信別人的話，這顯然是不科學的。清代學者趙翼通過考證，說明《史記》有後人竄改的地方，關於孔子刪詩一節，也可能是後人竄改過的地方。〔註37〕

依據上述幾條，周滿江先生認爲「現代不信『刪詩』說者已占多數」，程俊英先生則更肯定地說：「學者參加懷疑刪詩說的論爭，理由充足，已經取得勝利，沒有什麼人再會相信它了。」洪湛侯在《詩經學史》中更明確地指出：「『刪詩』問題，是詩經學史上一大公案，各家見仁見智，自唐宋至清末，大致爭辯了一千餘年，直至近當代大家才算有了一個比較一致的看法，不再相信『孔子刪詩』的誤說。」近代以來，一些著名的學者如胡適、梁啓超、顧頡剛、錢玄同等，都是不贊成孔子刪詩之論的，這裏不再贅述。我們在上面之所以不惜篇幅，將古今學人對「孔子刪詩」說的各種觀點、依據羅列出來，目的正是爲了以充足的材料，在編輯史領域重新澄清問題。我要特別強調的是，雖然孔子並不是《詩經》的最初編訂者，沒有刪詩，但他仍是一位偉大的編輯家，他對《詩經》的編輯（「正樂」也是一種編輯加工）和傳播是有很大功勞的。

第四節　樂官編詩與孔子「正樂」

一、周王朝樂官是《詩經》的編訂者

1. 關於樂官編詩的推論

孔子「刪詩」說既不足信，那麼到底是誰去整理、加工，編成現在這部《詩經》集子呢？研究者們多傾向於認爲，周王朝以及各諸侯

〔註37〕參見《廿二史札記‧〈史記〉有後人竄入條》。

國的樂官、樂工們在詩歌的收集、編訂、加工中起了重要作用。

郭沫若先生在《奴隸制時代‧簡單地談談詩經》中說：

> 《詩經》雖是搜集既成的作品而成的集子，但它卻不是把
> 既成的作品原樣地保存了下來。它無疑是經過搜集者們整
> 理潤色過的。《風》、《雅》、《頌》的年代綿延了五六百年。
> 《國風》所採的國家有十五國，主要雖是黃河流域，但也
> 遠及於長江流域。在這樣長的年代裏面，在這樣寬的區域
> 裏面，而表現在詩裏面的變異性卻很小。形式主要是用四
> 言，而尤其值得注意的，是音韻差不多一律。音韻的一律
> 就在今天都很難辦到，南北東西有各地的方言，音韻有時
> 相差甚遠。但在《詩經》裏面卻呈現著一個統一性。這正
> 說明《詩經》是經過一道加工的。〔註38〕

文學史家王瑤先生的看法與郭沫若先生相同，他也說：「（《詩
經》中）現有的詩篇的確是經過一番整理和加工的。因為它的年代
綿延了五百年，包括的區域也很遼闊，但形式和音韻差不多是一致
的，這在現在都不大可能；而且見於古書中的三百篇以外的逸詩也
沒有像《詩經》這樣整齊和諧。這種整理加工的工作也許是由當時
的樂官 —— 太師作的，也許是經過了樂工們入樂時的多次潤色；
因為那時注意的主要是音樂性。」〔註39〕

郭沫若、王瑤先生的這種見解是很有道理的，這從詩句和詩韻兩
方面可以說明。早期的詩歌，其形式並不受句子長短之限制，完全是
任其抒情、敘事之需要而成句。古書中記載的逸詩，多半是長短句，
如《左傳‧昭公十二年》的《祈招》：「祈招之愔愔，式昭德音。思我
王度，式如玉，式如金。形民之力，而無醉飽之心。」當然，逸詩中
也有不少是四言，這從清人趙坦、王崧等人的輯佚中可以看出。但從
總體上看，古書中所引佚詩還是不及《詩經》整齊和諧。綜合考察《詩
經》的句式，雖然也雜有二言至八言不等，但四言句最多，而且大部

<hr/>

〔註38〕郭沫若：《奴隸制時代》，新文藝出版社，1952年版，第148頁。
〔註39〕王瑤：《中國詩歌發展講話》，中國青年出版社，1956年版，第3頁。

分獨立成章，是《詩經》的基本句式，形成所謂四言詩。

《詩經》語言藝術的一大特點是節奏鮮明，韻律和諧，富於音樂美。《詩經》的用韻有統一的標準，不帶地域色彩，這可以從陳第的《毛詩古音考》及江有誥的《詩經韻讀》兩書得到證實。正因爲《詩經》用韻是經人整理、統一過的，不帶方言色彩，才能歷數千年而不難誦讀。江永《古韻標準例言》曾說：「《三百篇》者，古音之叢，亦百世用韻之準。稽其入韻之字，凡千九百有奇：同今音者十七，異今音者十三。」

此外，《詩經》善於使用賦、比、興的表現手法，大量重言和雙聲、疊韻的巧妙運用，聯章複沓、迴環往復的形式一再出現等等，雖說有些即是詩歌採集來的原生態，但也的確存在樂師樂工們爲入樂而進行編輯加工的可能。

《詩經》的刪汰和編訂，一般認爲是出於周王朝的樂師、樂工們之手，我們覺得這個可能性是比較大的。綜合學者們的意見，大同而小異。認爲是周王朝的樂師樂工們最初將《詩經》編輯成書，具體理由有三：

首先，當時的各諸侯國以及周王朝的太師和樂工是詩樂的保存者，他們有條件去編選。《國語·魯語下》：「正考父校商之名頌十二篇於周太師。」正考父是春秋宋國的大夫，商之名頌，即《詩經》中的《商頌》（今存五篇）。因對「校」理解不同（一釋爲「校對」，一釋爲「獻」），這句話便有兩種不同的解釋：（1）正考父覺得保存在宋國的商頌，可能有錯字或殘缺，到太師處去校對一下，或者到太師處校正樂調。（2）正考父作了十二篇《商頌》獻給周太師。這兩種解釋儘管不同，但無論作何理解，都能證明周太師是當時詩樂的保存者。《左傳·襄公二十九年》記載：「吳公子札來聘，……請觀於周樂」，這裏的「周樂」從文中看就是《詩經》中的風、雅、頌。爲什麼統稱風、雅、頌爲「周樂」呢？程俊英先生的解釋是：因爲每篇詩歌都有樂調，是由周太師配樂、保管的。

　　第二，太師和樂工又是詩歌的配樂者和演唱者。這一點程俊英先生對「吳公子觀周樂」的解釋已有涉及，再舉兩例。《禮記‧王制》有「命太師陳詩以觀民風」之說，《漢書‧食貨志》記載行人採詩「獻之太師，比其音律」。從各地採來或獻來的詩歌往往形式、字句、聲韻不一樣，這必須要樂師們加工整理一番，不懂樂律者是難以做到的。至於一般樂工，以演唱詩樂為職責，他們對詩樂作適當加工處理也是合情合理的。

　　古時貴族階級重視製禮作樂，「作樂」往往是為「製禮」服務的，而搜集詩歌又是為了配合作樂的要求，可以說樂由禮來，詩又由樂來。因此，樂師樂工對詩樂的加工或演奏常常是與各種禮儀、祭祀活動等聯繫在一起的。如：《鄉飲酒禮》：「工歌《鹿鳴》、《四牡》、《皇皇者華》。」《大射禮》：「乃歌《鹿鳴》三終。」《周禮春官》：「太師大祭祀帥瞽登歌。」禮樂是當時貴族階級生活的重要內容，而樂師正是具體執掌禮樂者。至於詩歌，本來與禮樂不能分，因此，樂師們對其進行整理、加工、潤色則可說是義不容辭。

　　第三，古代貴族所受教育以詩樂為先，而掌教者就是樂師；為教學之用，樂師編訂詩樂既是必要的，也是可能的。《周禮‧春官太師》：「太師掌六律六同……教六詩，曰風、賦、比、興、雅、頌」。《禮記‧文王世子》：「春誦夏弦，太師詔之瞽宗。」這些都說明樂師兼管教育，他們是負責教貴族子弟的教師。他們為教學的需要編個選本也是理所當然的。貴族子弟學會三百篇左右的詩歌，在當官以後大概夠用了。至孔子時代，學術、教育出於私門，仍以詩為教學的重要科目。另外，「賦詩言志」、「借詩言志」是春秋時尚，在外交場合，貴族、官員常常引用詩歌的章句，含蓄委婉地表達本國或自己的態度、希望，上層人物學詩成風，以致孔子說「不學詩，無以言」，周詩可能就是在春秋士大夫訓練口才的普遍要求下，樂官不斷地加以配樂，逐漸結成為一本教科書的。與此同時，諸侯、貴族、官員也常常點詩樂讓樂工演唱，所以樂工也需要一個比較固定的底

本，唱得爛熟，這樣才能隨點隨唱。因此，可以說，《詩》三百既是樂官們編的教材，又是自用的一個節目單和樂歌底本。

當然，可以推想，綿延數百年、地域又如此遼闊的詩樂絕非是一時一人所能編訂的。《詩經》的整理加工、編輯成冊也許是經過了樂師樂工們的多次刪汰、配樂、潤色等，才漸趨定形，成為現在這個樣子的。至於最後的編訂者是誰，已難以確考了。對於《詩經》編訂成書的經過，高亨先生在《詩經選注》中的推論是較為精當的：

> 第一，王朝的領主為了充實音樂，為了祭祀鬼神，為誇耀功業或別種目的，作成詩歌，交給樂官。《周頌》裏應該有些詩篇是出於這個來源。第二，王朝樂官為了給領主服務，盡到他的責任，留心搜集詩歌，《小雅》、《大雅》及《王風》裏應該有些詩篇是出於這個來源。第三，諸侯各有樂官，掌管他本國的詩歌，諸侯為了尊重王朝，交換音樂，派人把樂歌獻給王朝。《王風》外的十四國風及《魯頌》、《商頌》裏，應該有些詩篇出於這個來源。……通過上述的三個來源，詩歌集中在周王朝樂官的手裏，並逐漸地增加起來，前後經過五百多年樂官們的編選，才算完成了這部書的編輯工作。〔註40〕

高亨先生的這個推論，以古書關於樂官的記載為依據，突出周王朝樂官在《詩經》編輯工作中的主導作用，應該是比較符合歷史實際的。

2. 關於樂官編詩的編選原則

《詩經》是根據什麼原則來編選的呢？這個問題前人和今人均未作系統論述。我認為，周樂師編詩的原則主要有三條，即音樂性、實用性、包容性。

（1）音樂性

朱謙之《中國音樂文學史》中有一段話，對我們學習《詩經》、理解其編選原則都是有幫助的，茲錄如下：

〔註40〕高亨：《詩經選注》，清華大學出版社，2004年版，第14頁。

> 本來一部《詩經》是為聲而不為義的,所以孔子論詩,也
> 只是取詩之聲,不曾說詩之義。如說「《關雎》樂而不淫,
> 哀而不傷」;又說「師摯之始,《關雎》之亂」;這全是指音
> 樂說的,並不是說《關雎》的義理如此如此。孔子以後,
> 才有所謂齊、魯、韓、毛四家,拿這一段話,講成功了《關
> 雎》的義理,於是從那烏煙瘴氣的義理,把全部的音樂文
> 學都籠罩住了,於是《詩經》便不好講了。所以現在我們
> 要把《詩經》講成文學,先不可不推翻義理說,而直接從
> 音樂方面去觀察,這可叫做《詩經》之音樂的研究法。

《詩經》即《樂經》,作為詩樂合一的《詩經》在春秋時代是聲重於義的。它的編選無疑首先是從音樂角度進行的整理和選擇,注重的是《詩經》的「聲歌之學」,而非「義理之說」。作為純粹詩歌的《詩經》是因為適應了統治者製禮作樂的要求才被保存下來的。又因為當時注重的主要是音樂性,對詩的內容可以「斷章取義」地加以解釋或運用,因此民間歌謠的基本特色還是被保存下來了。此外,現有《詩經》中也還有不少重複的篇名,如「谷風」、「柏舟」、「無衣」等都是一題兩篇;有些詩篇不僅題目相同,內容也差不多,如《王風》中的《揚之水》與《鄭風》中的《揚之水》即是。這也說明《詩經》在編訂時往往是從音樂上考慮的,詩題詩句的重複則沒有認真加以處理。可見,對《詩經》,我們首先必須從「樂理」而不是「義理」方面來把握其編輯原則,才能抓住要害。只是今天對作為音樂的《詩經》許多內容已難以確考了。

(2)實用性

春秋時期,詩樂在上層社會、貴族生活中被廣泛應用。或用其樂,或用其辭,或樂、辭並用,充分體現了詩樂的實用性。其應用範圍包括祭祀、朝聘、婚禮、賓宴等各種典禮儀式,以美刺為手段的內部政治教育,以及通過賦詩言志而表情達意的社會交往和外交應對。其中既有音樂的應用,也有歌辭的應用。根據當時政治、外交和社會生活的實際需要,周樂官編選《詩經》,其實用價值是十分

明顯的。所編選的三百篇詩，都是當時比較流行的常用詩。《詩經》編選原則的這種實用性，與古印度祭司編訂詩集《吠陀》的原則是有所不同的，前者更重人事，講求實用，後者以頌神詩爲中心，注重宗教性。

3. 包容性

《詩經》就其思想內容來說，幾乎無所不包，較爲突出的有：周民族的史詩，頌詩與怨刺詩，眞摯動人的婚戀詩，以及農事詩、徵役詩、愛國詩等等。可謂豐富多彩，博大深沉。尤其是二《雅》及《國風》中，樂師整理後保存了一些尖銳辛辣的怨刺詩。其中一些作品出自公卿列士之手，是貴族士大夫們憫時傷亂，諷諭勸誡之作；一些作品出自民間，揭示尖銳的階級矛盾，揭露統治者的污行穢迹等等。樂師整理加工並編選保留這些詩樂，充分體現了一種兼容並包的編輯精神。

周樂師編訂《詩經》爲什麼能夠頌刺兼收，不避風險呢？這要從春秋時的社會背景來看。漢代人認爲，「王道缺而《詩》作」〔註41〕；「周道始缺，怨刺之詩起」〔註42〕。可見，春秋後期，周王朝王道衰落，禮崩樂壞，政教不行，人倫廢喪，周朝已是名存實亡。樂師對統治者的腐化墮落和人民的苦難看得十分清楚。同時，由於奴隸們的鬥爭不斷擴大，奴隸主統治的危機日趨嚴重。在這種情況下，統治階級也希望通過詩樂「察民情，觀風俗」。於是，那些反映民生疾苦、諷刺貴族的詩，以及士大夫們的一些政治諷刺詩得到重視。在這種形勢下，周樂官編訂《詩經》兼收並取，既有主觀的因素，又有客觀的條件。近年有人將《詩經》編選中的這種兼容並包，歸功於孔子的「述而不作」，是以肯定孔子「刪詩」論爲基點的，因而也是值得商榷的。《詩經》後來是作爲儒家經典之一被傳之後世的，儘管歷代對其內容有不少曲解，但它所涵蘊著的包容原則與現實主義精神，對後世的詩

〔註41〕《淮南子・氾論訓》。
〔註42〕《漢書・禮樂志》。

歌編輯仍有不可低估的積極影響。

二、孔子「正樂」說辨析

《史記》講孔子「刪詩」雖不足信，但孔子「正樂」卻是古往今來的學者都承認的。孔子「正樂」是既有其個人音樂方面的優越條件，同時又是有其政治目的的。

1. 孔子具有精深的音樂素養

從《論語》及其它古籍中我們瞭解到，孔子是一個十分精通音樂的人。他會唱歌：「子與人歌而言，必使反之，而後和之。」「子於是日哭，則不歌。」〔註43〕「孔子之宋，匡人簡子以甲士圍之。子路奮戟與戰，孔子止之曰：歌！予和汝！子路彈琴而歌，孔子和之，曲三終，匡人解甲而罷。」〔註44〕孔子還會吹奏各種樂器，如擊磬、鼓瑟等：「子擊磬於衛，有荷蕢而過孔氏之門者，曰：『有心哉！擊磬乎？』」〔註45〕「孺悲欲見孔子，孔子辭以疾，將命者出戶，取瑟而歌，使之聞之。」〔註46〕「孔子生不知其父，若母匿之，吹律自知殷宋大夫子氏之世。」〔註47〕孔子對於音樂還有很高的審美欣賞和評論的能力：「師摯之始，《關雎》之亂，洋洋乎盈耳哉！」〔註48〕「樂其可知也。始作，翕如也；從之，純如也，皦如也，繹如也；以成。」〔註49〕「榮啓期一彈，而孔子三日樂。」〔註50〕不僅孔子懂音樂，他的弟子都很懂音樂。他們講學，經常是絃歌不斷。甚至危難之時，依然「絃歌不衰」〔註51〕。當時反對儒家的人如墨

〔註43〕《論語・述而篇》。
〔註44〕《孔子家語》。
〔註45〕《論語・憲問篇》。
〔註46〕《論語・陽貨篇》。
〔註47〕《論衡・實知篇》。
〔註48〕《論語・泰伯篇》。
〔註49〕《論語・八佾篇》。
〔註50〕《淮南子・主術訓》。
〔註51〕《孔子世家》。

子，常用「絃歌」來罵他們。後世稱讚儒家的人，又用「絃歌」來代表他們。由於孔子和儒家與音樂的關係如此密切，後世還有不少關於孔子與音樂的奇妙傳說。

2. 孔子「正樂」的目的

無疑，孔子是一個造詣精深的音樂家，但是他又不僅僅是個音樂家，他同時還是一個有他的「音樂政治」主張的政治家，有他「音樂教育」思想的教育家。因此，孔子之「正樂」，不是為音樂而音樂，而是有其政治目的和教育目的的。這兩個目的中，政治目的是最主要的。

在殷周奴隸社會中，樂與禮是相需為用的。周公最大的政治措施之一，便是「製禮作樂」。但是，把「禮」和「樂」連接在一起，並形成一套完整的思想體系的，卻是從孔子開始。孔子以六藝教，六藝的頭兩項就是禮和樂。《論語》中也一再談到禮樂，如「禮樂征伐」（《季氏篇》）、「文之以禮樂」（《憲問篇》）等等，均是。因此，要談孔子的「正樂」思想，不能離開禮，單獨談樂。孔子「正樂」，主要有兩個目的：（1）他要用「禮」來統帥「樂」。他所要正的「樂」，不是其他的「樂」，而是能夠為「禮」服務的「樂」。（2）他要用「禮樂」來反對其他非「禮」之「樂」，如像鄭衛之音等。因此，孔子提出「禮樂」這個口號，進行「正樂」的工作，不僅具有音樂上的意義，而且是有鮮明的政治傾向性的。〔註52〕作為沒落的奴隸主貴族，孔子的思想是保守的，但他又「貧且賤」，一生不得志，因而對人民的疾苦和奴隸主的暴政，有比較深刻的認識。從政治立場上看，他屬於革新的保守派。以此為出發點，他提出「正樂」的主張。所謂「正」，包含有整頓、改正和革新的意思；所謂「樂」，就是為殷周奴隸主的禮制服務的「樂」。因此，他的「正樂」，既要恢復「周禮」，又加進了新的內容，即「仁」。希望通過充實「仁」的內容，「道之以德，齊之以禮」，「以樂化民」。

〔註52〕參閱蔣孔陽《先秦音樂美學思想論稿》，人民文學出版社，1986年版。

　　由上可知，孔子對《詩經》的「正樂」工作，既是一種音樂編輯加工行為，更是一種以音樂為基礎的政治行為。孔子當時之所以進行「正樂」，是因為當時的客觀形勢已是「禮崩樂壞」：「周室既衰，諸侯恣行。」〔註53〕「周室俱壞，樂尤微眇，以音律為節，又為鄭衛所亂，故無遺法。」〔註54〕「周室既衰，雅樂漸廢，淫聲迭起。」〔註55〕面對這種「禮廢樂崩」的局面，孔子「惡紫之奪朱」、「惡鄭聲之亂雅樂」、「惡利口之覆邦家」〔註56〕，要「匡亂世反之於正」（《史記・太史公自序》），可見，他「正樂」，目的在「復禮」。

3. 孔子是怎樣「正樂」的

　　孔子「正樂」有自己的政治意圖，同時也是有自己的審美準則的。蔡仲德先生將孔子的審美準則概括為三條：「思無邪」；「樂而不淫，哀而不傷」；「中聲以為節」。這三者都蘊涵「和」而不「淫」之意，即要求音樂的內容與形式都「中庸」，中和，「和」而不「淫」。根據這個準則，必然要提出「樂則《韶》、《舞》（同《武》），放鄭聲」（《論語・衛靈公篇》）的主張，又必然要進行「正樂」，整理音樂，使之合乎上述準則。〔註57〕

　　孔子「正樂」是在晚年。《論語・子罕篇》記載孔子的話：「吾自衛反魯，然後樂正，《雅》、《頌》各得其所。」鄭玄注說：「反魯，魯哀公十一年冬。是時道衰樂廢，孔子來還，乃正之，故雅頌各得其所。」雅樂在當時主要是奴隸主貴族宴飲時享用的，而頌樂則多用於奴隸主貴族的祭祀活動，孔子特別提出《詩經》中的雅頌兩個部分，並以之作為他「正樂」的標準，可見他是要把古代奴隸主貴族的音樂重新加以整理，用以為恢復禮樂制度服務。司馬遷也曾說過：「三百五篇孔子皆絃歌之，以求合《韶》、《武》、《雅》、《頌》之

〔註53〕《史記・太史公自序》。
〔註54〕《漢書・藝文志》。
〔註55〕馬端臨：《文獻通考・經籍考》。
〔註56〕《論語・陽貨篇》。
〔註57〕參閱蔡仲德《中國音樂美學史》，人民音樂出版社，1995年版。

音。禮樂自此可得而述，以備王道，成六藝。」〔註58〕至於孔子對
《詩經》是如何「正樂」的，現在因沒有確鑿的史料，難以瞭解詳
情了。對於「正樂」，有學者作了這樣的猜測：「可能是糾正一下人
們唱錯的音節、音調；也可能是人們有意把鄭聲的花腔夾到雅樂裏，
搞亂了雅樂的腔調，孔子便做了清除工作，使雅頌恢復原來的樣子。」
〔註59〕孔子所為，是政治家的工作，也是音樂家的工作，同時又是
編輯家的工作。孔子對《詩經》的校勘、保存是有很大功勞的。

　　孔子「正樂」是主張「思無邪」、「放鄭聲」的，但實際上經過孔
子再次編輯加工、重新刊定後的《詩經》並不盡符合他在理論上提出
的要求。現在《詩經》許多篇章並不符合「思無邪」的標準，有些正
是「鄭衛之聲」。如《野有死麕》，寫的是淫奔；《大雅·瞻》，罵人罵
天，戾而且怒，孔子都沒有將其刪除。對這一點清人顧炎武和現代思
想家魯迅先生都有過論述。

　　顧炎武《日知錄》卷三說：

　　　　孔子刪詩，所以存列國之風也。有善有不善，兼而存之。
　　　猶古之太師陳詩以觀民風，而季札聽之，以知其國之興衰。
　　　正以二者之並陳，故可以觀，可以聽。世非二帝，時非上
　　　古，固不能使四方之風，有貞而無淫，有治而無亂也。文
　　　王之化，被於南國；而北鄙殺伐之聲，文王不能化也。使
　　　其詩尚存，而入夫子之刪，必將存南音以係文王之化，存
　　　北音以係紂之風，而不容於沒一也。是以桑中之篇，溱洧
　　　之作，夫子不刪，志淫風也。叔於田為譽毀之辭，揚之水、
　　　椒聊為從沃之語，夫子不刪，著亂本也。淫奔之詩，錄之
　　　不一而止者，所以志其風之甚也。……選其辭，比其音，
　　　去其煩且濫者，此夫子之所謂刪也。後之拘儒，不達此旨，
　　　乃謂淫奔之作，不當錄於聖人之經。是何異唐太子宏，謂
　　　商臣弒君，不當載於春秋之策乎？

顧炎武是肯定「孔子刪詩」說的，這一點我們是不贊同的；但孔子確

〔註58〕《史記·孔子世家》。
〔註59〕周滿江：《詩經》，上海古籍出版社，1980年版，第37頁。

實做過「正樂」工作，他對《詩經》，又是作過校勘、加工和處理的，顧炎武對孔子「正樂」中保存多種內容、風格詩樂的分析，我認為還是可取的。魯迅先生在其《漢文學史綱》中也指出：

> 忿而不戾，怨而不怒，哀而不傷，樂而不淫，雖詩歌，亦
> 教訓也。然此特後儒之言，實則激楚之言，奔放之詞，《風》
> 《雅》中亦常有。

看來，孔子在對《詩經》進行音樂上的加工處理時，雖在理論上提出了「思無邪」的要求，但在具體做法上，還沒能走到漢儒以後那樣的極端。周代樂師編訂《詩經》時的兼容並蓄原則，實際上被孔子在校勘和重新編訂《詩經》時繼承了。

此外，作為教育家的孔子，對《詩經》的保存和流傳也是功不可沒的。起初，《詩經》本是由王朝樂官傳授的，後來孔子首倡私人辦學，廣招弟子，傳道授業，並以《詩經》為教材，將其列為六藝之一。孔子以後的儒者也都諷誦和絃歌《詩經》，傳道說理，引詩為證，用詩說詩，斷章取義，這雖然於詩的原義並一定相符，但對於《詩經》本文的記誦、保存是有功勞的。否則，詩樂分離後，如果沒有儒家對《詩經》的重視和傳習，它的保存和流傳就很成問題了。

第二章　《楚辭》編輯論

　　《詩經》的歌聲消歇以後，詩壇上沉寂了大約二三百年，到了戰國後期，即屈原生活的時代，又活躍起來。一種迥異於《詩經》的新詩體誕生了，這就是「楚辭」。《楚辭》和《詩經》是兩個時代的作品，兩個地域的作品，分別代表了兩種不同類型的美。詩之美，帶有濃鬱的生活氣息和泥土氣息，質樸淳厚，親切感人。《楚辭》之美帶有強烈的傳奇色彩和英雄色彩，瑰奇浪漫，驚心動魄。楚辭的創始人是我國詩歌史上第一位偉大的愛國主義詩人屈原。屈原堪稱我國文學家之鼻祖，在中國文學史上有其前無古人、後無來者的地位。梁啓超認爲：「凡爲中國人者，須獲有欣賞楚辭之能力，乃爲不虛生此國。」〔註1〕屈原之後繼者有宋玉、景差等人。以屈原爲代表的楚辭體詩歌作品的出現，不僅豐富了當時我國的詩歌形式，而且它在我國古代文體的發展中，起了多方面的影響。例如它對我國賦體文學的產生與發展，以及對我國後世五、七言古體詩的產生，都起過顯著的影響和啓導。從詩歌編輯史的角度看，劉向編集的《楚辭》有著與《詩經》迥然不同的個性特色。《詩經》是民歌總集，反映當時的共性，而《楚辭》則是個人之作，滲透了個性特徵。《楚辭》的編輯成書，同時也開啓了

〔註 1〕梁啓超：《飲冰室專集之七十二·要籍解題及其讀法·楚辭》，中華書局，1989 年版，第 81 頁。

後世有關楚辭學術研究之路、書籍編撰與刊刻之路。

第一節 「楚辭」的三重含義

「楚辭」這個名詞，最早見於西漢司馬遷的《史記》。《史記·酷吏列傳》上說：

> 始長史朱買臣，會稽人也。讀《春秋》。莊助使人言買臣，買臣以「楚辭」與助俱幸，侍中，爲太中大夫、用事。

漢史學家班固多次用「楚辭」（或「楚詞」）一詞，例如：

> 會邑子嚴助貴幸，薦買臣。召見，說《春秋》，言「楚詞」，帝甚悅之。〔註2〕

> 宣帝時，修武帝故事，講論六藝群書，博盡奇異之好，徵能爲「楚辭」，九江被公，召見誦讀。〔註3〕

「楚辭」這個名詞流傳到今天，已具有三重含義。一是指出現在戰國時期、楚國地區的一種新的詩體；二是指戰國時代一些楚國人以及後來一些漢朝人，用上述詩體所寫的一批詩；三是指漢朝人對上述一批詩進行編選而成的一部書。「楚辭」的以上三重含義中，第一重無疑是其本義，是最基礎的。可以說，沒有這種新詩體的產生，自然就不會有模擬這種體制的詩歌創作；沒有詩作，自然也就沒有輯選加工成書之事了。因此，要談「楚辭」，便應從它的第一重含義──新詩體談起。

在中國文學史上，「楚辭」是繼《詩經》而起的，只有把「楚辭」與《詩經》相比，才能看出它新在哪裏。著名文學史家王瑤先生對「楚辭」與《詩經》作過如下比較：

> ……《詩經》中的詩多以四字爲定格，各章之間多複沓，篇章比較簡短，風格比較樸素；但《楚辭》就不同了，《離騷》和《九章》基本上是六字句，《九歌》是以五言爲主的

〔註2〕 《漢書·朱買臣傳》。
〔註3〕 《漢書·王褒傳》。

長短句，形式上的變化很多，詩的篇章放大了，也很少用複沓的手法，而想像力的豐富、情感的濃烈、內容的複雜、風格的絢爛，都與《詩經》中的作品有很顯著的不同。一般地說，《詩經》還只是一種群眾性的創作，民歌的色彩很濃厚；而《楚辭》中的主要作品則都已通過了詩人的藝術的集中與加工，是詩人吸取了民間文學的營養，而用自己的思想和藝術來創作的成果。〔註4〕

王瑤先生的論述，較為全面地對《詩經》和「楚辭」進行了比較。從詩體的角度看，二者最明顯的不同是在句式上。《詩經》以四字句為典型句式，句中是「二二」節奏。例如：「關關｜雎鳩，‖在河｜之洲。」而「楚辭」的典型句式有六字句和五字句兩種（都不算語氣詞「兮」），句中是「三三」和「三二」節奏。例如：「帝高陽｜之苗裔（兮），‖朕皇考｜曰伯庸。」「君不行（兮）｜夷猶，‖蹇誰留（兮）｜中洲？」「楚辭」這種五字句、六字句，比《詩經》的四字句表現力更強了。當然，無論《詩經》還是「楚辭」，又都還有些長短不齊的非典型句式。

語氣詞「兮」的運用，是「楚辭」的又一重要特點。語氣詞「兮」相當於現代漢語中的「啊」。在《詩經》的一些詩中，也出現過「兮」字，但數量不多；而且不像「楚辭」那樣，運用這個語氣詞，竟成為語言形式上一個顯著的特點。據文學史家考證，屈原最初創作「楚辭」，是採用「賦」特有的調子，又吸取了「南音」而完成的。〔註5〕屈原之前，楚地的風謠叫「南音」。「南音」從語言上看，即慣用「兮」字，如項羽的《垓下歌》、劉邦的《大風歌》都是如此。屈原正是學習、吸收了當時「南音」的一些特點的。

「楚辭」作為一種新詩體，更為顯著的特點是它的濃鬱的地方

〔註4〕王瑤：《中國詩歌發展講話》，中國青年出版社，1956年版，第17～18頁。

〔註5〕參閱聶石樵《先秦兩漢文學史稿》先秦卷，北京師範大學出版社，1994年版，第450頁。

色彩。《詩經》中的十五國風，是從各地收集來的，最初必有一定的地方色彩；但經過周王朝樂官的編選加工，修改統一，地方色彩有所減弱。而「楚辭」始終有著濃厚的地方色彩。對此，古今學者論之甚詳，如宋代黃伯思就曾說過：「蓋屈、宋諸騷，皆書楚語，作楚聲，紀楚地，名楚物，故可謂之『楚辭』。若些、但、羌、誶、謇、紛、侘傺者，楚語也。頓挫悲壯、或韻或否者，楚聲也。沅、湘、江、澧、修門、夏首者，楚地也。蘭、茝、荃、藥、蕙、若、蘋、蘅者，楚物也。」〔註 6〕

這段話，對「楚辭」命名之緣由以及它的地域特色，論析得較爲全面具體。關於「書楚語」，現代學者郭沫若先生也作過比較深入的探究。他在其《屈原研究》裏說，僅屈原作品中所使用的顯然是屬於楚國方言的辭，就有二十四例；而屈原的代表作《離騷》的題名「離騷」二字，也是楚國當時的方言。

事實上，「楚辭」這一新詩體並不是憑空產生的。它是由當時我國南方楚文化哺育出來的一支新花。〔註 7〕「楚辭」的產生受到楚地民間文學 —— 所謂「楚聲」和「楚歌」的直接影響。產生於「楚辭」之前的《詩經》，主要產生於北方，代表了當時的中原文化，而「楚辭」則是南方楚地的鄉土文學。在春秋戰國時代，楚國是南方的大國，佔有江淮流域廣大地區。它在政治、文化上雖然早已與中原有著交往，但在很大程度上還一直保持著自己的文化傳統，在宗教、民俗、詩歌、樂舞等各個方面都有著獨自的特色。楚地的民歌樂舞，特別是流行在楚地的具有神話色彩的巫曲，以其特有的浪漫情調，參差優美的句式和韻律，啟發著詩人的創作，對楚辭體詩歌的形成起著重大作用。

我們知道，「楚辭」這個名詞是和屈原的名字密不可分的。《離

〔註 6〕《東觀餘論》卷下《校定楚詞序》。
〔註 7〕參閱褚斌傑《中國古代文體概論》（增訂本）「緒論」部分，北京大學出版社，1990 年版，第 5 頁。

騷》是楚辭中最重要的作品，因此後來也把楚辭稱作「騷體」。上面
所說的楚辭的一些特點，都主要是從屈原的作品中概括出來的。屈
原死後，楚國繼承屈原所創造的文體的作者有宋玉、唐勒、景差等。
《史記·屈原列傳》說：「屈原既死之後，楚有宋玉、唐勒、景差之
徒者，皆好辭而以賦見稱。」唐勒、景差的辭賦沒有流傳下來，宋
玉是當時最有名的作家，向來屈宋並稱。宋玉的辭賦，據《漢書·
藝文志》著錄，有十六篇，也大都沒有流傳下來，現有的署名宋玉
的作品有好些是後人偽託的。漢代，模仿「楚辭」創作作品者，大
有人在。這一點，班固的《漢書·地理志》述之甚詳：

> 始楚賢臣屈原，被讒放流，作《離騷》諸賦，以自傷悼。
> 後有宋玉、唐勒之屬，慕而述之，皆以顯名。漢興，高祖
> 王兄子濞於吳，招致天下之娛游子弟，枚乘、鄒陽、嚴夫
> 子之徒，興於文、景之際。而淮南王安亦都壽春，招賓客，
> 著書。而吳有嚴助、朱買臣，貴顯漢朝，文辭並發，故世
> 傳「楚辭」。

漢代的辭賦作家採用與屈原作品相同或相近的體式，感詠屈原
的生平，代訴屈原的心聲，以寄託欽仰懷思之情。其中比較著名的
作品，有賈誼的《弔屈原賦》、《惜誓》，淮南小山的《招隱士》，東
方朔的《七諫》，嚴忌的《哀時命》，王褒的《九懷》，等等。論及戰
國及漢代文人對屈原的模仿，宋代朱熹曾說：「蓋自屈原賦《離騷》
而南國宗之，名章繼作，通號『楚辭』，大抵皆祖原意，而《離騷》
深遠矣。」〔註8〕魯迅先生在《漢文學史綱要》中也這樣說：

> 戰國之世，……在韻言則有屈原起於楚，被讒放逐，乃作
> 《離騷》。逸響偉辭，卓絕一世。後人驚其文采，相率仿傚，
> 以原楚產，故稱《楚辭》。

這裏要提及的是，在漢代「楚辭」常常被稱為「賦」，如《史記·
屈原列傳》記屈原「乃作《懷沙》之賦」；又《漢書·賈誼傳》說屈
原「被讒放逐，作《離騷賦》」。「漢人之所以會這麼說，是因為漢代

〔註 8〕朱熹：《楚辭集注目錄序》。

出現了『賦』這樣一種文學創作形式；『賦』是在『辭』的影響下出現的，二者在形式上也確有共同之處，如多用鋪陳排比、有的賦用『騷體』等，所以漢人便以今概古，把『賦』的概念擴大到含蓋楚辭。」〔註9〕漢人所說的「賦」或「辭（詞）賦」，實際上是包括「楚辭」體和「漢賦」體兩種文體在內的，他們往往不加分別。其實二者雖有聯繫，卻並不屬一類。它們是體制不同的兩類文體，「賦」屬於文的範疇，而「辭」屬於抒情詩的範疇。

以上我們簡要論述了「楚辭」的前兩重含義，至於它的第三重含義──作爲詩歌總集的書名《楚辭》，將在下一部分專門討論。從詩歌編輯史的角度出發，《楚辭》的編選結集、修訂纂注以及流衍傳播，更是我們關注的重心。

第二節　劉向父子與《楚辭》的編纂結集

《楚辭》作爲包括屈原等許多作者的一部古代詩歌總集，到底成於何時，出自何人之手，學術界有種種不同意見。由於自古以來屈宋並稱，宋繼屈起，因此有人便推測最早的《楚辭》輯本是由宋玉編成的。當代楚辭學家湯炳正先生就說：《楚辭》作品第一組（指《離騷》、《九辯》兩篇）的「纂成時間，當在先秦，其纂輯者或即爲宋玉。此爲屈、宋合集之始。」又說：「這一組作品，乃先秦時代《楚辭》的雛形，本是屈、宋合集，獨立成書……其纂輯者，或即爲宋玉本人。」〔註10〕這種推測，因沒有材料證實，故而在學術界影響並不太大。

《楚辭》的正式結集始於漢代劉向，這是古往今來比較一致的看法。《四庫全書總目》（卷一四八）上說：

> 裒屈、宋諸賦，定名爲《楚辭》，自劉向始也，後人或謂之「騷」。

〔註9〕金開誠：《屈原辭研究》，江蘇古籍出版社，1992 年版，第 4 頁。
〔註10〕湯炳正：《楚辭新探》，齊魯書社，1984 年版。

　　劉向到底何許人也？他又是怎樣編輯《楚辭》的呢？據史載，劉向（公元前 78 年～公元前 6 年）本名更生，字子政。沛（今屬江蘇沛縣）人。爲楚元王劉交的後裔。他在漢宣帝時由於「通達能屬文辭」，以「名儒俊才」的身份選拔到皇帝的左右。他又精通春秋穀梁之學，著述閎富，是西漢後期的大學者。漢成帝河平三年（公元前 26 年），他在光祿大夫任上受命校書（整理國家藏書）。《漢書·藝文志》序中記此事說：

> 詔光祿大夫劉向校經傳、諸子、詩賦，步兵校尉任宏校兵書，太史令尹咸校數術，侍醫李柱國校方技。每一書已，向輒條其篇目，撮其指意，錄而奏之。會向卒，哀帝復使向子侍中奉車都尉歆卒父業。歆於是總群書而奏其七略，故有輯略、有六藝略、有諸子略、有詩賦略、有兵書略、有術數略、有方技略。

　　漢成帝時期，可能是由於圖書典藏制度還不夠完善，圖書散亡較多。於是成帝一面派謁者（官名，光祿勳屬官。掌禮賓事宜）陳農到全國各地搜求遺書，一面組織人力整理國家藏書，由劉向總司其事，並由各種專門人才負責各類專業圖書。這一工作，前後持續了二十年之久。這期間，劉向將秘府堆積如山的圖書典籍及各地獻上的遺書分別校讎繕寫，每一書就，寫敘錄「論其指歸，辨其訛謬，敘而奏之」〔註 11〕。劉向去世以後，他的小兒子、也是他編纂工作的主要助手之一劉歆接替其中壘校尉的職務，主持皇家圖書最後階段的編校工作，順利完成了劉向所開創的事業。他在劉向《別錄》的基礎上，將典籍分類編目，對各類書籍的學術源流加以考辨，著成《七略》一書。這是我國第一部有系統的目錄學專著，同時又有很高的編輯學價值。對於劉向父子編輯工作方面的貢獻，姚福申先生作了如下評價：

> 中國的古籍經過劉向等人的校訂和編次，每部書都有了明確的書名、篇名、作者、目錄、敘錄、正文和附件，全書

〔註11〕魏徵：《隋書·經籍志序》。

次序井然、字句標準化，已明顯地不同於初創時期的書籍
了。中國書籍的基本形態，在劉向校書時才大致奠定了基
礎。劉向父子所編校的圖書，從數量和範圍來看，幾乎囊
括了當時的全部古籍，從質量上看，無論是體例的科學性
或校勘的精確性都達到了前所未有的高度。劉向父子無愧
為中國編輯工作的奠基人。〔註12〕

劉向父子在編輯工作上的貢獻是多方面的，具體到《楚辭》的纂
輯，也是功不可沒。當時，劉向主要負責經傳、諸子、詩賦幾類的輯
選。《楚辭》屬於詩賦的範疇，它的整理、結集工作正是由劉向最初
完成的。王逸在《楚辭章句敘》中說：屈原作品二十五篇，「後世雄
俊，莫不瞻慕。舒肆妙慮，纘述其詞。逮至劉向典校經書，分為十六
卷。」劉向的《楚辭》輯本原本不傳，而東漢王逸注《楚辭》依據的
是劉向的本子；從中我們知道，劉向收錄了屈原的所有的傳世作品，
此外還選錄了宋玉、景差、賈誼、淮南小山、東方朔、嚴忌、王褒以
及劉向自己的辭賦。劉本《楚辭》十六卷，具體篇目《四庫全書總目》
有錄：

初劉向裒集屈原《離騷》、《九歌》、《天問》、《九章》、《遠
遊》、《卜居》、《漁父》，宋玉《九辯》、《招魂》，景差《大
招》，而以賈誼《惜誓》、淮南小山《招隱士》、東方朔《七
諫》、嚴忌《哀時命》、王褒《九懷》，及向所作《九歎》，
共為《楚辭》十六篇，是為總集之祖。

這個十六卷本的《楚辭》的編輯成冊，是劉向對楚辭學的巨大貢
獻，它在中國詩歌編輯史上也有重大意義。有了這個《楚辭》輯本，
屈原及後繼者的辭賦作品才得以保存和流傳，而有關楚辭的學術研
究，也以此為基礎揭開了新篇章。與《詩經》按樂分類的編輯體例不
同，劉向輯《楚辭》，開以作家為綱編定文集的新體例之先河。這可
以看作是我國古代「經、史、子、集」四部分類中的「集」部編輯之
源頭。誠如《四庫全書總目·集部總敘》所說：「集部之目，楚辭最

〔註12〕姚福申：《中國編輯史》，復旦大學出版社，1990年版，第65頁。

古。」

漢代除了劉向的《楚辭》輯本，還有沒有其它的輯本流傳呢？當代楚辭學家作了肯定的回答。〔註13〕王逸曾經說：「屈原履忠被讒，憂悲愁思，獨依詩人之義而作《離騷》。……復作《九歌》以下凡二十五篇。楚人高其行義，瑋其文采，以相教傳。」這個在楚國流傳的本子是有記載的最早的《楚辭》選本，但篇目、次第都已不可考了。從實際看，當時確實有過多種本子。如，將《史記》中「屈原至於江濱」一節與《漁父》對照，發現顯然出於同一作品的文辭有多處相異，可見是出自兩個不同的輯本。又，《史記》所錄《懷沙》與王逸《楚辭》注本《懷沙》相對照，文字相異達四十多處。《史記》還多出「曾口金恒悲兮，永歎慨兮。世既莫吾知兮，人心不可謂兮」四句，爲王逸注本所無。《史記·屈原列傳》又說：「余讀《離騷》、《天問》、《招魂》、《哀郢》，悲其志」，又說：「乃作《懷沙》之賦。」不稱《九章》，而舉《哀郢》、《懷沙》之名，可見單篇的作品尚未集爲《九章》。宋代朱熹說：「屈原既放，思君念國，隨事感觸，輒形於聲。後人輯之，得其九章，合爲一卷。」有學者認爲，「這個將單篇輯爲一卷、命名《九章》者，可能就是劉向。」〔註14〕

劉向對包括《楚辭》在內的詩賦、諸子、經傳等，廣羅異本，比較異同，相互補充，除去重複，條別篇章，定著目次，校勘訛文脫簡，命定書名；在此基礎上，爲了揭示圖書內容，接著又撰寫敘錄。敘錄的內容包括著錄書名篇目，敘述校勘經過，介紹著者的生平、思想，說明書名的含義，著書的原委與書的性質，辨別書的眞僞，評論思想或史實的是非，剖析學術源流以及確定書的價值。每篇敘錄實際就是一書的簡要介紹，只是這個「敘錄」比今天圖書編輯中的「內容簡介」更全面、更細緻、更紮實，因而也更有學術價值，但它無疑屬於高層次的編輯工作。當時，劉向又「別集眾錄，

〔註13〕詳參李中華、朱炳祥《楚辭學史》，武漢出版社，1996 年版，第 30 頁。

〔註14〕李中華、朱炳祥：《楚辭學史》，第 30～31 頁。

謂之《別錄》」。《別錄》二十卷，即劉向校書時所撰敘錄全文的彙編本。這是具有重大目錄學、編輯學價值的寶貴遺產，可惜已絕大部分遺失，只剩下數篇（其中有劉歆撰《山海經》書錄一篇）。清代嚴可均校輯《全上古三代秦漢三國六朝文》，收錄劉向的書錄是以下幾篇：《戰國策書錄》、《管子書錄》、《晏子書錄》、《孫卿書錄》、《韓非子書錄》、《列子書錄》、《鄧析書錄》、《關尹子書錄》、《子華子書錄》，其中《韓非子書錄》「宋本不著名，疑是劉向作」；《關尹子書錄》、《子華子書錄》，「皆疑宋人依託」，並不可靠。劉向流傳下來的書錄中沒有《楚辭》，這對於詩歌編纂史的研究是個缺憾。

劉歆「集六藝群書，種別爲《七略》」〔註15〕，其內容基本上是節錄《別錄》的書錄而成的。它是一部比較嚴格的綜合性分類目錄，共分六藝、諸子、詩賦、兵書、數術、方技六略，六略前有輯略總冠全目。《七略》的分類主要是劉向整理編輯圖書時的分工，同時考慮到各類圖書分量的平衡。《七略》中「輯略」實爲「六篇之總最」，因此，它確立的是圖書分類目錄中的「六分法」。全目共分六略（大類）、三十八種（小類）、六〇三家、一三二一九卷。「輯略」是全書的總錄，它包括總序和各略的序，說明各類圖書內容和學術流派。其餘六略則依類著錄圖書。每書之下都有簡短說明。其中，「詩賦略」中有：屈原賦之屬、陸賈賦之屬、孫卿賦之屬、雜賦、歌詩五種。總括言之，劉氏父子的編輯工作（包括楚辭編選）在發展文化上的作用是巨大的，一直受到後人高度評價，從班固到章太炎，都是將劉氏父子與孔子並稱的。

和《別錄》一樣，《七略》也於唐宋間亡佚，但其主要內容被東漢班固保存了下來。班固撰《漢書》時，就改編《七略》爲《藝文志》，列爲《漢書》內容之一，並成爲史志目錄的開端。《漢書·藝文志》師襲劉歆《七略》，按六略三十八種門類，綜錄先秦至西漢著述，共收五百九十六家（相當於五百九十六部書），一萬三千二百六十九篇，

〔註15〕班固《漢書·楚元王傳》附劉歆。

包括哲學、史學、文學、政治、經濟、法律、軍事、天文、曆法、占卜星相以及醫藥衛生書籍。每種之後有小序，每略之後有總序，對學術原委，是非得失和類名意義，都作了簡要評述。這就從縱橫兩個方面記載了當時的文化狀況。《漢書・藝文志・詩賦略》，「序詩賦爲五種」：1.「屈原賦二十五篇」，下隸賦二十家，作品三百六十一篇。2.「陸賈賦三篇」，下隸賦二十一家，作品二百七十四篇。3.「孫卿賦十篇」，下隸賦二十五家，作品一百三十六篇。4.「客主賦十八篇」，下隸雜賦十二家，作品二百三十三篇。5.歌詩，計二十八家，三百一十六篇。〔註16〕班固的這一工作，爲文學文獻學和詩歌編輯史提供了可貴的資料。

　　還需要指出的是，劉向劉歆父子在整理審定的書籍時撰寫書錄，編製目錄，由此產生了評價圖書的敘錄體。這種敘錄體，後人以題解、提要、評述、出版說明等稱之。兩千多年來，它一直是評價圖書、宣傳圖書和引導讀者的重要的編輯形式。這樣一種敘錄體對以後的詩歌編輯發展也有著重要的影響。

第三節　王逸《楚辭章句》的編次體例及其貢獻

　　王逸（公元89年？～158年？）字叔師，南郡宜城（今湖北省宜城縣）人，東漢安帝時爲校書郎，順帝時官至侍中。《後漢書》卷一零一《文苑傳》中有其傳。據今本《楚辭章句》題「校書郎臣王逸上」，則其書似乎是他在作校書郎的時候所著。有學者推測認定，《楚辭章句》的成書時間，「可能在漢安帝元初年中（公元117年左右）」〔註17〕。「章句」，則是章節與句子之合稱，漢代注家將以分章析句來解說古書之意的著作體稱爲章句。至於王逸爲何作《楚辭章句》，其《九思・自敘》有所表露：「逸南陽（一作南郡）人，博雅多覽。讀

〔註16〕參閱顧實講疏《漢書藝文志講疏》，上海古籍出版社，1987年版，第169～189頁。
〔註17〕易重廉《中國楚辭學史》，湖南出版社，1991年版，第63頁。

《楚辭》而傷愍屈原，故爲之作解。又以自屈原終沒之後，忠臣介士，遊覽學者，讀《離騷》《九章》之文，莫不愴然，心爲悲感，高其節行，妙其麗雅。至劉向、王褒之徒，咸嘉其義，作賦騁辭，以贊其志。則皆列於譜錄，世世相傳。」

比較一致的看法是，《楚辭章句》是以劉向編輯的《楚辭》作底本的。明王世貞《楚辭序》云：

梓《楚辭》十七卷。其前十五卷，爲漢中壘校尉劉向編集，尊屈原《離騷》爲經，而以原別撰《九歌》等章。及宋玉、景差、賈誼、淮南、東方、嚴忌、王褒諸子，凡有推傳原意而循其調者爲傳。其十六卷，則中壘所傳《九歎》，以自見其意。前後皆王逸通故爲章句。最後卷則逸所傳《九思》以附於中壘者也。

現在流行的《楚辭章句》，就是王世貞所說的這個十七卷本，具體編次爲：

第一卷　離騷經章句第一　屈原
第二卷　九歌傳章句第二　屈原
　　　　東皇太一　雲中君　湘君　湘夫人　大司命　少司命
　　　　東君　河伯　山鬼　國殤　禮魂
第三卷　天問傳章句第三　屈原
第四卷　九章傳章句第四　屈原
　　　　惜誦　涉江　哀郢　抽思　懷沙　思美人　惜往日
　　　　橘頌　悲回風
第五卷　遠遊傳章句第五　屈原
第六卷　卜居傳章句第六　屈原
第七卷　漁父傳章句第七　屈原
第八卷　九辯傳章句第八　宋玉
第九卷　招魂傳章句第九　宋玉
第十卷　大招傳章句第十　屈原或言景差

第十一卷　惜誓傳章句第十　賈誼
第十二卷　招隱士傳章句第十二　淮南小山
第十三卷　七諫傳章句第十三　東方朔
　　　　　初放　沉江　怨世　怨思　自悲　哀命　謬諫
第十四卷　哀時命傳章句第十四　嚴忌
第十五卷　九懷傳章句第十五　王褒
　　　　　匡機　通路　危俊　昭世　尊嘉　蓄英　思忠
　　　　　陶壅　株昭
第十六卷　九歎傳章句第十六　劉向
　　　　　逢紛　離世　怨思　遠逝　惜賢　憂苦　愍命　思古
　　　　　遠遊
第十七卷　九思傳章句第十七　王逸
　　　　　逢尤　怨上　疾世　憫上　遭厄　悼亂　傷時
　　　　　哀歲　守志

《九思》爲王逸自作自注，因此有人懷疑此卷是後人增入的。宋代洪興祖即認爲：「逸不應自爲注解，恐其子延壽之徒爲之爾。」〔註18〕宋代陳振孫、明人姚振宗也疑爲「後人所益」〔註19〕，或爲「私家別行本」〔註20〕。後代也有人認爲《楚辭章句》本來就是十七卷本，王逸自作自注不足爲怪，如《四庫全書總目》（卷一四八）「楚辭類」就認爲：

　　逸又益以己作《九思》與班固二敍爲十七卷，而各爲之注。其《九思》之注，洪興祖疑其子延壽所爲。然《漢書》《地理志》《藝文藝》即有自注，事在逸前。謝靈運作《山居賦》，亦自注之。安知非用逸例耶？舊說無文，未可遽疑爲延壽作也。

王逸的《楚辭章句》，給每篇作品都作了序文，指明作者、寫作

〔註18〕洪興祖：《楚辭補注》卷十七。
〔註19〕陳振孫：《直齋書錄解題》卷十五，上海古籍出版社，1987年版。
〔註20〕姚振宗：《隋書・經籍志考證》。

時間、命題意義和主要內容，如說《天問》是屈原放逐，彷徨山澤，見楚國先王之廟及公卿祠堂畫著天地山川和古代各種傳說，因書其壁而問之；楚人哀惜屈原，因而論述其文。又說《漁父》本是屈原與江濱漁父問答之詞，楚人思念屈原，因敘其辭。這些都可供後人參考。〔註21〕再如，《九歌》敘云：

> 九歌者，屈原之所作也。昔楚南郢之邑，沅湘之間，其俗信鬼而好祀。其祠必作樂鼓舞，以樂諸神。屈原放逐，竄伏其域，懷憂苦毒，愁思怫鬱。出見俗人祭祀之禮，歌舞之樂，其詞鄙陋，因爲作《九歌》之曲，上陳事神之敬，下以見己之冤結，託之以風諫。

此類序言，對創作緣由和篇章旨意都作了概括說明，在《楚辭》研究史上具有重要地位，產生了深遠影響。

楚辭學專家認爲，「《楚辭章句》是中國楚辭學史上的第一座豐碑，它的成就是巨大的」。總撮其要，除了上述背景的介紹、思想的闡發、意旨的概括以外，在音義的注釋、楚語的發掘、藝術的發抉等方面，也都有其獨到的貢獻。〔註 22〕若從詩歌編輯史的角度看，《楚辭章句》則有如下三方面的重要成績，一是全新的分類標準的提出，二是篇章的確定，三是文獻的保存。

劉向、劉歆父子和班固的辭賦分類都有明顯的不足。就是把楚辭與漢賦、民間創作與文人創作混淆了，模糊了楚辭的文體特徵。王逸沒有採用劉向等人的分類方法，而是根據自己對楚辭的理解，提出了全新的分類標準。〔註23〕他在《九辯序》中說：

> 屈原懷忠貞之性，而被讒邪，傷君暗蔽，國將危亡，乃援天地之數，列人形之要，而作《九歌》、《九章》之頌，以諷諫懷王。明己所言，與天地合度，可履而行也。宋玉者，屈原弟子也。閔惜其師，忠而放逐，故作《九辯》以述其

〔註21〕參閱《游國恩學術論文集》，中華書局，1989 年版，第 237 頁。
〔註22〕參閱易重廉《中國楚辭學史》，第 68～74 頁。
〔註23〕王齊洲：《中國文學觀念論稿》，湖北教育出版社，2004 年版，第 238
～239 頁。

志。至於漢興，劉向、王褒之徒，咸悲其文，依而作詞，
故號為《楚詞》。亦採其九以立義焉。

　　在王逸看來，屈原作品為「楚辭（詞）」之祖，這些作品以「諷
諫」為基本特徵；而宋玉等人「閔惜其師」、「以述其志」之作及後人
與此同類的作品，統謂之「楚詞（辭）」。這樣，「楚辭」就不僅是一
種文體，一種藝術形式，更是一種藝術精神，一種對黑暗政治的揭露
和對不公平政治待遇的抗爭。按照這一標準，自然就劃清了楚辭與漢
賦的界限。鑒於此，《楚辭章句》沒有選宋玉的《風賦》、《高唐賦》
等作品，入選的漢代賈誼的《惜誓》、王褒的《九懷》等，都是以是
否符合其懷忠貞之性、述傷時諷諫之志的藝術精神為標準的。王逸的
這種分類標準為後人所接受。《隋書·經籍志》便將楚辭歸於一類，《四
庫全書》集部則專設「楚辭類」。王逸通過分類所標舉的楚辭藝術精
神對中國文學的發展產生了深遠的影響，也對後世的文學編輯發生了
積極的作用。

　　王逸《楚辭章句》中的作品篇目，雖然依據的是劉向的輯本，
但由於劉書已佚，因而最早排出楚辭作家陣容和楚辭作品篇目的還
應是王逸。在王逸之前，除了劉向的十六卷本《楚辭》，還有劉歆輯
《屈原賦二十五篇》、闕名輯《宋玉集十六篇》，這兩種輯本皆為別
集。劉歆「乃承襲父業」，其父「劉向義在專門，故相類而輯，合為
一書」。至於闕名氏的《宋玉集》，原本不傳，「明以後有輯而單刻之
者」〔註24〕。王逸前承劉向諸人，輯注楚辭，其注本對作品篇目的
確立、流傳確實功莫大焉。

　　確立篇目之後，王逸對《楚辭》作了認真而全面的訓釋，基本
完整地闡述了漢人對《楚辭》的認識，並保存了許多可貴的訓詁資
料，從而具有重要的文獻價值。在王逸之前解說《楚辭》的，如劉
安曾作《離騷傳》，劉向、揚雄各有《天問解》，賈逵、班固亦各作
《離騷章句》，馬融則有《離騷注》，司馬遷對《天問》也曾「口論

〔註24〕姜亮夫：《楚辭書目五種》，上海古籍出版社，1993年版，第1～3頁。

道之」。上述解說，不乏灼見，也有許多舛錯、疏漏之處。這些注解本子均已亡佚。王逸不囿於舊說，敢於創新，其《天問·後敘》對前人研究楚辭的言論多有批評。對於那些較能令人信服的舊說，他也不輕易阿從。例如《離騷》題義，司馬遷云：「離騷者，猶離憂也。」〔註25〕把「離」釋爲「離別」。班固則認爲：「離猶遭也。騷，憂也。明己遭憂作辭也。」〔註26〕兩說都可言之成理。王逸另闢蹊徑，從前人尊《離騷》爲「經」入手，獨抒己見：「離，別也。騷，愁也。經，徑也。言己放逐離別，中心愁思，猶依道徑以諷諫君也。」其說未必很妥當，但其獨立思考、勇於創新的精神是可貴的。王逸的注解中，對背景的介紹、音義的注釋、楚語的發掘、藝術的闡發等，多有創獲。此正可謂「前有所因，自爲義例，鎔鑄眾說，歸一家言」。當代學人說「此之謂編述」〔註27〕。

　　刻意創新，而又尊重前人的研究成果，這使得王逸的注本審慎地保留了漢代學者的不同解說。《四庫全書總目》云：「逸注雖不甚詳賅，而去古未遠，多傳先儒之訓詁。」《楚辭章句》取精用宏，汲取許多先儒的訓詁；而那些先儒的著作已失傳，一鱗半爪，散金碎玉，賴《章句》得以保存，爲後人研究提供了可資借鑒的寶貴資料。例如，《天問》云：「河海應龍，何盡何力？」注引「一云」作「應龍何畫？河海何歷？」比較合理，釋二句云：

> 有鱗曰蛟龍，有翼曰應龍。歷，過也。言河海所出至遠，
> 應龍歷過游之，無所不窮也。或曰：禹治洪水時，有神龍
> 以尾畫導水，徑所當決者，因而治之。

「或曰」之言顯然是解釋「一云」二句的。班固《答賓戲》云：「應龍潛於潢污，魚黿媟之，不覩其能奮靈德，合風雲，超忽荒，而躕昊蒼也。故夫泥蟠而天飛者，應龍之神也。」可見神龍即應龍。在《楚辭章句》中，「或曰」與王注同時建立在「先儒之訓詁」的基礎

〔註25〕《史記·屈原列傳》。
〔註26〕《離騷贊序》。
〔註27〕張舜徽：《中國文獻學》，中州書畫社，1982 年版，第 32 頁。

上，但王逸仍引出「或曰」，以示博採，其文獻價值極其寶貴。

又如《離騷》「哀高丘之無女」一句，王逸注曰：

> 楚有高丘之山，女以喻臣，言己雖去，意不能已。猶復顧
> 念是國無有賢臣，心爲之悲而流涕也。或云：高丘，閬風
> 山上也；無女，喻無與己同心。舊說，高丘，楚地名也。

這種愼重對待前人注釋、保留異說的作法，確實爲以後楚辭研究者提供了方便。後世錢杲之《離騷集傳》、錢澄之《屈詁》、屈復《楚辭新注》認爲高丘爲楚山之名，朱熹《楚辭集注》、林雲銘《楚辭燈》、蔣驥《山帶閣注楚辭》認爲高丘在閬風山上，都是依據王逸之注，加以推理而成說。這種「前有所因，自爲義例，鎔鑄眾說，歸一家言」的「編述」，正如明人王鏊所說：「（王）逸之注，訓詁爲詳。朱子始疏以詩之六義」，然而「朱子之注《楚辭》，豈盡朱子說哉？無亦因逸之注，參訂而折衷之。逸之注，亦豈盡逸之說哉？無亦因諸家之說會萃而成之。」〔註28〕《楚辭章句》祖述前說，又自有心得，其編述的文獻價值於此可見一斑。

王逸的編輯思想中還有一點是值得特別注意的，即他對屈原的維護。《楚辭章句》各卷，均有前言，起解題作用。其中《離騷》和《天問》兩篇不僅有前言，且有後敘，對兩篇之創作緣起、題旨及表現手法等都作了概括分析。王逸特別在《離騷》的前言後敘中，在指出其運用比興象徵手法以諷刺的同時，對班固指責屈原「露才揚己」之說給予駁斥，是第一位起來維護屈原的楚辭專家。

第四節　摯虞的辭賦編輯理論與實踐

魏晉南北朝時期是中國歷史上極其動亂的年代。兵連禍結、動亂頻仍的社會局面，對於知識分子的精神壓制和政治迫害，使得佛教乘機而起，玄學勃然而興。經學的樊籬被打破了，人的自我意識空前覺醒，文學的自覺意識也隨之萌發與發展。具體到《楚辭》的

〔註28〕姜亮夫：《楚辭書目五種・楚辭書目提要》。

編輯與研究，也出現了某些異於前代的特點。這裏重點談摯虞的《文章流別集》和《文章流別論》，對其他學者及著作也有所涉及。

魏晉時期，曹丕、皇甫謐、摯虞、郭璞等人都對《楚辭》進行過評論探討。曹丕首先衝破儒家詩教，倡「詩賦欲麗」之說，以「麗」論辭賦，注重《楚辭》的文學因素，顯示出文學意識的初步覺醒。皇甫謐論辭賦，一方面贊成「欲麗」之說，一方面又主張「約簡之制」，即強調「諷諭之旨」﹝註29﹞，其觀點既有文學自覺的意識，又對漢儒風教之論有所汲取，顯示出折衷色彩。郭璞以道家思想和道教（或方士）神仙之說研究《楚辭》，更自覺地看到了屈原作品的浪漫特點，推進了《楚辭》的文學研究；又由於他對方言、訓詁之學有深入研究，故而其對《楚辭》異文的保存、方言的解說以及用神話資料詮釋辭賦作品，均有相當價值。郭璞的《楚辭注》早已失傳，但近代學者鈎沈輯逸，相互參證，使其著作之面目，略具輪廓地顯示了出來。

從詩歌編輯史的角度來說，摯虞是魏晉時期的一個重要學者。摯虞字仲洽，京兆長安（今西安市）人。生年不詳，卒於西晉永嘉五年（公元331年）。《晉書·摯虞傳》云：

> 虞撰《文章志》四卷……，又撰古文章，類聚區分為三十卷，名曰《流別集》，各為之論，辭理愜當，為世所重。

而據《隋書·經籍志》記載，摯虞的《文章流別集》是四十一卷，《文章流別論》是二卷。這兩部書，均已失傳，故而卷次難以確考。對於這兩部書編撰的緣起、方式與目的，《隋書·經籍志》曾這樣說過：「以建安之後，辭賦轉繁，眾家之集，日以滋廣，晉代摯虞，苦覽者之勞倦，於是採摘孔翠，芟剪繁蕪，自詩賦下，各為條貫，合而編之，謂為『流別』。」兩部書中，前者係選輯各體作品的一部文章總集，按體編排，可以見出各類文體的區別、源流；後者則是專門研究文體的著作，論述了文章各體的性質、起源和發展變化。摯虞原書的片斷佚文，僅見於《藝文類聚》、《太平御覽》的引錄。嚴可均從前

﹝註29﹞ 皇甫謐：《三都賦序》。

代類書中輯出載於《全上古三代秦漢三國六朝文》，共十三條；近人范文瀾先生從《金樓子・立言下》與《文選・東徵賦》注各補一條。從輯佚的殘編斷簡中，可以窺見其內容大要，及其在詩文編輯史和文藝理論批評史上的地位和影響。

　　從摯虞著作中輯佚的條目看，它至少論列了頌、賦、詩、七、箴、銘、誄、哀辭、解嘲、碑、圖讖十一類文體。他論辭賦云：

> 古之作詩者，發乎情，止乎禮義，情之發，因情以形之。禮義之旨，頌事以明之，故有賦，所以假象盡辭，敷陳其志。

　　此論賦（摯虞承漢人之說，辭與賦混）的起源，基本觀點脫胎於《詩大序》。隨即，摯虞又論列辭賦的發展變化，對作家提出批評，並舉出典範作品。他說：

> 前世爲賦者，有孫卿、屈原，尚頗有古詩之義，至宋玉，則多淫浮之病矣。《楚辭》之賦，賦之善者也。故揚子稱賦莫深於《離騷》。賈誼之作，則屈原儔也。

　　由於摯虞和漢人一樣，認爲「賦者將以諷」，強調「諷諭之義」，故而特別推崇「《楚辭》之賦」，稱其爲「賦之善者」。而後，摯虞又標舉辭賦的創作準則而指出「四過」。他說：

> 古詩之賦，以情義爲主，以事類爲佐。今之賦，以事形爲本，以義正爲助。情義爲主，則言省而文有例矣。事形爲本，則言當而辭無常矣。文之煩省，辭之險易，蓋由於此。夫假象過大，則與類相遠。逸辭過壯，則與事相違。辭言過理，則與義相失。麗靡過美，則與情相悖。此四過者，所以背大體而害政教，是以司馬遷割相如之浮說，揚雄疾「辭人之賦麗以淫」。

　　從教化至上的觀點出發，摯虞把辭賦分爲「古詩之賦」和「今之賦」。他欣賞的是較具現實意義的「古詩之賦」，而對過於講究形式之美的今之辭賦多有指責。

　　從上述所舉辭賦論可以看出，摯虞對文體，已不是一般性地說

明，而是在佔有大量歷史資料的基礎上，對文體的同異、性質、歷史演變、發展趨勢，作了精細的研究，從而對每種文體的來源、體例特點、流變都論述得十分清楚，並且還佐以名篇為例，表現了較強的科學性。若把《文章流別論》與《文章流別集》合而論之，則可見其不僅具有較高的文體學價值，同時也具有較高的編輯學價值。可以說，《文章流別論》是其編輯理論，《文章流別集》則是其編輯實踐，只是摯虞的理論還是吉光片羽，而編輯實踐（如楚辭的編選）已難覘本來面目了。劉勰《文心雕龍·序志篇》標出上篇泛論文體的四條綱領：「原始以表末，釋名以章義，選文以定篇，敷理以舉統。」摯虞這裏已早作了實際的運用，可以說，劉勰的綱領，就是受到摯虞的詩文選和文體論的啓發而從中概括出來的。張溥在《漢魏六朝三百家集》的《摯太常集》「題辭」之末說：「《流別》曠論，窮神盡理，劉勰《雕龍》鍾嶸《詩品》，緣此起議，評論日多矣。」即確切指出了它們之間的源流關係。蕭統《文選》標「七」之名，而摯虞已將《七發》及其後仿傚之作作為一類選文、評論，可見《文選》的文體分類也曾受到《文章流別集》的影響；而作為其中文體之一的辭賦之選，二者亦理當有一定聯繫。

第五節　蕭統《文選》的楚辭編纂

　　《文選》是我國現存的編選最早的一部文學總集，共收錄了周代至六朝七八百年間一百三十個知名作者的詩文，另有不知名作者的古樂府三首和古詩十九首，共計七百餘首（篇），各種文體的主要代表作大體具備，反映了各種文體發展的輪廓，為後人研究這七八百年間的文學史保存了重要資料，提供了方便的條件。

　　《文選》（又稱《昭明文選》）的組織編纂者蕭統（公元 501～531 年）是南朝梁武帝蕭衍的長子，簡文帝蕭綱、湘東王蕭繹的長兄。關於《文選》的詩歌編輯，另有專章討論，這裏僅就其楚辭的編輯略加闡述。

　　我國封建社會中，文化比較發達的時期首推漢唐兩代，而六朝可稱是繼漢開唐的轉化時期。文體由楚辭變爲漢賦，漢賦變爲俳賦，再變爲律賦；西漢散文駢文變爲東漢駢文，再變爲六朝駢文；詩歌由古體轉變爲律體。這種演化說明六朝時文體已相當完備，形式、辭藻、音律日益講究，文學的觀念更明晰了。這些都爲唐代文學的繁榮準備了條件。而蕭統所組織編纂的《文選》在其間是起了一定作用的。

　　蕭統把經、史、子和文學區別開來，大膽地把它們排除在文學範疇之外，只是對史書中的「綜輯辭采」、「錯比文華」的論文，仍認爲是可以入選的。所謂「事出於沉思，義歸乎翰藻」就是他心目中的文學作品，也是齊梁時一般人心目中的文學作品。這兩句雖是針對贊、論、序、述幾種文體而言的，其實完全可以看作蕭統爲文學作品與非文學作品劃出的一條界線，同時也是其編輯選擇作品的標準之一。依此標準鑒裁品藻，去蕪存精，《文選》中辭藻華麗、聲律和諧的楚辭、漢賦和六朝駢文佔了相當大的比重，詩歌方面也多選一些對偶詩句比較嚴謹的顏延之、謝靈運等人的作品，而陶淵明等人平易自然的詩篇卻入選較少。今本《文選》六十卷，按文體分類編選作品。全書把所收作品分爲三十九類〔註30〕，且第一類「賦」又分子目十五，第二類「詩」又分子目二十二。各類之中的作品，又以時代的先後爲序加以編排。這種大規模地將文學作品辨體區分，編選成集，是空前的，在當時是一項創造性的工作。《文選》從性質上說，還屬於一部總集，並不是論文體與編輯的專著，但它對後來的文體分類、詩文編輯，都有重大而深遠的影響。這裏，將其文體分類的細目，臚列如下：

第一　賦類

1.京都賦　2.郊祀賦　3.耕籍賦　4.畋獵賦　5.紀行賦　6.遊覽賦　7.宮

〔註30〕關於《文選》的作品分類有三十七、三十八、三十九三種說法，諸斌傑《中國古代文體概論》（增訂本，北京大學出版社，1990 年版）、傅剛《〈昭明文選〉研究》（中國社會科學出版社，2000 年版）等人持三十九種之說。傅著考證甚詳。本文取此說。

殿賦 8.江海賦 9.物色賦 10.鳥獸賦 11.志賦 12.哀傷賦 13.論文賦 14.音樂賦 15.情賦

第二 詩類

1. 補亡詩 2.述德詩 3.勸勵詩 4.獻詩 5.公讌詩 6.祖餞詩 7.詠史詩 8. 百一詩 9.遊仙詩 10.招隱詩 11.遊覽詩 12.詠懷詩 13.哀傷詩 14.贈答詩 15.行旅詩 16.軍戎詩 17.郊廟詩 18.樂府 19.輓歌 20.雜歌 21.雜詩 22.雜擬

以下各類則不再有子目：

第三 騷類	第四 七類	第五 詔類
第六 冊類	第七 令類	第八 教類
第九 策類	第十 表類	第十一 上書類
第十二 啓類	第十三 彈事類	第十四 牋類
第十五 奏記類	第十六 書類	第十七 移書類
第十八 檄類	第十九 難類	第二十 對問類
第二十一 設論類	第二十二 辭類	第二十三 序類
第二十四 頌類	第二十五 贊類	第二十六 符命類
第二十九 論類	第三十 連珠類	第三十一 箴類
第三十二 銘類	第三十三 誄類	第三十四 哀文類
第三十五 碑文類	第三十六 墓誌類	第三十七 行狀類
第三十八 弔文類	第三十九 祭文類	

從上述綱目可以看出，《文選》一書在文體分類上做了許多開創性的工作和貢獻（當然，它也有分類過於繁瑣且有不當之處），其編輯思想與實踐，沾漑後世，不止一兩代。例如，《文選》除把詩、賦與諸體散文加以劃分外，還特別對詩、賦類作了更細緻的劃分，而這一劃分和採用的許多名稱都爲後代所沿襲，如京都賦、郊祀賦、畋獵賦、紀行賦、詠史詩、遊仙詩、詠懷詩、贈答詩等。特別是，它在詩歌中還立了「樂府」一門，這說明了它對文體認識的精細和富有卓識

〔註31〕。蕭統全面的文體分類工作、統一的編選標準、較科學的編撰
體例，對文體學、編輯學均功不可沒。

對於《楚辭》的編選與研究，蕭統有其獨特的貢獻，最重要的
是，《文選》於詩、賦之外，另立「騷」體和「辭」體，從而第一個
糾正了前人混淆賦與辭兩種文體的錯誤。如前所述，漢人是把楚辭
體詩歌歸入賦類的，魏晉沿襲，也未加分辨。是蕭統從理論上與實
踐上真正將《楚辭》獨立出來。《文選序》論及賦體文學的源流時這
樣說：

> 《詩序》云：「詩有六義焉，一曰風，二曰賦，三曰比，四
> 曰興，五曰雅，六曰頌。」至於今之作者，異乎古昔，古
> 詩之體，今則全取賦名。荀、宋表之於前，賈、馬繼之於
> 末。自茲以降，源流實繁。述邑居則有「憑虛」「亡是」之
> 作，戒畋遊則有《長楊》《羽獵》之制。若其紀一事，詠一
> 物，風雪草木之興，魚蟲禽獸之流，推而廣之，不可勝載
> 矣。

這裏，對賦體文學的始末源流作了扼要探討。接著，蕭統又論到
楚辭體，即騷體文學，認為辭賦並非一類，其序云：

> 又楚人屈原，含忠履潔，君匪從流，臣進逆耳，深思遠慮，
> 遂放湘南。耿介之意既傷，壹鬱之懷靡愬；臨淵有懷沙之
> 志，吟澤有憔悴之容。騷人之文，自茲而作。

在蕭統看來，屈原是騷體文學的創制者，後世騷體之作，可看作
其餘緒嗣響。從文體上對「騷」「賦」加以區分，與當時劉勰的見解
（《文心雕龍》有《辨騷》與《詮賦》兩篇）相近，清人程廷祚《騷
賦論》承襲了這一觀點。

今本《文選》第三十二卷、第三十三卷為「騷」體，分為「騷
上」、「騷下」。「騷上」錄屈原作品五篇，即《離騷》、《九歌》（選
四首：《東皇太一》、《雲中君》、《湘君》、《湘夫人》）。「騷下」選屈

〔註31〕 參閱褚斌傑《中國古代文體概論》（增訂本），北京大學出版社，1990
年版，第22頁。

原《九歌》（選二首：《少司命》、《山鬼》）、《九章》（選一首：《涉
江》）、《卜居》、《漁父》，宋玉《九辯》五首、《招魂》，劉安《招隱
士》。「騷」類之中，選了屈原的作品十首，而記在宋玉名下的《招
魂》當今學者已確認為屈原的作品，這樣，《文選》所錄屈原之作
佔了他作品總數的五分之二強（以通常說的二十五篇計）。蕭統分
賦、騷為二，選入屈原、宋玉作品之多，說明他對屈宋楚辭體作品
的價值有深刻認識和高度評價。另，《文選》「辭」類選錄了漢武帝
《秋風辭》一首，陶淵明《歸去來》一首。這兩首「楚辭」體作品
宋代晁補之、朱熹的本子也都選錄了。由於《文選》無論在文學史
上還是在文學古籍的編纂校勘上，都有很高的地位，因此其對屈宋
以及其他楚辭作品的選錄與重視，無疑強化了楚辭代表作家在文學
史上的地位。

當然，由於編選者以「事出於沉思，義歸乎翰藻」為遴選的標
尺，因而過於強調典雅華麗，引古徵事，對《楚辭》作品的甄選也
未必都十分妥當。宋代陳仁子編《文選補遺》，就指出《九歌》只取
《少司命》、《山鬼》，《九章》只取《涉江》實在取捨不當。宋代楚
辭學家洪興祖補注《漁父》亦云：

> ……梁蕭統作《文選》，自《騷經》、《卜居》、《漁父》之外，
> 《九歌》去其五，《九章》去其八。……統所去取，未必當
> 也。

當與不當，尚可討論。即便有局限，也是時代使然，不可苛求。
總括而言，蕭統之於《楚辭》的編選及擴大影響、鞏固地位是有重要
作用的。《文選》的編輯思想、編撰體例對後世詩文總集的編輯也有
多方面的、久遠的影響。

第六節　晁補之「《楚辭》三書」的編纂

唐宋以後，人們在《楚辭》的注釋、校勘、考證、訓詁、義理
闡發以及藝術欣賞等方面，都有豐碩的成果，代有大家，著述迭出。

從詩歌編輯史的角度看，宋代的晁補之和朱熹兩人卓有建樹，理當予以專門評述。這裏，我們先談晁補之「《楚辭》三書」的編纂工作〔註32〕。

晁補之（公元 1053～1110 年），字無咎，晚號歸來子，濟州鉅野人。他與黃庭堅、張耒、秦觀合稱爲「蘇門四學士」，深得蘇軾賞識。神宗時舉進士，元祐初任秘書省正字、秘閣校理。紹聖年間，被列入元祐黨籍，在朝廷爭鬥中因爲與蘇軾的關係受到牽累，屢遭貶謫。著作現存《濟北晁先生雞肋集》七十卷，另有《晁無咎詞》六卷。其詞風頗能追步蘇軾，《四庫全書總目》卷一百九十八《晁無咎詞》提要云：「其詞神姿高秀，與軾實可肩隨。」

由於仕途坎坷，人生磨難，晁補之轉而向《楚辭》研究中寄託心志。《宋史》本傳說他「才氣飄逸，嗜學不知倦」，「尤精《楚辭》，論集屈宋以來賦詠爲《變離騷》等三書」。晁氏所輯《楚辭》三書，即《重編楚辭》十六卷，《續楚辭》二十卷，《變離騷》二十卷。

《重編楚辭》是將劉向所編《楚辭》十六卷中的作品，重新編次而成，其次序爲：《離騷經》、《遠遊》、《九章》、《九歌》、《天問》、《卜居》、《漁父》、《大招》、《九辯》、《招魂》、《惜誓》、《七諫》、《哀時命》、《招隱》、《九懷》、《九歎》，去掉了《九思》。爲何這樣編次，晁補之說：

> 按八卷屈原遭憂所作，故首篇曰《離騷經》，後篇皆曰《離騷》，餘皆曰《楚辭》。今本所第篇或不次序，於是遷《遠遊》、《九章》次《離騷經》，在《九歌》上，以原自敘其意近《離騷經》也。而《九歌》、《天問》，乃原既放之後，攄憤所作者。故遷於下。《卜居》、《漁父》自敘之餘意也，故又次之。《大招》古奧，疑原作，非景差辭。沉淵不返，故以終焉。爲《楚辭上》八卷。〔註33〕

這是晁氏重編《楚辭》前八卷的思考，有其獨立的見解和邏輯原

〔註32〕參閱李中華、朱炳祥《楚辭學史》，易重廉《中國楚辭學史》。
〔註33〕引自姜亮夫《楚辭書目五種》第 27 頁。

則。他的意見、編次未必就是定論，但這種敢於疑古、不盲從前人的編輯眼光和識見是值得充分肯定的。對於重編《楚辭》的後八卷，晁補之在其《離騷新序·中》也談了自己的看法：

> 《九辯》、《招魂》，皆宋玉作，或曰《九辯》原作，其聲浮矣。《惜誓》弘深，亦類原辭或以爲賈誼作，蓋近之。東方朔、嚴忌，皆漢武帝廷臣。淮南小山之辭，不當先朔、忌。王褒，漢宣帝時人，皆後淮南小山。至劉向最後作，故其次序如此。此皆西漢以前文也，以爲《楚辭下》八卷，凡十六卷，因向之舊錄雲。

這裏，晁補之先是依據作品的個性風格，判別其歸屬。他把「聲浮」的《九辯》，斷爲宋玉之作。釋《九辯》次《離騷》後而啓人以《九辯》爲屈作之疑。楚辭學家認爲這是晁氏在《楚辭》篇目問題上的一個重大貢獻。風格「弘深」的《惜誓》，則傾向爲賈誼作，與前說略有不同，態度是審慎的。然後，晁補之又依據作者所處時代的先後，調整了劉向所排列的篇目次第，使讀者能看出歷史發展的軌迹，這顯然比劉向「舊錄」更合理些，從編輯體例上看，也更規範科學些。

《續楚辭》二十卷，從後世文賦中選擇在辭、義兩方面繼承《楚辭》精神風貌的作品編輯而成。對於該書的收錄情況，晁補之在《續楚辭序》中說：

> 荀卿、賈誼、劉向、揚雄、韓愈，又非愧原者也。以迄於本朝名世君子，尚多有之。姑以其辭類出於此，故參取焉。

這是晁氏認爲無「愧」屈原的一些人，另外還有一些在他看來是有「愧」屈原的（如柳宗元、劉禹錫等），都是《續楚辭》的作品。從宋玉開始，到宋代王令爲止，全書收二十六人，六十篇作品。

《變離騷》二十卷，則是選取那些祖述《離騷》而又有所變化的作品編輯而成。從荀卿開始，至王令爲止，共收三十八人，九十六篇作品。陳振孫《直齋書錄解題》說：《續楚辭》、《變離騷》，「皆《楚辭》流派，其曰變者，又以其類《楚辭》而少變之也。」

《續楚辭》和《變離騷》都沒有保存下來，楚辭學家多方鈎輯，

採晁氏二著篇目如下：

  荀卿：《成相》等七篇；

  宋玉賦五篇：《高唐賦》、《神女賦》、《大言賦》、《小言賦》、《登
          徒子好色賦》；

  荊軻一篇：《易水歌》；

  越人（佚名）一篇：《越人歌》；

  劉邦一篇：《大風歌》；

  賈誼：《弔屈原賦》等三篇；

  劉徹三篇：《瓠子歌》、《秋風辭》、《天馬歌》；

  揚雄一篇：《反離騷》；

  息夫躬一篇：《絕命詞》；

  劉細君一篇：《烏孫公主歌》；

  李夫人一篇：《長門賦》；

  班婕妤一篇：《自悼賦》；

  司馬相如三篇：《長門賦》、《大人賦》、《李夫人賦》；

  王逸一篇：《九思》；

  張衡一篇：《思玄賦》；

  蔡琰一篇：《悲憤詩》；

  曹植三篇：《洛神賦》、《九愁賦》、《九詠》；

  王粲一篇：《登樓賦》；

  陸機：篇目不明；

  陸云：篇目不明；

  摯虞一篇：《思游賦》；

  陶淵明一篇：《歸去來兮辭》；

  鮑照一篇：《蕪城賦》；

  江淹：篇目不明；

  李白一篇：《鳴皋歌送岑徵君》；

  王維：篇目不明；

　　元結一篇：《引極》；

　　顧況三篇：《湖上清》、《日晚歌》（另一篇不明）；

　　韓愈七篇：《復志賦》、《憫己賦》、《別知賦》、《訟風伯》、《弔田
　　　　　　　横文》、《享羅池》、《琴操》；

　　柳宗元九篇：《招海賈文》、《懲咎賦》、《憫生賦》、《夢歸賦》、《弔
　　　　　　　　屈原文》、《弔萇弘文》、《弔樂毅》、《乞巧文》、《憎
　　　　　　　　王孫文》；

　　劉禹錫一篇：《問大鈞賦》；

　　佚名一篇：《招北客》；

　　李翱一篇：《幽懷賦》；

　　杜牧一篇：《阿旁宮賦》；

　　王安石二篇：《書山石辭》、《建業賦》；

　　沈括：篇目不明；

　　黃庭堅一篇：《毀璧》；

　　邢端夫一篇：《秋風三疊》；

　　王令：篇目不明。

　　從上述篇目看出，晁補之所選作家作品，已大大超過了劉向的範圍。其嚴肅認真的編輯態度，兼容並包的編輯思想，使他不像王逸那樣僅以屈原和漢人悼屈、擬屈之作爲「楚辭」，這既是對《楚辭》編輯史的重要貢獻，同時對於研究辭賦的發展流變也有極重要的意義。

第七節　朱熹《楚辭集注》的編輯學價值

　　如果說王逸是中國楚辭學第一座豐碑的話，朱熹的《楚辭集注》則可稱爲第二座豐碑。無論是從楚辭研究的角度，還是楚辭編輯的角度看，《楚辭集注》都是有其重要價值的力作。

　　朱熹（1130～1200），字符晦，一字仲晦，晚年自號晦庵，原徽州婺源縣（今屬江西省），其地古爲新安郡，有紫陽山，故自稱新安人，別號紫陽。因他長期寄居福建建陽的考亭，所以人又稱之

為考亭先生，並稱其學派為閩學。他十八歲中進士，一生仕途坎坷，晚年更被視為「偽學」，罷官出朝。他是理學家程頤的四傳弟子（《宋元學案》說是三傳），是宋代理學的集大成者。因理學又稱道學，所以《宋史》特創《道學傳》以位置程、朱諸人。朱熹的詩文後人編為《晦庵集》，或稱《朱文公文集》，或稱《朱子大全集》。

　　繼洪興祖之後，朱熹的《楚辭》研究在這一領域產生過籠罩一切的巨大影響。他的《楚辭集注》可列入楚辭領域最重要的著作之林。《楚辭集注》實際上包括朱熹的三部楚辭學著作，即《集注》八卷，《辯證》二卷、《後語》六卷。《集注》八卷，今存者有嘉定癸酉（1213 年）江西刊本，附《辯證》二卷，《楚辭後語》六卷是朱熹之子朱在於 1217 年增印的。再過十六年，朱熹之孫朱鑒在《集注》裏刪去復見於《後語》的《反離騷》，在《後語》裏刪去復見於《集注》的《弔屈原》、《鵩賦》，整齊劃一，合三部著作而成今天流行的《楚辭集注》。朱熹在楚辭學方面的主要成績，當代學者概括為三個方面，即「明大義，申屈原忠君之旨」；「破迂滯，立泛為寓言之說」；「正文字，明訓詁之事」〔註34〕。

　　從詩歌編輯史的角度來審視，《楚辭集注》在編選體例、編輯思想方面都是有其特點的；這些特點的形成，既有朱熹主觀的原因，也是時代環境使然。

　　我們知道，《楚辭》最早的本子是劉向所輯的十六卷本；王逸續增自作《九思》及班固二敘，為之釐定章句並作出注釋，定為十七卷；宋代洪興祖的《楚辭補注》，對王逸注以疏通證明。這是代表漢學家的一個注釋本。朱熹的《楚辭集注》，以王逸本為依據，刪去《七諫》、《九懷》、《九歎》、《九思》四篇，增入賈誼的《弔屈原》、《鵩賦》二篇；定屈原二十五篇為「離騷」類，具體又分七題：卷一《離騷》，卷二《九歌》，卷三《天問》，卷四《九章》，卷五（三題）《遠

〔註34〕參閱李中華、朱炳祥《楚辭學史》，武漢出版社，1996 年版，第 122
　　　　～126 頁。

遊》、《卜居》、《漁父》。又將宋玉等創作的十六篇劃爲「續離騷」類，計八題：卷六，宋玉《九辯》；卷七（二題）宋玉《招魂》，景差《大招》；卷八（五題）賈誼《惜誓》、《弔屈原》、《鵬賦》，莊忌《哀時命》，淮南小山《招隱士》。

《楚辭辯證》上下兩卷，上卷包括《離騷》、《九歌》兩篇，下卷包括《天問》、《九章》、《遠遊》、《卜居》、《漁父》、《九辯》、《招魂》、《大招》八篇。這是朱熹對《楚辭》的許多具體問題所作的考證，因爲這些材料無法容納到注釋中去而獨立成編，其中對舊注錯誤與牽強附會的地方批評得很詳細，有一百四十一條。

《楚辭後語》則是依據宋人晁補之《續離騷》、《變離騷》增刪而成，錄荀卿至呂大臨的辭賦計五十二篇。具體篇次爲：《成相》、《佹詩》、《易水歌》、《越人歌》、《垓下帳中之歌》、《大風歌》、《鴻鵠歌》、《弔屈原》、《服賦》、《瓠子之歌》、《秋風辭》、《烏孫公主歌》、《長門賦》、《哀二世賦》、《自悼賦》、《反離騷》、《絕命詞》、《思玄賦》、《悲憤詩》、《胡笳》、《登樓賦》、《歸去來辭》、《鳴皋歌》、《引極》、《山中人》、《望終南》、《魚山迎送神曲》、《日晚歌》、《復志賦》、《閔己賦》、《別知賦》、《訟風伯》、《弔田橫》、《享羅池》、《琴操》、《招海賈》、《懲咎賦》、《閔生賦》、《夢歸賦》、《弔屈原》、《弔萇弘》、《弔樂毅》、《乞巧》、《憎王孫》、《幽懷》、《書山石》、《寄蔡氏女》、《服胡麻賦》、《毀璧》、《秋風三疊》、《鞠歌》、《擬招》。〔註35〕

朱熹的《集注》和《後語》，都是在前人選本的基礎上增刪編選而成，無論是篇目的選定，內容的注釋，還是藝術的分析，文字的訓詁，又都不因襲前人，體現出富有時代特色、個性特色的編輯思想。其楚辭編輯思想主要體現在政治傾向、思想情感兩個方面。

先談朱熹在楚辭編輯中表現出來的政治傾向。

朱熹生活在朝政極其混亂、民族矛盾十分尖銳的南宋時期。皇帝昏庸，後黨權奸專政，如光宗受制於李后，寧宗一直爲外戚權臣

〔註35〕詳參李慶甲校點《楚辭集注》，上海古籍出版社，1979年版。

韓侂胄所挾制。這種情況實在有些類似於戰國晚期的楚國。當時，金兵壓境，危如累卵，統治階級內部有主戰與主和兩種不同的主張，爭執不已。朱熹屬於主戰派。他在任地方官時，即寫過《除秦檜祠移文》，痛斥秦檜的賣國罪行。到了已近古稀，「大病瀕死」之時（1196年），他仍念念不忘救國，長歎說：「不值亡胡歲，何由復漢疆？」這種心情與當年屈原「恐皇輿之敗績」的感慨何其相似！朱熹的這種感時憂國的政治傾向，也體現在他的楚辭編輯與研究之中。他作《楚辭集注》的目的，除「增夫三綱五典之重」〔註36〕即宣揚封建倫理以鞏固封建統治的意圖以外，還寄寓著他對當時現實鬥爭的積極態度。因此他不但在《楚辭集注》中處處強調屈原的「忠君愛國之誠心」（同上），而且在《楚辭後語》中特意選揚雄的《反離騷》作爲批判的對立面，指斥揚雄爲「屈原之罪人」〔註37〕，《反離騷》是「《離騷》之讒賊」（同上）。洪興祖在《反離騷》「恐重華之不累與」句下對揚雄反唇相譏說：「余恐重華與沉江而死，不與投閣而生也！」又釋《懷沙》說：「知死之不可讓，則舍生而取義可也。所惡有甚於死者，豈復愛七尺之軀哉！」朱熹對洪氏這些話極爲讚賞，並感歎道：「其言偉然可立懦夫之氣，此所以忤檜相而率貶死也。可悲也哉！近歲以來，風俗頹壞，士大夫間遂不復聞有道此等語者，此又深可畏云。」〔註38〕朱熹的這些話，實際上是對當推行民族投降主義的主和派以及混雜在主戰派陣營中的投機家的間接批判。《楚辭集注》作成後不久，就有人議論朱熹這部書是「有感於趙忠定之變而然」〔註39〕，把它和當時因受韓侂胄陷害而罷相的趙汝愚事件聯繫起來。這種說法的產生不是偶然的。

　　其次，我們來談談朱熹在楚辭編選中體現出來的重作品眞情實

〔註36〕《楚辭集注序》。
〔註37〕《楚辭後語》序。
〔註38〕《楚辭辯證·上》。
〔註39〕《郡齋讀書志》卷五下。

感和思想內容的編輯旨趣。

《楚辭》，尤其是屈原的作品具有強烈的真情實感和豐厚的思想內容。屈原一生爲了祖國，爲了實現政治理想，不惜奔走先後，企圖「及前王之踵武」。當他看到「黨人」把祖國引上「幽昧」、「險隘」的道路，就大聲疾呼：「豈余身之憚殃兮？恐後輿之敗績。」當他一再受到群小的排擠和迫害時，就奮不顧身地同他們鬥爭到底。文如其人，言爲心聲，以屈原爲代表的「楚辭」體作品，感情深沉而熾烈，思想內容豐厚而寬廣。朱熹正是抓住了「楚辭」作家作品的這一特點，並以此爲編選標準，決定取捨，增刪作品。他在《楚辭辯證》中就指出：「《七諫》、《九懷》、《九歎》、《九思》，雖爲騷體，然其詞平緩，意不深切，如無疾痛而強爲呻吟者。」對於他認爲缺乏真實情感、無病呻吟的作品，便將其刪除在外。而賈誼的《弔屈原》與《鵬鳥賦》，則因爲情感真切深沉而入選。可以說，朱熹的《楚辭集注》是一部歷代優秀抒情辭賦的選本，顯現了編選標準的獨特性，中國辭賦發展的概貌於此可見一斑。

朱熹對晁補之編選本的增刪已如前述，具體到對某些作家作品的或取或去，依然貫穿著一個編選原則，即看其有無真實情感和充實的內容。例如，晁補之的選本中，有宋玉的《高唐賦》、《神女賦》、《大言》、《小言》和《登徒子好色賦》，有司馬相如的《大人賦》、《李夫人賦》，朱熹則以「宋、馬辭有餘而理不足，長於頌美而短於規定」（《楚辭後語》）爲由，將它們刪掉了。曹植的《洛神賦》、《九愁》、《九詠》，還有陸機、陸雲兄弟的作品都在刪除之列，原因恐怕也不外「辭有餘而理不足」，缺乏真摯情感與深刻的思想內容。朱熹在《楚辭後語·序》中說：

> 蓋屈子者，窮而呼天，疾痛而呼父母之詞也。故今所欲取
> 而使繼之者，必其出於憂愁窮蹙怨慕淒涼之意，乃爲得其
> 餘韻，而宏衍巨麗之觀，歡愉快適之語，宜不得而與焉。

屈原之作，情感強烈真誠，正是朱熹衡量其他作家的一把標尺，合則取，不合則棄（個別也有例外，如他憎惡揚雄其人其文，仍錄

其《反離騷》，但主要是作批駁的靶子）。依據其編選標準，儘管朱熹因維護封建禮教而責備蔡琰「失身胡虜，不能死義」，但卻在晁補之已選《悲憤詩》的基礎上，又增選了她的《胡笳》，聲明說：「東漢文士有意於騷者多矣，不錄而獨取此者，以爲雖不規規於楚語，而其哀怨發中，不能自已之言，要爲賢於不病而呻吟者也。」〔註40〕可見，朱熹選「楚辭」，有感而發、情眞意切是一個重要標準。這個標準是切合《楚辭》及中國古代抒情詩特點的。朱熹的《楚辭》編輯與研究，既是對前人成果的學習繼承，更是一種集大成而後的超越，其編輯思想、編選體例對後世都具有啓發意義。

這裏我們還要提及的是，朱熹既是一個重要的編輯家〔註41〕，而且是有影響、有貢獻的出版家。他在批判地繼承前人的基礎上，廣泛地校注儒家經典，內容涉及詩、書、禮、儀、樂、春秋，以及其他史學、文學乃至自然科學等方面。他充分利用了宋代雕版事業空前繁榮，而他所活動的主要地點又處於我國古代刻書中心 —— 有「圖書之府」美譽的福建建陽的有利條件，刊行了大量的儒家經典及著述，以發佈其學術成果。

朱熹之後，楚辭學領域仍著作不斷，名家輩出，但從詩歌編纂史的角度看，新的特點，有創見的編選就很少了。「路漫漫其修遠兮，吾將上下而求索。」在中國詩歌編輯的漫漫長路上仍不乏求索者，諸如關於漢樂府的編輯、唐詩宋詞的編輯等等，代有佳構，這些我們將進一步探討。

〔註40〕《楚辭辯證》。
〔註41〕詳參閻現章《中國古代編輯家評傳》，河南大學出版社，1996年版。

第三章　樂府詩編輯論

在中國古典詩歌中，有一種被稱爲「樂府」或「樂府詩」的詩體。袁行霈先生從詩體源流演變的角度這樣評價樂府：

> 中國詩歌在《詩經》《楚辭》之後還有一個源頭，就是漢樂
> 府。《詩經》和《楚辭》對中國詩歌乃至整個中國文學都產
> 生了深遠的影響，但是《詩經》那四言的軀殼，不久就僵
> 化了。運用楚辭的形式也未能繼續出現優秀的作品。……
> 但與此同時，漢代的樂府民歌卻以一種新的姿態，新的活
> 力，先是在民間繼而在文人中顯示了不可抗禦的力量，並
> 由此醞釀出中國詩歌的新節奏、新形式，這就是歷久不衰
> 的五七言體。〔註1〕

從文學創作和文學理論批評的角度，人們對樂府詩的編選、箋注、研究，已經有了不少著作，如黃節箋釋《漢魏樂府風箋》（人民文學出版社1953年版）、余冠英《樂府詩選》（人民文學出版社1957年版）、蕭滌非《漢魏六朝樂府文學史》（人民文學出版社1984年版）、羅根澤《樂府文學史》（東方出版社1996年版）、王運熙《樂府詩述論》（上海古籍出版社1996年版）等等。這裏，我們嘗試側重從樂府詩編輯的角度作進一步的論述。

〔註 1〕袁行霈：《中國文學概論》，高等教育出版社，1990年版，第115頁。

第一節　所謂「樂府」

要探討樂府詩的編輯問題，就得先弄清楚什麼是樂府，以及樂府詩的形式，發展方面的大致情形。「樂府」本來是自秦代開始設置，至漢武帝進一步擴展，獨立成爲一個製音度曲的官署的名稱。1977年，在陝西秦始皇墓附近出土的編鍾上，已有用秦篆刻記的「樂府」二字，據此可知秦代已有樂府官。漢因秦制，漢初已有「樂府」。到武帝時，樂府的規模和職能進一步擴展，成爲獨立的官署，所以羅根澤先生說：「……武帝之前，有樂府令，而無官署之設；孝惠以沛公爲原廟，文景不過禮官肄業。故雖有樂府令，無可述之價值；故論『樂府文學』者，宜以武帝立樂府署爲第一頁也。」〔註2〕武帝樂府的職責是採取文人詩和民間歌謠來配以樂曲，以備當時朝廷祭祀及朝會宴飲等演奏所用；後來就將樂府所採的詩也叫樂府。

關於漢樂府的開端，陸侃如、馮沅君先生定在漢高祖之時〔註3〕。《史記·高祖本紀》說：

> 高祖還歸過沛，留。置酒沛宮，悉召故人父老子弟縱酒，發沛中兒得百二十人，教之歌。酒酣，高祖自擊築，自爲歌詩曰：「大風起兮雲飛揚；威加海內兮歸故鄉，安得猛士兮守四方！」令兒皆和習之。高祖乃起舞，慷慨傷懷，泣數行下。……孝惠五年，思高祖之悲樂沛，以沛爲高祖原廟。高祖所教歌兒百二十人，皆令爲吹樂；後有缺，輒補之。

陸、馮二先生認爲，「這件事便是漢樂府的開端」。但漢樂府在武帝以前，所注重的都是宗廟的樂章。例如高祖時的《昭容樂》、《禮容樂》、《宗廟樂》，以及唐山夫人的《房中祠樂》，都是貴族的祭歌。又如高祖時的《武德舞》、《文始舞》、《五行舞》，以及文帝時的《四時舞》和景帝時的《昭德舞》等，都是宗廟所用的雅舞。惠帝二年，

〔註2〕羅根澤：《樂府文學史》，東方出版中心，1996年版，第2頁。
〔註3〕陸侃如、馮沅君：《中國詩史》上卷第四篇，山東大學出版社，1996年版。

使夏侯寬為樂府令，所保管的當即這些樂章。《漢書·禮樂志》說：

> 又有《房中祠樂》，高祖唐山夫人所作也。……

孝惠二年使樂府令夏侯寬備其簫管，更名曰《安世樂》。這裏所說的樂府令，屬於太樂，只是周、秦時代的樂官，有別於後來的樂府官署。他所掌管的是那些郊廟朝會的貴族樂章，與民間的歌辭還沒有發生關係。直到文、景之間，也不過禮官肄業而已。〔註4〕

到了武帝時，情形才有所變化。雖說封建王朝中設置樂官由來已久，但把掌管音樂的職務立為專署，則是由漢武帝開始的。《漢書·禮樂志》說：

> 至武帝定郊祀之禮，乃立樂府，採詩夜誦。有趙、代、秦、楚之謳。以李延年為協律都尉。多舉司馬相如等數十人造為詩賦，略論律呂，以合八音之調，作十九章之歌。

班固又在《兩都賦·序》中論及武帝立樂府事：「大漢初定，日不暇給。至武、宣之世，乃崇禮官，考文章。內設金馬石渠之署，外興樂府協律之事。」

清初顧炎武《日知錄》（卷二十八「樂府」條）說：

> 樂府是官署之名；其官有令，有音監，有遊徼。《漢書·張放傳》：「使大奴駿等四十餘人，群黨盛兵弩，白晝入樂府，攻射官寺」；《霍光傳》：「奏昌邑王，大行在前殿，發樂府樂器」；《續漢書·律曆志》：「元帝時郎中京房……知五聲之音、六十律之數，上使太子太傅韋元成……諫議大夫章雜，試問房於樂府」是也。後人乃以樂府所採之詩，即名之曰《樂府》，誤矣。曰古樂府，尤誤（《後漢書·馬廖傳》言哀帝去樂府，注云：「哀帝即位，詔罷鄭衛之音，減郊祭及武樂等人數。」是亦以樂府所肄之詩，即名之《樂府》也）。

這裏，顧炎武只承認「樂府」是官署之名，而否認其有詩體之義。「其實名辭的意義常常變遷，難定其是非，我們不妨承認『樂

〔註4〕參閱劉大杰《中國文學發展史》（上）第七章，上海古籍出版社，1982
　　年新1版。

府』有官署與詩體二種意義。」〔註 5〕劉勰的《文心雕龍》便是從詩與樂的角度來給樂府下定義的,《樂府篇》說:

> 樂府者,聲依永,律和聲也。

> 詩為樂心,聲為樂體。樂體在聲,瞽師務調其器;樂心在詩,君子宜正其文。

可見,樂府本就是一種「歌詩」,一方面編制用「詩」的體裁,一方面又譜音樂以歌之,合這兩個條件,才叫做「樂府」。〔註6〕漢武帝時,作為製音度曲的官署的樂府,像以前的採詩一樣,雖然它的主要目的仍是為了滿足封建統治者「製禮作樂」和享受的需要,但因為「樂府」不只要採集樂調,而且也要搜集各地的歌謠,這就使樂府歌辭中除了一些文人的作品之外,許多人民口頭的詩歌創作通過樂府得以保存和流傳下來。《漢書·藝文志》說:「自孝武(漢武帝)立樂府而採歌謠,於是有趙代之謳,秦楚之風,皆感於哀樂,緣事而發。亦可以觀風俗,知薄厚云。」這些包括趙、代、秦、楚各地的民間歌謠,有很濃厚的地方色彩、豐富的生活內容和較高的藝術水平。久而久之,人們便把這些可以入樂的歌曲都稱為「樂府」,把這些歌曲的歌辭稱為「樂府詩」。到了後來,人們把「樂府」的含義更擴大了。「樂府」不僅包括雅樂即廟堂音樂,也包括俗樂即民間歌曲;不僅包括漢代樂府搜集、創作的歌曲,也包括魏晉至唐代可以入樂的詩歌;不僅包括樂府原有的古題古辭,還包括後人擬作的古題新辭甚至新題新辭。

可見,「樂府」一詞的意義是發展的、變化的,由官署而歌曲,而詩體,內涵不斷擴大,內容更趨廣泛。有鑒於此,蕭滌非先生對樂府作了如下界說:「樂府之範圍,有廣狹之二義。由狹義言,樂府乃專指入樂之歌詩,故《文心雕龍·樂府篇》云:『樂府者,聲依永,律和聲也。』而由廣義言,則凡未入樂而其體制意味,直接

〔註 5〕陸侃如、馮沅君:《中國詩史》第 135 頁。

〔註 6〕參閱朱謙之《中國音樂文學史》第五章,北京大學出版社,1989 年版。

或間接模仿前作者，皆得名之曰樂府。」〔註7〕後面將要談到的宋代郭茂倩《樂府詩集》便是一部廣義的樂府詩總集。宋、元以後，「樂府」又被借作詞、曲的一種雅稱；這已不在真正的樂府詩之列了。

　　由於本書主要從詩歌的角度而非音樂的角度談樂府詩的編輯，因此這裏有必要提及作為一種詩歌體裁的樂府詩的意義和影響。概括言之，漢樂府詩打破了自《詩經》以來以四言為詩歌正宗的傳統，創造了雜言體的詩歌，並首先創造了完整的五言詩。漢樂府詩中有較多的敘事詩，標誌著中國古代敘事體詩歌的新發展。南北朝樂府在形式上則以五言四句的短章為主，間或也有一些四言、七言和雜言體。它對後世「絕句」詩的興起有直接影響。

第二節　漢魏六朝：樂府分類與編輯之初創

　　漢武帝時創立的樂府，曾大規模地做過採集民歌的工作，使當時四散於民間僅靠口頭流傳的許多作品得以集中和記錄下來。據《漢書‧藝文志》可知，當時採詩的範圍遍及黃河流域和長江流域，其採集地域之廣，規模之大，可以說是繼周代《詩經》之後，又一次收集民間詩歌的壯舉。採集的總數達一百三十八篇，這個數字接近《詩經》的「國風」。這一百三十八篇包括：吳、楚、汝南歌詩十五篇；燕代謳、雁門、雲中、隴西歌詩九篇；邯鄲、河間歌詩四篇；齊鄭歌詩四篇；淮南歌詩四篇；左馮翊秦歌詩三篇；京兆尹秦歌詩五篇；河東蒲反歌詩一篇；雒陽歌詩四篇；河南周歌詩七篇；周謠歌詩七十五篇；周歌詩二篇；南郡歌詩五篇。可惜這些作品並沒有全部流傳下來，這可能與漢哀帝劉欣曾一度「罷樂府」〔註8〕有關。現在人們看到的漢代樂府民歌，多是後來收集到的東漢時期的作品。

〔註7〕蕭滌非：《漢魏六朝樂府文學史》，人民文學出版社，1984年版，第9頁。
〔註8〕事見《漢書‧禮樂志》。

　　漢代以後，魏晉時代仍有樂府機關的設置，但未見記載有採集民間詩歌之事。只是兩漢時期的樂府民間歌辭，有些還在繼續演唱、使用，這樣，它對樂府詩無疑起了保存和流傳的作用。

　　漢樂府及後世樂府體詩的保存和傳播，無疑與編輯工作（主要是「著述編輯」）有著十分緊密的聯繫。此處有必要略微說說「著述編輯」。有學者認為，「著述編輯」是著述活動與編輯活動的統一，是著述主體自覺運用編輯手段進行文化創構的活動。中國古代「編輯活動大多以著述形式或通過著述而廣泛存在。〔註9〕這裏暫且盪開筆墨，談談文化締構、文化承傳中的編輯活動。從某種意義上可以說，文化生產正是通過人類的編輯活動而締結為成果，構成文化系統，並進入社會傳播網絡的。搜集、分類、編次、排序是編輯概念的題中應有之義。搜集，是人類根據自己的某種需要自覺地對分散的事物進行集中，在一定的價值觀念基礎上，積少成多、保存勞動成果的活動。就漢樂府中歌謠的採集而言，《漢書·藝文志》釋其目的為「觀風俗，知厚薄」，也就是通過民間歌詩起到警醒統治者的作用；其實，這種歌謠還有一個更重要的功用，即娛悅。不過，不管採詩的目的如何，供政治借鑒也好，供娛樂消閒也好，而客觀上它起到了收集和保存民歌的作用。正是因有了「搜集」，產品不致散失。沒有搜集的智能就不可能有文化積纍。分類，則是在深刻認識事物特徵的前提下，對事物進行分析、區別和綜合、歸納的科學思維活動。沒有分類的智能，就不可能確認具體的文化產品。編次，是在全面認識事物總體面貌的前提下，對事物進行序列化、系統化的思維活動。沒有編次的智能，就不可能構築整體的文化成品。這是一套完整的有序的文化創造活動。〔註10〕而對於樂府歌詩來說，這種編輯活動的分類與編次又是緊密相連的。以下要重點談談古人對樂府分類的認識與實踐。

〔註 9〕王振鐸、趙運通：《編輯學原理論》，中國書籍出版社，1997 年版，
　　　　第 36～40 頁。
〔註10〕參閱王振鐸、趙運通：《編輯學原理論》，第 79 頁。

　　樂府最早的分類，始於東漢明帝時。唐人吳兢《樂府古題要解》說：「漢明帝定樂有四品。」據《陳書》卷十三，這「四品」的名稱是：（1）大予樂，大予樂又稱大樂，係祭祀天地神靈和宗廟祖先時用。（2）雅頌樂，係舉行饗射典禮和推行所謂「樂教」時用。（3）黃門鼓吹樂，係天子宴會群臣時用。（4）短簫鐃歌樂，係軍中用。這「四品」是按照樂調和所用場合的不同來劃分的。

　　自此以後，樂府的分類編次代不乏人。從總體看，是「隨樂府自身之演變及各時代對樂府觀念之不同而遞有差異，大體可以分為音樂的與非音樂的兩種」；「大抵自《樂府詩集》以前，皆有一種音樂的分類法」。〔註11〕

　　《晉書·樂志》有兩卷（《晉書》卷二二、卷二三）。上卷論述五聲、八音、六律、十二管等樂理及西晉雅樂（分郊廟、朝享、雅舞三項）。下卷先述東晉宗廟歌詩，以後分述短簫鐃歌、鼙舞、拂舞、鼓角橫吹曲、相和歌、吳聲歌曲、杯盤舞、公莫舞、白紵舞、鐸舞及散樂。自鼓角橫吹以上皆兼錄歌辭，以下則否。《晉志》在明帝時的「四品」基礎上，又將漢樂府擴充劃分為六類：（1）五方之樂，祭天神用。（2）宗廟之樂，祭祖先用。（3）社稷之樂，迎「田祖」祈禱豐年時用。（4）辟雍之樂，推行「樂教」時所用。（5）黃門之樂，君臣宴會時所用。（6）短簫之樂，軍中出師或奏捷時用。

　　六朝時沈約著《宋書》，其中《樂志》四卷（《宋書》卷十九至二十二）。《宋志》在樂府分類方面沒有什麼新進展，但在著錄樂章、保存歌詩方面是有積極貢獻的。第一卷敘述自漢至宋音樂情況（有時涉及先秦）。先述雅樂（郊廟樂及朝享樂），次述俗樂（分散樂、雜歌曲、雜舞曲諸項），最後述八音樂器。下面三卷，著錄樂章。沈約先是引蔡邕論敘漢樂語，將樂府分為四類，即郊廟神靈、天子享宴、大射辟雍、短簫鐃歌。這一分類與明帝時的「四品」法相差

─────────────────────────

〔註11〕蕭滌非：《漢魏六朝樂府文學史》，第10～13頁。

不大。但《宋志》所錄樂府，又並無明確的分類。就所錄詩樂的次序來看，大概可分為六種：郊廟、燕射、相和、清商、舞曲、鼓吹。前一卷錄郊廟及朝享樂章，有魏、晉、宋三代歌詞。中間一卷錄漢魏相和歌辭。「現存著錄樂府中民謠之古籍，以《宋書》此卷為最大，其功甚大。」〔註12〕最後一卷著錄漢、魏、晉、宋雜舞曲辭與鼓吹鐃歌。《漢鐃歌》十八曲，至《宋志》始被著錄。應該說，在彙錄、保存和傳播漢魏樂府詩歌方面，《宋志》功不可沒。當然，《宋志》所存限於官府的樂府歌辭；傳於民間的，則散見諸集，例如《隴西行》「出諸集，不入樂志」〔註 13〕，而《孔雀東南飛》則始見於《玉臺新詠》，當時長期流傳民間，錄定於陳代。

　　以上所述的一些分類和記述，雖然在樂府彙集、釐定、研究方面各有價值，但也有明顯的不足；它們實際上主要限於朝廷典禮或聚會時所用的「官樂」，而對於當時樂府機關所搜集到的民歌俗曲，並沒有包括進去和得到充分反映，只有《宋志》有所涉及。從編輯角度看，它體現的是文化締構的選擇性。這種有取有捨、有存有廢的文化選擇，既有時代的政治經濟方面的因素起作用，也有文學藝術觀念本身的原因。王振鐸先生在論及文化締構的「選擇性原則」時認為：「文化產品的總創造量與每一具體文化產品的傳播頻率，恰成反比關係。這種反比關係使選擇成為文化締構的一條帶有規律性的原則。根據選擇性原則，人們按照自己的需要對已有的文化產品選優擇秀，汰劣棄廢。文化選擇，從數量上說是文化減少，從質量上說，則是文化增值。」這種情形恐怕應理解為優秀編輯的選擇，或是一種理想形態。古往今來的一些編輯選擇，並非都處於理想狀態。漢魏六朝時期的樂府分類與編輯，民歌俗曲往往被忽略，西漢的民歌樂曲幾乎沒有傳下來，而這些本應屬於「選優擇秀」的東西，在今天看來，恰恰是在文學史上最具有價值的。

〔註12〕王運熙：《樂府詩述論》，上海古籍出版社，1996 年版，第 294 頁。
〔註13〕《樂府詩集》引《樂府題解》。

第三節　唐宋時期：樂府分類與編輯之成熟

　　唐代，樂府的研究與編輯有了明顯的進展。專門的研究著作增多，專門編集的樂府作品集出現。這裏要提及的有段安節撰《樂府雜錄》、劉餗著《樂府解題》，而要特別關注的則是吳兢的《樂府古題要解》。

　　段安節是著名詩人段成式之子、溫庭筠之婿。他善音律，能自度曲。所撰《樂府雜錄》凡一卷，論述樂府之法甚爲完備。此書首列樂部九條，次列歌舞俳優三條，次列樂器十三條，再次列樂曲十二條，終以別樂識五音輪二十八調圖。其中樂部諸條，與開元禮、杜佑《通典》、《唐書‧禮樂志》相出入，知非傳聞無稽之談。樂曲諸名，不及宋人郭茂倩《樂府詩集》詳備，而與王灼《碧雞漫志》互有同異。

　　《舊唐書》卷一○二《劉餗傳》說劉餗著有《樂府古題解》一卷。《通志‧藝文略‧樂類》也同此說。陶珽重編本《說郛》卷一百收錄此書，共十九則。其目爲：（1）《伯牙操》；（2）《白頭吟》；（3）《雉朝飛》；（4）別鶴操》；（5）《烏夜啼》；（6）《槁砧今何在》；（7）《離合詩》；（8）《泰山吟》；（9）《挽柩歌》（《薤露歌》）；（10）《烏生八九子》；（11）《陌上桑》；（12）《東門行》；（13）《君馬黃》；（14）《明妃曲》；（15）《大垂手》；（16）《坎侯》（《箜篌引》）；（17）《定情篇》；（18）《合歡詩》；（19）《大山小山》（《招隱》）。這一編排似以琴曲歌、雜體詩、相和歌、雜曲歌爲次第，但又不甚嚴格。其解語與吳兢《樂府古題要解》多相類同，但均簡略。《說郛》所收各書，常多刪節，此書當亦非全本。〔註14〕

　　唐人中對樂府的分類、編集和研究作進一步探索者是吳兢。他所著《樂府古題要解》流傳至今。據宋人講，吳兢當時還編選過樂府詩選。晁公武《郡齋讀書志》說：

　　　　《古樂府》十卷，並《樂府古題要解》兩卷，唐吳兢纂。
　　　　雜採漢魏以來古樂府詞凡十卷。又於傳記泊諸家文集中採

〔註14〕參閱王運熙《樂府詩述論》第320頁。

樂府所起本義以解釋古題云。

今《古樂府》十卷已佚，僅存《樂府古題要解》兩卷。書中將樂府詩歌分爲八類，即相和歌、拂舞歌、白紵舞、鐃舞、橫吹曲、清商曲、雜題、琴曲。可以推測，與《樂府古題要解》相表裏的《古樂府》，很可能是依此分類而編排作品的。吳兢著錄和分類的對象已包括南北朝樂府在內，而且表現出對於相和、白紵、清商等「街陌謳謠之詞」和其他一些民歌俗曲的重視，這是一個進步。羅根澤先生在其《樂府文學史》中對這一點給予充分肯定。他說：

> 各史《樂志》，專詳郊祀樂章，至多不過下及鐃歌而止，余每闕而不載。其實《清商》《相和》諸歌，占樂府主要部分，文學價值極高，史家以其無關國家典制而輕視之，實爲大謬。吳氏取諸曲爬梳而理董之，賜惠後學者良多。〔註15〕

蕭滌非先生則將吳兢的分類與以往的「四品」分類法進行比較後指出：「以茲八類，較彼四品，其相同者，惟『鐃歌』一項，其餘吳氏並黜不載。又相和歌本漢樂府之精英，而漢人不自知愛惜，四品不收，自沈約錄入《宋書·樂志》，始大顯於世，吳氏因首列之，則知唐人之於樂府，已知趨重於文學價值方面也。」〔註16〕

吳兢這種注重樂府中民歌俗曲、注重樂府文學價值的編輯思想與實踐精神，被宋人繼承和發揚了。宋代史學家鄭樵《通志》有《樂略》二卷，對於民歌俗曲甚爲關注，分類更細，如「相和」即細分爲七類。不過，它的分類過於繁瑣，後人多有批評。鄭樵論樂府，最重聲詩合一。《通志·總序》上說：

> 樂以詩爲本，詩以聲爲用。風土之音曰風，朝廷之音曰雅，宗廟之音曰頌。仲尼編詩，爲正樂也。……繼風雅之作者，樂府也。

鄭樵本著聲詩合一的原則，仿《詩經》風雅頌之分類，分樂府爲風雅正聲（附琴曲）、風雅遺聲、祀饗正聲、祀饗別聲（附文武舞）

〔註15〕羅根澤：《樂府文學史》，第10～11頁。
〔註16〕蕭滌非：《漢魏六朝樂府文學史》，第11頁。

四大類（後兩類相當於頌）。「其比附雖未必盡當，但純從音樂角度分類，貫通先秦、漢、魏、六朝之樂章，不可謂非卓識。」〔註17〕

鄭樵在大類之下，又橫以時分，縱以類分，因而將樂府細分爲五十多類。其具體類目爲：（一）漢短簫鐃歌二十二曲；（二）漢鞞舞歌五曲；（三）拂舞歌五曲；漢武帝分《碣石》爲四曲，共八曲；（四）鼓角橫吹十五曲；（五）胡角十曲；（六）相和歌三十曲；（七）相和歌吟歎四曲；（八）相和歌四弦一曲；（九）相和歌平調七曲；（十）相和歌清調六曲《三婦豔詩》一曲附；（十一）相和歌瑟調三十八曲；（十二）相和歌楚調十曲；（十三）大麯十五曲；（十四）白紵歌一曲；（十五）清商曲八十四曲；（以上正聲之一，以比《風雅》之聲）（十六）郊祀十九章按依《總序》排次，分述中《清商曲》後爲《琴操》；（十七）東都五詩；（十八）梁十二雅；（十九）唐十二和；（以上正聲之二，以比《頌》聲）（二十）漢三侯之詩一章；（二十一）漢房中之樂十七章；（二十二）隋房內二曲；（二十三）梁十曲；（二十四）陳四曲；（二十五）北齊二曲；（二十六）唐五十五曲；（以上別聲，非正樂之用）（二十七）琴操五十七曲九引，十二操，三十六雜曲；（以上爲正聲之餘）（二十八）舞曲二十三曲《文武舞》二十曲，《唐三大舞》；（以上爲別聲之餘）（二十九）古調二十四曲；（三十）征戍十五曲；（三十一）游俠二十一曲；（三十二）行樂十九曲；（三十三）佳麗四十七曲；（三十四）別離十八曲；（三十五）怨曲二十五曲；（三十六）歌舞二十一曲；（三十七）絲竹十一曲；（三十八）觴酌七曲；（三十九）宮苑十九曲；（四十）都邑三十四曲；（四十一）道路六曲；（四十二）時景二十五曲；（四十三）人生四曲；（四十四）人物九曲；（四十五）神仙二十二曲；（四十六）梵竺四曲；（四十七）番胡四曲；（四十八）山水二十四曲；（四十九）草木二十一曲；（五十）車馬六曲；（五十一）龍魚六曲；（五十二）鳥獸二十一曲；（五十三）雜體

〔註17〕王運熙：《樂府詩述論》第298頁。

六曲。（以上遺聲，以比逸詩）〔註18〕。

鄭樵是感於後世風雅頌之淆亂不分，而以《詩經》作比附來分類的，雖「益加精密」，卻有失繁瑣，且又多有不當，因此後代治樂府者大多不以此爲據，而多依從郭茂倩。

郭茂倩是宋代人，時代較晚，其生平事迹已湮沒難考。他遍觀前人之書，集各家之大成，總括歷代樂府，編集了從不可靠的陶唐氏之作，一直到五代時期的樂府詩，成《樂府詩集》一百卷。郭茂倩不僅編撰了一百卷的樂府詩，而且對每類樂府詩寫了題解，這些題解「徵引浩博，援據精審，宋以來考樂府者無能出其範圍」〔註19〕。這部收羅樂府詩最完備的總集，既給後人提供了豐富的樂府詩，又是研究樂府詩的重要著作，同時它在樂府詩編輯史上又具有較高價值。從詩歌編輯史的角度看，《樂府詩集》的價值和貢獻主要體現在以下幾個方面。

第一，對樂府詩進行了較爲概括和恰當的分類。

郭茂倩據《宋書》和吳兢而加以補充，將歷代樂府詩分爲十二類，具體類目如下：

（一）郊廟歌辭。它是祭祀用的，祀天地、太廟、明堂、籍田、社稷。這一類有十二卷。

（二）燕射歌辭。它是宴會用的，以飲食之禮親宗族，以客射之禮親故舊，以饗宴之禮親四方賓客，是辟雕饗射所用。這部分三卷，包括漢明帝所謂「雅頌樂」、「黃門鼓吹」等，「饗射」、「宴樂」、「食舉」皆屬此類。

（三）鼓吹曲辭。它是用短簫鐃鼓的軍樂。此類有五卷。

（四）橫吹曲辭。它是用鼓角在馬上吹奏的軍樂。此類有五卷。

（五）相和歌辭。它是用絲竹相和，都是漢代的街陌謳謠。此類有十八卷，又進一步分爲九個小類：相和六引，相和曲，

〔註18〕 參閱《通志》「總目錄」、羅根澤《樂府文學史》第 11～13 頁。
〔註19〕 《四庫全書總目・樂府詩集》。

　　吟歎曲，四弦曲，平調曲，清調曲，瑟調曲，楚調曲，大
　　麯。

（六）清商曲辭。它是源出於相和歌中平、清、瑟三調的歌曲曲
　　辭，皆古調及魏曹操、曹丕、曹叡所作。此類共八卷，又
　　細分爲下列幾類：吳聲歌曲，神絃歌，西曲歌，江南弄，
　　上雲樂，雅歌。

（七）舞曲歌辭。它是用於郊廟、朝饗、宴會的雅舞、雜舞的歌
　　辭，共五卷。（雅舞用於郊廟、朝饗，雜舞用於宴會。）

（八）琴曲歌辭。顧名思義，就是琴伴奏的樂曲曲辭，有五曲、
　　九引、十二操，共四卷。

（九）雜曲歌辭。無法歸類的各種雜曲歌辭，內容廣泛，所包
　　含的時間、地域也很廣。其內容，有寫心志，抒情思，
　　敘宴遊，發怨憤，言征戰行役，或緣於佛老，或出於夷
　　虜。此類有十八卷。

（十）近代曲辭。也是雜曲，因是隋唐時期，故稱近代。此類有
　　四卷。

（十一）雜歌謠辭。它是不配樂的歌、謠、讖、諺語，共七卷。

（十二）新樂府辭。它是唐五代文人創作的擬樂府、新樂府，辭
　　擬樂府而未配樂，或寓意古題，刺美人事，或即事名篇，
　　無復依傍。此類有十一卷。

　　郭茂倩對樂府詩的分類，得到了後世學者的廣泛認同和一致肯
定，現當代治樂府文學者論之甚詳，茲列數家：

　　蕭滌非先生在其《漢魏六朝樂府文學史》中說：「此爲一種兼
容並包之廣義分類，可謂集樂府之大成。自一至九，皆前此舊有，
所謂『郊廟歌辭』，即相當於四品之『太予樂』及『周頌雅樂』之
一部。所謂『燕射歌辭』，即相當於『周頌雅樂』及『黃門鼓吹』。
餘七者悉本吳兢所分，惟合『拂舞歌』、『白紵歌』爲『舞曲歌辭』，
易『鐃歌』爲『鼓吹』，易『雜題』爲『雜曲』而已。自十至十二，

始爲郭氏所增，樂府本多出自歌謠，往往有足相印證處，其列入『雜歌謠辭』一類，實爲創見。故元左克明《古樂府》，清朱乾《樂府正義》皆仍其例。『新樂府』雖未嘗入樂，然實漢樂府之嫡傳，樂府之變，蓋至『新樂府』而極。吳兢爲中唐人，故未及列入，郭氏以殿全書，亦屬卓識。」〔註20〕

陸侃如，馮沅君在《中國詩史》中指出：郭茂倩之分類，「雖不能算盡善盡美，但比較的最爲合理。」「在過去各種分類中，這是比較最合理、最流行的一種。」〔註21〕羅根澤先生也認爲：「郭氏此種分類，實爲比較恰當。」〔註22〕王運熙先生則從與前人的比較和對後世的影響等方面，來論析《樂府詩集》在分類方面的意義，他說：

> 考樂府分類，始自漢樂四品，尚是大輅椎輪。其後唐吳兢
> 《樂府古題要解》分爲八類，尚不完備。鄭樵《樂略》，分
> 類雖細，又不免失之瑣碎。此書增損吳氏之數，提綱挈領，
> 分樂府爲十二大類，最爲賅備。故自郭氏後編錄樂府之書，
> 於分類名目，雖略有變動，大抵不出此書範圍。雜歌謠辭
> 一類，雖不入樂，然樂府本多出自歌謠，往往有足相印證
> 處，增入一類，頗便參考。其近代曲一類，近時論者據郭
> 氏「近代曲者，亦雜曲也。以其出於隋唐之世，故曰近代
> 曲也」諸語，多主張併入雜曲。但二者在音樂上實屬於不
> 同之系統，雜曲大抵屬清樂系統，乃相和歌、清商曲之旁
> 支；近代曲屬燕樂系統，而爲長短句之濫觴：區分實比合
> 併合理。〔註23〕

對於郭茂倩的分類，後人在充分肯定的基礎上提出了某些異議。陸侃如、馮沅君先生認爲郭氏十二分法「還當加以修改」：「第一應該刪去僞託的琴曲。」「第二應該刪去與《雜曲》重複的《近代曲》。」（上引王運熙先生語就不同意此種觀點）「第三應該刪去

〔註20〕蕭滌非：《漢魏六朝樂府文學史》，第12～13頁。
〔註21〕陸侃如、馮沅君：《中國詩史》，第139～140頁。
〔註22〕羅根澤：《樂府文學史》，第15頁。
〔註23〕王運熙：《樂府詩述論》，第299～300頁。

不入樂的《雜歌謠》。」「第四應該刪去《新樂府》。」「因此，郭茂倩所分十二類，只剩八類了。」〔註24〕

　　羅根澤先生雖也同意廢去「琴曲」、「舞曲」二類，但對其他兩類則認爲以保留爲妥。這種差別緣於作者治樂府之「立場」。「以音樂爲立場，則所謂《新樂府》者，自然可廢。……若以文學爲立場，則凡仿傚樂府之作，皆當目爲樂府文學。」如果「述樂府文學，非論樂府聲調，故不能去《新樂府》。郭氏概以類分，非以時分，獨《近代曲辭》，以時爲類，與其體例實有未合。但於治樂府文學流變，頗爲便利，故吾儕亦樂與贊同。」〔註25〕這裏我們是從詩歌編輯的角度談樂府分類，自然更傾向於羅先生的認識。事實上，樂章聲調既亡之後，音樂的分類已無大的意義；同時，宋以後對樂府的分類便有些是專門著眼於文學的。

　　第二，郭茂倩的《樂府詩集》採錄上古至五代歌辭，網羅宏富，編排精當，有益於樂府詩的保存與傳播。

　　對於《樂府詩集》在樂府詩採錄、編排、保存等方面的貢獻，《四庫全書總目》有較詳細的評述：

> ……每題以古詞居前，擬作居後，使同一曲調，而諸格畢備，不相沿襲，可以藥剽竊形似之失。其古詞多前列本詞，後列入樂所改，得以考知孰爲側，孰爲趨，孰爲豔，孰爲增字減字。其聲詞合寫、不可訓詁者，亦皆題下注明，尤可以藥摹擬聲牙之弊。誠樂府中第一善本。

　　可見，《樂府詩集》是保存資料最豐富、編輯體例最精當的一個本子。在此書之外，也還有詩人學者編輯過《古今樂錄》、《樂府歌詩》、《古樂府》、《樂府集》等許多著作，但這些書大都沒有採錄唐代作品，像宋代劉次莊《樂府集》十卷，也「止載陳隋人，當是唐集之舊」〔註26〕，客觀上不能反映樂府詩歌發展的全貌。而郭茂

〔註24〕陸侃如、馮沅君：《中國詩史》，第140～141頁。
〔註25〕羅根澤：《樂府文學史》第16頁。
〔註26〕《文獻通考》卷二四八。

倩則廣收博採，擴爲百卷，下限斷至五代，「包括傳記、辭曲，略
無遺軼」〔註27〕，保存了大量珍貴的資料。像膾炙人口的《木蘭辭》，
本見於南朝陳時智匠的《古今樂錄》，但《古今樂錄》已亡佚，幸
有《樂府詩集》採錄，得以保存到今天。又如漢代樂府在文學史上
有極重要的地位和影響，但古代收錄漢樂府詩而且今天還可以看到
的，惟有《文選》、《玉臺新詠》、《宋書·樂志》等書，它們又都收
錄不全，而且其中有一些是經過後人潤飾刪改的。還有像《婦病
行》、《孤兒行》等優秀作品，上述著作都沒有採錄；而《東門行》
一詩，《宋書·樂志》載晉樂所奏之辭卻把原來具有反抗意義的結
尾改掉，換上了「今時清廉，難犯教言，君復自愛莫爲非」這樣一
個符合封建統治要求的結尾。而《樂府詩集》中，就不僅保存了這
些漢樂府，而且還是原汁原味的。正是因爲有了郭茂倩的廣泛搜
求、分類編排、編述組構，才得以使一些彌足珍貴的樂府詩保留下
來、積澱下來。

　　尤其值得重視的，是《樂府詩集》在民間文學方面的突出貢獻。
它把散見於各種史書及學術著作、類書中的民歌、民間謠諺按其曲調
分類彙編，給研究者提供了方便；對於我國古代民間文學的收集和整
理，也提供了有利條件，像杜文瀾的《古謠諺》等著作，顯然是在這
部總集的基礎上編纂的。

　　對《樂府詩集》收羅宏富、採錄仿擬之作較多的情況，有學者提
出了批評，如梁啟超就譏其「錄後代仿擬之作太多，貪博而不知別裁，
有喧賓奪主之患」〔註28〕。但這個指責有失公允。郭茂倩編集此書雖
前有所因，但自爲義例，另有宗旨；它與左克明《古樂府》等不同，
務在全備，若要研討樂府文學之流變，還以此書爲淵藪。以「相和」、
「雜曲」爲精華的漢樂府，主要部分是「感於哀樂，緣事而發」的里
巷歌謠；而後世仿擬之作，如杜甫、元白的「新樂府辭」，其現實主

〔註27〕《文獻通考》卷一八六。
〔註28〕見《中國之美文及其歷史》。

義藝術精神與此是一脈相承的。

　　第三，郭氏對各類歌辭、各曲題之源流、內容、特色等均有詳細精當論述，頗具學術價值。

　　中國古代「編著合一」，詩歌編輯也不例外。《樂府詩集》可以說既是一部編輯作品，又是一部學術著作。《四庫全書總目》稱它「徵引浩博，援據精審，宋以來考樂府者，無能出其範圍」。

　　如前所述，郭茂倩是將樂府詩分爲十二大類，這十二類統括了幾乎所有樂府詩歌，比較完備，也不繁瑣。在每一大類下，又按樂曲曲調分爲若干小類；在各小類中，再按古題古辭、古題新辭、新題新辭的順序編次每首詩歌。這樣，樂府詩的音樂類別和發展源流就基本清楚地展現了出來。不僅如此，郭茂倩還在各大類前、各大類中的各樂曲曲調前都作了題解和說明。這些題解與作品相互配合，相得益彰，十分重要。例如，「相和歌辭」下的解題，先引了《宋書·樂志》、《唐書·樂志》、《晉書·樂志》，指出相和歌是「漢舊曲也，絲竹更相和，執節者歌」；並說明相和歌有平調、清調、瑟調，「漢世謂之三調」，還有楚調、側調等曲調；然後指出相和歌在魏晉南北朝時期的演變、流傳；最後告訴人們相和歌在魏晉南北朝時期的演變、流傳；最後告訴人們相和歌諸曲有辭有聲（即既有歌詞正文又有襯入的詠歎聲），還有「豔」（引子）、「趨」、「亂」（尾聲），交待得十分仔細。而在「相和歌辭」一大類中的《陌上桑》一曲之下，郭茂倩解題先指出它一名《豔歌羅敷行》，屬瑟調，古辭又名《日出東南隅》，後來的《採桑》也出自這個曲調。同時引了《古今注》、《樂府解題》對這支曲調的源流正變進行了考證。下面分別在《陌上桑》、《採桑》、《豔歌行》、《日出東南隅》四曲下，按時代先後羅列了各家的樂府詩，先古辭，後擬作，脈絡清晰。由於樂府詩在一千多年的發展中，曲調、曲名都有過不斷的變化分合，而據以分類的音樂又久已失傳，所以郭茂倩《樂府詩集》鈎玄索隱，依據大量史料，對樂府作了分類，並給予盡可能充分的說明，

這實在是有著極高價值的。

　　郭茂倩的解題十分精審。他對於樂府體制有深入瞭解，凡所考覈都比較翔實可信，不像明清人選本，多以意妄測，流於穿鑿附會。解題中援引的古籍，有的現今已失傳（如《古今樂錄》），彌足珍貴。

　　要而言之，《樂府詩集》在樂府詩的分類、採錄、研究方面集前代之大成，取得了突出成就。儘管在分類上還有可議之處，採錄上還有考證不精、張冠李戴之誤，但畢竟是大醇小疵，正如《四庫全書總目》所說：「要之以大廈之材，終不以寸朽棄也。」無論從詩歌編輯角度看還是從樂府研究角度看，郭茂倩堪稱樂府之大家，《樂府詩集》也不愧為樂府文學之「大廈」。

第四節　元明清時期：樂府詩編輯之餘緒

　　從詩歌編輯史的角度看，樂府詩至郭茂倩《樂府詩集》便模式已定，臻於完善了。但是郭氏以後，樂府詩的分類、編輯、研究仍在繼續和發展，也還有些新的特點。這種新特點一方面體現在分類的依據變化上，另一方面也體現在內容的取捨和增刪上。關於樂府詩分類的變化，蕭滌非先生有過評述，他說：

> 大抵自《樂府詩集》以前，皆為一種音樂的分類法。此種分類法，於樂章聲調尚存之時，自屬必要；於樂章聲調既亡之後，則無大意義。以之作文獻之彙輯，或不無便利，若欲統觀歷代升降之迹，則甚非所宜。故自明以後，乃有一種非音樂之分類，如明劉濂《九代樂章》，分樂府為「里巷」與「儒林」兩種，是為從寫作之人而分者也。馮定遠《鈍吟雜錄》則分為七種：曰製詩協樂，曰採詩入樂，曰古有此曲，倚其聲而作詩，曰自製新曲，曰擬古，曰詠古題，曰新題樂府，是又為從寫作之方式而分者也。〔註29〕

　　除了劉濂的「二分法」，馮定遠的「七分法」，明代吳納還把樂府分為九類。他的《文章辨體》是當時論列文體的總集大成之作（稍晚

〔註29〕蕭滌非：《漢魏六朝樂府文學史》第 13 頁。

還有徐師曾的《文體明辨》），分文體爲五十九類，樂府爲其一。《文章辨體》一方面分體選文（詩），一方面依體序說。吳納將樂府又分爲九類：（一）祭祀，（二）王禮，（三）鼓吹，（四）樂舞，（五）琴曲，（六）相和，（七）清商，（八）雜曲，（九）新曲。這九類雖名稱與郭茂倩所列有異，但實際並未超出郭氏的範圍。他的著作中，編選有詩文作品，因是綜合性集子，而非專門的樂府詩集，故而在詩歌編輯方面並無什麼特出之處。

　　宋以降，樂府詩的編輯代不乏人，有的選本體現出新的編輯眼光、編輯思想，在詩歌編輯史和樂府文學史上有自己的價值。以下便擇要介紹幾種。

　　《古樂府》十卷，元代左克明編。此書輯錄隋唐以前古樂府辭，分爲八類：古歌謠、鼓吹曲、橫吹曲、相和曲、清商曲、舞曲、琴曲、雜曲。左氏自序說：「冠以古歌謠辭者，貴其發乎自然。終以雜曲者，著其漸流於新聲。」〔註30〕此書不但不錄隋唐歌辭，於古樂府也不全錄。此書在每類作品前，冠以小序，各曲調又有題解。王運熙先生認爲，這些小序及題解，「大抵採用郭《樂府》，惟加以簡化而已。其雜曲歌辭一卷，各曲調先後次序，大抵同於郭書，因襲之迹，尤爲明顯。」「此書加以簡化，顯有失妥之處。……故從研究角度言，此書實非善本。」〔註31〕但《古樂府》流傳甚廣，頗受後人重視，應自有其特色和價值。郭茂倩《樂府詩集》取材宏富，卷帙繁多，不便流覽；「且郭書務窮其流，故所收頗濫。如薛道衡昔昔鹽凡二十句，唐趙嘏每句賦詩一首；此殆如春宮程序，摘句命題，本無關於樂府，乃列之薛詩之後，未免不倫。」而左克明編樂府，「務溯其源，故所重在於古題古辭，而變體擬作則去取頗愼。其用意亦迥不同也。」〔註32〕可見，左氏此書編選重古題古辭，省覽較便，因而受到後人重視。

〔註30〕見《四庫全書總目》卷一八八。
〔註31〕王運熙：《樂府詩述論》，第301～302頁。
〔註32〕《四庫全書總目》卷一八八。

　　《古樂苑》五十二卷，明代梅鼎祚編輯。此書是在郭茂倩《樂府詩集》基礎上刪補而成。刪去近代曲辭、新樂府辭兩類，增補仙歌曲辭、鬼歌曲辭兩類，足見明人嗜奇之風尚。作者曾撰有《才鬼記》十六卷行世，還編選過《八代詩乘》、《歷代文紀》等作品。郭氏《樂府》，止於五代，此書以隋代爲限。《四庫全書總目》對此書評價不高。指出編者意在博取，不免糅雜，因失之考證又收有僞作。但此書並非一無是處，《四庫全書總目》也說它「捃拾遺佚，頗足補郭氏之闕。其解題亦頗有增益。雖有絲麻，無棄菅蒯，存之亦可資考證也。」補闕方面，雜歌謠一類所補尤多。解題方面，如吳聲歌曲門《前溪歌》題解引《苕溪漁隱叢話》說，《懊儂歌》題解引《南齊書‧王敬則傳》文，對讀者皆有幫助。在編排方面，《古樂苑》尙有可取之處。雜曲歌歌辭宏富，郭氏《樂府》編次較亂，檢閱不便；梅氏此書按照各曲調產生時代排列，眉目頗爲清楚。書末有衍錄四卷，記作者小傳及諸家評論解說之文（材料頗多採自馮惟訥《古詩紀別集》），也有一定參考價值。

　　《樂府原》十五卷，明代徐獻忠編。所選樂府詩分爲房中曲安世樂、漢郊祀歌、漢鐃歌、橫吹曲、相和歌、清商曲、雜曲、近代曲八類。《四庫全書總目提要》論此書文字不多，評價也不高，茲錄於此：「是書取漢魏六朝樂府古題，各爲考證。立錄原文而釋其義。然所見殊淺，而又索解太鑿。如杜氏《通典》謂房中樂爲楚聲，獻忠則謂屈宋騷辭每言著一兮字乃楚人怨歎之本聲，而以安世房中歌爲非其倫，亦未免拘泥鮮通矣。」對於徐氏此書考釋中的「漫爲臆說」，多「鑿空之論」，王運熙先生多有舉證。然而，徐獻忠編選此書又是有自身特點和編輯價值取向的。其自序云：「樂府原者，原漢人樂府辭並後代之撰之異於漢人者，以昭世變也。」編者推崇漢樂府詩，貶抑六朝靡麗之作的文學傾向表現得十分明顯。樂府詩編輯中的這種價值取向，與明代文學領域的復古思潮有一定關係。

　　《樂府英華》十卷，清代顧有孝編。此書參照郭茂倩《樂府詩

集》、左克明《古樂府》、吳兢《樂府古題要解》、郤昂《樂府題解》、
沈建《樂府廣題》和徐獻忠《樂府原》編選而成。自漢迄於唐，書
錄樂府歌辭共十類，自郊廟至近代，名稱次序，均遵郭茂倩《樂府》
之舊，只是不錄雜歌謠、新樂府兩類。《四庫全書總目提要》評此
書說：「於體制無所考訂，惟每章下略加注釋，而附以評語。蓋其
例主於選詩，與吳、郭諸家用意各不同也。」顧氏選詩及其評語，
是有自己特點的。他在所選作品字句間作注釋，特別重視文辭的評
論。其評語多採自明代竟陵派鍾惺、譚元春《詩歸》之論；他本人
的意見，也與鍾、譚接近。由此我們想到中國古代文學編輯史上的
一個重要現象：借助編選詩集、文集（尤其是總集）等表達文學觀
點、審美主張。譚元春在《古文瀾編序》中就曾說：「故知選書者，
非後人選古人書，而後人自著書之道也。」的確，任何一部編選的
文學總集，都是經過後人篩選、過濾後的產物，都帶上了編選者的
個性色彩，表達了編選者的文學主張。這一點從《文選》、《玉臺新
詠》的編輯中即可見出。至明清，這種借編選總集表現文學傾向的
方式更是成為風氣，這一點我們將另有專章論述。顧有孝編樂府詩
的編輯取向和文學傾向，正是當時文壇風氣的一種反映。

　　除了以上幾家，明清兩代還有一些有關樂府詩的選本和有份量
的研究著作。從編輯學的視角看，有特點、有創新的東西已不多，
不再贅述。不可否認，歷代學問家、編輯家為保存、傳播具有「漢
魏風骨」的樂府詩作出了不可磨滅的貢獻，在編輯體例、編輯方法、
編輯思想的探索方面積纍了寶貴的經驗。這是中國詩歌發展史、詩
歌編輯史上的財富，值得珍視和研究。

第四章 《文選》詩歌編輯論

　　《文選》是我國現存的編選最早的一部文學總集。它集詩賦文為一體，彙聚了東周至南朝梁代的七百多篇作品，歷來被視為總集之首，文章淵藪，對中國文學的發展有著重大而深遠的影響。自隋朝蕭該《文選音義》之後，《文選》研究代不乏人。隋唐之際的曹憲始創《文選》學，至清代蔚為大觀。20 世紀以來，《文選》的研究更加深入和廣泛，更加科學和完善，文選學及文選學史的研究成果豐碩。〔註 1〕我們這裏嘗試從編輯出版的角度對《文選》尤其是其中的詩歌編輯與傳播作進一步探討。因為《文選》是一個有機的統一的整體，本章的詩歌編輯論自然就不那麼純粹。

第一節　文學總集的編纂

　　要從編輯學的角度研究《文選》的編輯思想、編輯體例、編輯價值以及對後世詩歌編輯與出版的影響，就有必要對中國古代文學總集最初編輯的緣起、情形等有一個基本的瞭解。

　　其實，總集的起源很早。《尚書》就是我國古代的一部古老的歷史文獻總集。所謂「尚書」，即上古之書的意思，儒家尊它為經典，

〔註 1〕可參閱王立群著《現代〈文選〉學史》，中國社會科學出版社，2003年版。

故又稱《書經》。這樣一部古代最早的實用散文總集,分為虞書、夏書、商書、周書四個部分。其中虞書和夏書,是後世儒家根據古代某些傳聞加以增飾、附會編寫的,並非什麼虞、夏時代的作品,比較可信的是商書與周書兩個部分。《尚書》中的商、周文字,大都是由史官執筆記載的官方文告。其中有誓詞、詔令、誥言、訓辭和政事語錄等,按後世文體分類講,它們大都屬於公牘文類中的下行公文。這些文章的體制,一直對後世中央王朝的公牘文體有著深遠影響。

當然,《尚書》雖古,但還不是嚴格意義的文學總集。《詩經》和《楚辭》才是最早的兩部一體文學總集。用今人的眼光看,《詩經》是一部古代詩歌總集,但是在周代,它不過是樂官收集和保存的樂歌。這一點,我們在《〈詩經〉編輯論》中論之甚詳。後人將《詩經》歸入經部,恰恰反映了它作為古代文獻而非純文學作品的性質。漢代編輯的《楚辭》也是一部文學總集,但由於當時只此一部,又只收楚騷一類作品,因此,《隋書·經籍志》在集部中單立楚辭類,與別集和總集並列。在《詩經》和《楚辭》的時代,因獨立的文學意識尚未形成,大量文學作品尚未以「集」的形式結集起來,因此這兩部作品並未取得「集」的名義。

直到魏晉以後,隨著作家人數、創作數量、文體種類的增多,文學總集才開始大量出現。眾多的文學總集之所以被編纂,《隋書·經籍志》是這樣認識的:

> 總集者,以建安之後,辭賦轉繁,眾家之集,日益滋廣。晉代摯虞,苦覽者之勞倦,於是採摘孔翠,芟剪繁蕪,自詩賦下,各為條貫,合而編之,謂為《流別》。是後文集總鈔,作者繼軌,屬辭之士以為覃奧,而取則焉。

這裏,作者認為多體總集最早的編輯者是晉代摯虞。清代章學誠對此也有過論述,但觀點不盡相同,其《文史通義·文集》認為:

> 兩漢文章漸富,為著作之始衰。然貫生奏議,編入《新書》;相如辭賦,但記篇目。皆成一家之言,與諸子未甚相遠,初未嘗有彙次諸體、裒焉而為文集者也。自東京以降,訖

於建安、黃初之間，文章繁矣，然范、陳二史所次文士諸
傳，識其文筆，皆云所著詩、賦、碑、箴、頌、誄若干篇，
而不云文集若干卷，則文集之實已具，而文集之名猶未立
也。自摯虞創為《文章流別》，學者便之，於是別聚古人之
作，標為別集，則文集之名，實仿於晉代。

章學誠根據《後漢書》、《三國志》著錄文士作品的情況，推斷文集產
生於晉代，總集產生在前，別集產生在後。對於總集之始，人們的看
法確實是不一致的。或說源於晉代杜預的《善文》，或說源於三國曹
丕《建安七子集》。當代學者曹之先生以為最後一種意見為確。〔註2〕
就出生年代先後說，杜預早於摯虞，而曹丕死時杜預僅四歲。曹先生
認為，《建安七子集》雖未能流傳下來，但它確實存在過，有曹丕《與
吳質書》為證：

昔年疾疫，親故多離其災，徐、陳、應、劉，一時俱逝……
頃撰其遺文，都為一集。〔註3〕

這裏的「昔年」指建安二十二年（217 年），據《三國志·王粲
傳》注，《建安七子集》編於建安二十三年。而此時杜預尚未出世。

對於文學總集始於曹丕《建安七子集》今人亦不乏異見。郭英德
等就認為，曹丕所說的「都為一集」的「集」是動詞用如名詞的一個
較早例子，指的是將七子之文集為一觀，「集」尚未指具體的文獻纂
集形式。〔註4〕杜預（222～284）的《善文》雖收錄各體文章，但此
書先於《流別》而亡。從名實歸至的角度看，真正的多體文學總集的
編纂還是源自摯虞的《文章流別集》。這個看法是學界比較公認的意
見，基本上是合乎總集最初編纂實際的。

可以肯定的是，多體文章總集的編輯成集是和分體文集的發達
密切相關的。有研究者認為，《隋書·經籍志》以為多體總集是以

〔註 2〕曹之：《中國古籍編撰史》，武漢大學出版社，1999 年版，第 453～
454 頁。
〔註 3〕《文選》卷四十二。
〔註 4〕郭英德等：《中國古典文學研究史》，中華書局，1995 年版，第 124
頁注釋部分。

人爲繫的別集發達的結果其實是不確的。以類相從的分體文集的出現與發展，直接導致了彙集諸體的總集的出現。現在可知的分體文集有：三國時期應璩（190～252）編的《書林》，專門收錄書記之文。西晉傅玄（217～278）所集《七林》，收錄「七」體之文。此外，荀勖有《晉歌詩》、《晉燕樂歌辭》；陳壽有《漢名臣奏事》、《魏名臣奏事》；荀綽有《古今五言詩美文》；陳勰有《雜碑》、《碑文》等等（均見《隋書・經籍志》）。綜合性的多體總集就是在這樣的基礎上出現的。《隋書・經籍志》所持的總集源自別集的看法，與歷史事實並不完全相符。我們現在看到的早期總集都是以類相從、分體編排即可作爲注腳。從文學理論批評史的角度看，當時最發達的是文體論，而非作家論。這樣一種理論傾向與編輯實踐是有著內在聯繫的。〔註 5〕我們認爲，把文章總集的編纂僅僅歸於分體文集或者別集都是有失偏頗的。在這個問題上，不宜採用非此即彼的思維方法和研究方式。

顯而易見，總集的編纂也是與秦漢以後所謂文章之學與學術性著作（經、史、子）逐漸脫離密切相連的。先秦時期，文、史、哲不分，而且當時學者都成一家之言，所謂歷史散文，固都是整部著作，即使是諸子論學著作，也是把某人以至某一學派的論著，編在一起成爲專集，很少有單篇文章出現。這種情況到了秦漢時期，特別是到了東漢以後，開始有了變化。許多文士則以所謂「文章顯」，因此單篇文章漸多，而好多人也以此名世。例如從范曄《後漢書・文苑傳》所著錄，就可以看出這種情況：杜篤「所著賦、誄、弔、書、贊、七言、女誡及雜文凡十八篇」。傅毅「著詩、賦、銘、誄、頌、祝文、七激、連珠，凡二十八篇」。黃香「賦、牋、奏、書、令，凡五篇」。蘇順「所著賦、論、誄、哀辭、雜文，凡十六篇」。劉珍「著誄、頌、連珠，凡七篇」。葛龔「著文、賦、誄、碑、書、記十二篇」。崔琦「所著賦、頌、銘、誄、弔、論、九咨、七言，

凡十五篇」。邊韶「著詩、頌、碑、銘、書、策，凡十五篇」。趙壹「著賦、頌、箴、誄、書、論及雜文十六篇」等等。從以上舉例來看，他們所著都是單篇文章，內容廣泛，且涉及到多種文體。至魏晉時期，文人多已有詩文專集，據《晉書》和《隋書·經籍志》所載，西晉、東晉兩代，文人的專集已不下一二百種。這種作家輩出、作品迭現的局面，也有力地促使了產生彙輯詩文總集的需要；而文體總類的繁多，又必然促使在編輯總集時，要對現存的文體進行整理、辨析和歸納。

　　實際上，自《文章流別集》後，文學總集的編撰便一發而不可收。總集的出現與後繼者不斷，確如《四庫全書總目》所言：「文籍日興，散無統紀，於是總集作焉。一則網羅放佚，使零章殘什，並有所歸；一則刪汰繁蕪，使莠稗咸除，菁華畢出。是故文章之衡鑒，著作之淵藪矣。『三百篇』既列爲經；王逸所裒，又僅楚辭一家。故體例所成，以摯虞《流別》爲始。」這裏所體現出的對多體文學總集編輯目的、編輯價值以及「組構」特徵的認識是值得注意的。

　　著名文獻學家張舜徽先生把中國古代的「著述」分爲三類，即：著作、編述、抄纂。他說：

　　綜合我國古代文獻，從其內容的來源方面進行分析，不外三大類：第一是「著作」，將一切從感性認識所取得的經驗教訓，提高到理性認識以後，抽出最基本最精要的結論，而成爲一種富於創造性的理論，這才是「著作」。第二是「編述」，將過去已有的書籍，重新用新的體例，加以改造、組織的的工夫，編爲適應於客觀需要的本子，這叫做「編述」。第三是「抄纂」，將過去繁多複雜的材料，加以排比、撮錄，分門別類地用一種新的體式出現，這成爲「抄纂」。〔註6〕

　　在我國古代，編輯尚未成爲獨立的職業，「編著合一」是主要的編輯工作形式。「編述」和「抄纂」既是重要的著作方式，也是

〔註6〕張舜徽：《中國文獻學》，華中師範大學出版社，2004年版，第25頁。

重要的編輯方式。《文章流別集》這類的文學總集的編纂顯然是屬於張先生所說的「抄纂」一類的編輯活動。其編輯目的和價值所在，一是收集、保存文獻典籍；一是通過優選優化，樹立創作的典範。《流別》之後，東晉以降，總集大量出現，《隋書・經籍志》共著錄總集「凡集五百五十四部，六千六百二十二卷」。其中，影響較大的有李充《翰林論》，劉義慶《集林》，謝混《文章流別本》，謝靈運《詩集》、《賦集》，蕭統《古今詩苑英華》、《文選》，徐陵《玉臺新詠》等等。

第二節　《文選》的編輯目的

　　《文選》是蕭統和他門下的文士共同編輯而成的。用今天的話來說，蕭統的角色是《文選》的主編。

　　蕭統（公元 501～531 年）是南朝蘭陵（今江蘇徐州）人，梁武帝蕭衍的長子，字德施，天監元年（公元 502 年）立爲太子。因不及即帝位而卒，諡曰「昭明」，後世稱爲昭明太子。《梁書》（卷八）、《南史》（卷五三）均立有蕭統傳。據史書記載，蕭統爲太子時崇信佛教，生活較爲簡樸，較能關心人民疾苦。他愛好文學，重視有文學才能的人士。《梁書》本傳稱其：「引納才學之士，賞愛無倦。恒自討論篇籍，或與學士商榷古今，閒則繼以文章著述，率以爲常。於時東宮有書幾三萬卷，名才並集，文學之盛，晉宋以來，未之有也。」在蕭統門下的知名文學之士，有王錫、張纘、陸倕、張率、謝舉、王規、王筠、劉孝綽、到洽、張緬、殷芸、徐勉等人。《文心雕龍》的作者劉勰也曾爲東宮通事舍人，受到蕭統的禮遇。二人的文學思想、審美觀念有相似之處。

　　蕭統著述頗多，《梁書》本傳云：「所著文集二十卷；又撰古今典誥文章，爲《正序》十卷，五言詩之善者，爲《文章英華》二十卷；《文選》三十卷。」蕭統另有《古今詩苑英華》〔註7〕，《隋書・

〔註 7〕見蕭統《答湘東王求文集及〈詩苑英華〉書》。

經籍志》著錄十九卷,《舊唐書·經籍志》、《新唐書·藝文志》皆著錄二十卷。上述著述,除了《昭明太子文集》(已非原本,有殘缺)和《文選》以外,其他都早已散失不傳。從他的著述目錄可以看出,蕭統對文學編輯有著濃厚的興趣,且卓有成效。

　　蕭統為什麼要組織編纂《文選》,或者說他的編輯目的是什麼,是值得我們探討的。首先,我們要看看蕭統對已經編就的《文章英華》和《古今詩苑英華》這兩本集子的看法。《古今詩苑英華》和《文章英華》都是蕭統所編,但各史書的記載略有差異。《梁書》本傳記蕭統「所著文集二十卷;又撰古今典誥文言,為《正序》十卷;五言詩之善者,為《文章英華》二十卷;《文選》三十卷」。《南史》記載與此相同,只是《文章英華》記為《英華集》,也稱二十卷。《建康實錄》又從《南史》。這幾部史書都沒有提到《古今詩苑英華》,但蕭統確實有其書。昭明太子在其《答湘東王求文集及〈詩苑英華〉書》明確提及此書,而《隋書·經籍志》及兩《唐志》均有著錄。《隋志》著錄為十九卷,當是佚失一卷,而兩《唐志》著錄為二十卷,或為後來補齊。《文章英華》大概在隋唐時已經亡佚,故兩《唐志》都未予著錄。後世有學者認為《文章英華》與《古今詩苑英華》是同一種書。例如姚振宗《隋書經籍志考證》(二十五史補編本)便說:「案,《正序》十卷,本志不見,《文章英華》即《詩苑英華》,別見於後,此似合《正序》、《詩苑》為一編者。」對於這個看法,今人傅剛先生進行了辨析,認為歷史久遠,資料散佚,輕易否定《隋志》不免過於武斷〔註8〕。據專家分析,《文章英華》實則是一部詩歌選本。《隋志》在「詩」一類中先著錄了《文章英華》,在「《詩英》九卷,謝靈運集」條下,《隋志》著錄:「又有《文章英華》三十卷,梁昭明太子撰,亡。」此條之下著列「《今詩英》八卷」,不提撰者。按常理,同一撰者的著作應該著錄在一

〔註8〕見傅剛《〈昭明文選〉研究》下編,中國社會科學出版社,2000年版,第164～166頁。

起，而昭明太子的《文章英華》不是與他自己的《古今詩苑英華》一併排列，而是附於謝靈運的《詩英》之下，說明《文章英華》與謝書同類，當都屬五言詩集，而與《古今詩苑英華》有所區別。《梁書》上說「五言詩之善者，爲《文章英華》二十卷」當有所據。

　　比較而言，《古今詩苑英華》的材料要多一些。蕭統《答湘東王求文集及〈詩苑英華〉書》云：

> 得疏，須知《詩苑英華》及諸文制。發函伸紙，閱覽無輟，……
> 清新卓爾，殊爲佳作。夫文典則累野，麗亦傷浮。其美，
> 遠兼邃古，傍暨典墳，學以聚益，居爲可賞。

這裏闡述了作者的文質觀。所謂「典則累野」，是說學習古體質樸之風，弄得不好就會過分而顯得「野」。「麗則傷浮」，是說追求華麗太過，也會給人以浮誇、輕浮之感。蕭統主張將文與質、今與古、流俗與典雅諸對立方面結合得恰倒好處，做到「文質彬彬，有君子之致」。這即是一種文學觀，同時也是一種編輯觀，對於《文選》的編輯工作有著指導意義。

　　《古今詩苑英華》的編輯者除了蕭統本人，劉孝綽當也參與其事。《顏氏家訓・文章》在敘述了劉孝綽忌何遜之後，說他「又撰《詩苑》」，對此，日本學者清水凱夫教授認爲即蕭統《古今詩苑英華》的省稱。有研究者經過認眞仔細分析後指出：「《顏氏家訓》所說的《詩苑》，正是指的《古今詩苑英華》，這是標名蕭統著作，而劉孝綽亦爲編者的事實。」〔註9〕不過，蕭統編著的情況與那些由皇帝、諸王掛名，而實際完全是臣僚所編書的情況不同。就《古今詩苑英華》來講，蕭統自己在《答湘東王求文集及〈詩苑英華〉書》中說得很清楚：

> 又往年因暇，搜採《英華》，上下數十年間，未易詳悉，猶
> 有遺恨，而其書已傳，雖未爲精覈，亦粗足諷覽。

可以肯定地說，《古今詩苑英華》的編輯，蕭統是起主導作用的，

〔註9〕傅剛：《〈昭明文選〉研究》，第158頁。

並親自動手作了有關的「搜採」、編選工作。《文選》也是如此。它既不像有些國內學者所說的純爲蕭統一人手編，也不是如清水所強調的全然出自劉孝綽一人之手。《文鏡秘府論》關於「蕭統與劉孝綽等撰集《文選》」的說法，看來也是適合《古今詩苑英華》的編輯的。

從蕭統自己的論述看，他對《古今詩苑英華》並不是十分滿意，認爲它不夠「精覈」，「猶有遺恨」，所以後來才再主持編輯《文選》一書。從體例來看，《古今詩苑英華》是收錄存者之作的，且篇題之下有作者小傳。而《文選》不錄存者，以使其更有權威性，也就是《文鏡秘府論》所說「自謂畢乎天地，懸諸日月」。我們也注意到，《古今詩苑英華》和《文章英華》的編輯工作，爲《文選》的編纂作了前期的準備，起到了導引前路的作用。

蕭統編輯《文選》，首先是當時文學創作繁榮的反映，是時代的要求使然。魏晉以來，整個社會重文的風氣日益濃厚，文學鑒賞與學習寫作成爲一時的風尚。總集在這種情況下出現，就有一個爲閱讀者提供方便的考慮。這一點我們前文約略有所涉及。立足於指導閱讀和寫作，《文選》的編輯目的具體體現在以下兩個方面。

首先是總結各種文體的特徵以提供借鑒。我們知道，中國古代「文體」的含義，有廣義和狹義之分。狹義的文體，是指文學的體裁、體制或樣式。廣義的文體，除了指文章或文學體裁外，亦兼指文章或文學的文風、風格。魏晉南北朝時期，是我國文學開始進入「自覺的時代」，當時出現了許多所謂文章家。如前所述，不少能詩善文之士，都有文集傳世，而且文集中備具眾體，佳作屢見。選錄諸家作品的總集廣收眾體，這就出現了文體的歸類問題。在文體分類的理論和實際探討中，曹丕的《典論·論文》是最早正式提出文體問題的。他說：

> 夫文本同而末異，蓋奏議宜雅，書論宜理，銘誄尚實，詩賦欲麗。此四科不同，故能之者偏也；唯通才能備其體。

曹丕這裏討論了文學的共性和不同體裁作品的特殊要求。他將當時較爲流行的文體分爲八類，歸納爲四科，用「雅」、「理」、「實」、「麗」來概括地說明它們各自具有的主要特徵。繼曹丕之後，晉初陸機的《文賦》十分重視文體論，對文體的分類，對不同文體的同異、性質、歷史演變、發展趨勢等，作了深入的研究，有了很大的進步。至於劉勰體大思精的《文心雕龍》更是以近一半的篇幅來專門探討文體問題。他所論及的文體以及對不同文體的風格特徵的論述，又都超越了前人。而對於每一種文體，劉勰都遵循著「原始以表末，釋名以章義，選文以定篇，敷理以舉統」〔註10〕的原則，對其起源、演變進行說明，解釋文章各體的名稱含義，從每一種文體的命名上來表明這種文體的性質，進而在每一種文體中挑選出有代表性的名家名作，加以論列評析，最後闡明每一種文體的寫作方法、道理，說明其規格要求和標準風格。這四項，構成了一個比較周詳、科學的文體論體例。其實，這種重視辨析文體源流、總結文體特徵的做法，在魏晉以後是理論家、作家們所共同關注的，如西晉傅玄的《七謨序》、《連珠序》、《擬四愁詩序》，就是這種創作方式的產物。陸機的《遂志賦》也是採用先辨文體，然後模擬典範作品的方式。劉勰在前人和同時代人的基礎上，使文體的辨析更系統化和程序化，爲文章寫作和編選提供了可資借鑒的範式。他的文體論，往往具有指導寫作的性質。那些既有集文又有評述的綜合性總集，辨析文體之意也是十分明顯的。例如，摯虞《文章流別論》就是這樣。據《晉書‧摯虞傳》：「（虞）又撰古文章，類聚區分爲三十卷，名曰《流別集》，各爲之論，辭理愜當，爲世所重。」可知其論原附於集後，二者配合，正是爲了辨析文體。李充《翰林論》原來也是總集，《隋書‧經籍志》總集類著錄：「《翰林論》三卷。」注云：「梁五十四卷。」《玉海》卷六十二引《中興書目》謂：「《翰林論》二十八卷，

〔註10〕《文心雕龍‧序志》。

論爲文體要。」從《全晉文》、《文選》輯錄的佚文來看，此書也是集與論相結合的辨析文體的著作，其形式與《文章流別集》相似。

　　《文選》的編輯一個重要的目的也是辨析文體，這一點從編者的論述與選文中都可以看出來。《文選》的序首先論述了詩、賦、騷等不同文體的發展演變，對不同文體的風格特點進行了分析。其集文部分將各種文體分爲三十九類，分別載錄各種體裁的代表性作品。對於《文選》的分類，前人有過不少的批評，例如章學誠在《文史通義‧詩教下》中云：

> 《七林》之文，皆設問也。今以枚生發問有七，而遂標爲
> 「七」，則《九歌》、《九章》、《九辨》，亦可標爲九乎？《難
> 蜀父老》，亦設問也。今以篇題爲難，而別爲「難」體，則
> 《客難》當與同編，而《解嘲》當別爲「嘲」體，《賓戲》
> 當別爲「戲」體矣。《文選》者，辭章之圭臬，集部之準繩，
> 而淆亂蕪穢，不可彈詰；則古人流別，作者意指，流覽諸
> 集，孰是深窺而有得者乎？

章學誠舉例批評《文選》區分文體拘於外在形貌，將同一文體強分成不同類別。從文體學的角度來，他的批評無疑是有道理的。但《文選》的作品分類，本來就不是爲了從理論上研究文體，而在於提供寫作上的借鑒。例如所謂「七」體，從文體區分上當屬於鋪采騈詞的散體大賦，但自從枚乘首創《七發》，繼之者層出不窮，形成了一個特殊的類別。爲了便於學習借鑒，傅玄《七林》、摯虞《文章流別論》都將「七」專列一體，進行論析。《文選》將「七」列爲一體，顯然是當時人們普遍認同的，其目的是爲了反映此類作品的創作實績，同時爲人們探討源流、借鑒模仿提供方便。

　　《文選》編輯的另一個作用是對前人作品汰蕪取精，指示優劣，樹立典範。這也是當時文學總集編纂的一個共同追求。傅玄《七謨序》在列舉了歷代「七」體作品之後指出：

> 世之賢明，多稱《七激》工，余以爲未盡善也，《七辨》似
> 也，非張氏至思，比之《七激》，未爲劣也。《七釋》僉曰

妙哉，吾無間矣。若《七依》之卓爍一致，《七辨》之纏綿
精巧，《七啓》之奔逸壯麗，《七釋》之精密閒理，亦近代
之所希也。

《文章流別論》也有評價作品的內容，如評價問難一類賦作說：「若
《解嘲》之弘緩優大，《應賓》之淵懿溫雅，《達旨》之壯厲慷慨，《應
間》之綢繆契闊，鬱鬱彬彬，靡有不長焉矣。」又評論玄思類賦作時
說：「《幽通》精而贍，《思玄》博而贍，《玄表》擬之而不及。」這些
評論，通過對同類作品的品鑒比較，融入了編者的心得與趣尚，具有
闡發幽微、引導閱讀與創作的作用。《文選》的編輯意旨蕭統在《文
選序》中已略有說明：「自姬漢以來，眇焉悠遠，時更七代，數愈千
祀，詞人才子，則名溢縹囊；飛文染翰，則卷盈乎緗帙。自非略其蕪
穢，集其清英，蓋欲兼功太半，難矣。」顯然，《文選》不是一般的
選本，而是從周秦以來將近千年的文章中選擇出精華文萃，所謂「略
其蕪穢，集其清英」，這應該是蕭統的滿意所在，後人也正是從這一
點出發，對《文選》或讚揚，或批評。

第三節　《文選》的編選標準

討論《文選》的編選標準，人們無不從《文選序》入手。蕭統在
序中曾涉及了這一問題，他說：

余監撫餘閒，居多暇日。歷觀文囿，泛覽辭林，未嘗不心
遊目想，移咎忘倦。自姬漢以來，眇焉悠邈，時更七代，
數愈千祀，詞人才子，則名溢縹囊；飛文染翰，則卷盈乎
緗帙。自非略其蕪穢，集其清英，蓋欲兼功太半，難矣。
若夫姬公之籍，孔父之書，與日月俱懸，鬼神爭奧，孝敬
之準式，人倫之師友；豈可重以芟夷，加以剪截。老、莊
之作，管、孟之流，蓋以立意為宗，不以能文為本；今之
所撰，又以略諸。若賢人之美辭，忠臣之抗直，謀夫之話，
辨士之端，冰釋泉湧，金相玉振。所謂坐狙丘，議稷下，
仲連之卻秦軍，食其之下齊國，留侯之發八難，曲逆之吐

六奇，蓋乃事美一時，語流千載，概見墳籍，旁出子史，若斯之流，又亦繁博。雖傳之簡牘，而事異篇章；今之所集，亦所不取。至於記事之史，繫年之書，所以褒貶是非，紀別異同；方之篇翰，亦已不同。若其贊論之綜輯辭采，序述之錯比文華，事出於沉思，義歸乎翰藻，故與夫篇什，雜而集之。

這一段話中，蕭統闡述了《文選》的選錄標準，那就是不選經書、子書與史書，忠臣謀士的辭令近乎子史，也不入選。而史書的贊論，由於「綜輯辭采」、「錯比文華」、「事出於沉思，義歸乎翰藻」，因而與「篇什」一起選錄。這裏所說的「篇什」和「翰藻」是指具有文采和聲韻的作品。

自清代阮元以來，不少學者徑直把「事出於沉思，義歸乎翰藻」作爲整個《文選》的選錄標準。蕭統的這兩句話，確實是需要仔細辨析的。這裏主要涉及兩方面的問題，即一是這個選錄標準只是對史傳中的贊論、序述而言，還是對《文選》整個的整個選錄標準而言；二是這兩句話的含義的解釋。阮元《與友人論文書》云：「《選序》之法，於經、史、子三家不加甄錄，爲其以『立言』『紀事』爲本，非『沉思』『翰藻』之比也。」在《書昭明太子文選序後》，阮元更將「沉思」、「翰藻」視爲《文選》選錄的標準。他說：「必『沉思』『翰藻』，始名爲『文』，始以入選也。」阮元把「事出於沉思，義歸乎翰藻」作爲《文選》總體標準的看法對後世影響很大。直到今天，一些中國文學批評史、中國編輯史方面的論著還是沿襲的阮元的觀點。其實仔細辨析《文選序》，從上下文的聯繫來看，「事出於沉思，義歸乎翰藻」二句是承上贊論、序述而言的，意在說明經、史、子不入選而史書中贊、序卻入選的理由。從入選與不入選的理由看，蕭統是特別看重深思與辭采，特別是辭采之美的。

對於「事出於沉思，義歸乎翰藻」含義的解釋，學者們發表了見仁見智的意見。朱自清先生曾經批評阮元忽略「事義」。他研究了西晉以來文章中「事」「義」的用例，認爲「事」「義」即事類，指

古事成辭；有的時候也指「比類」，可指日常事理。而《文選序》中
這兩句話，不外乎「善於用事，善於用比」。〔註11〕而殷孟倫先生認
爲「『事』指寫作的活動和寫成的文章而言」，「『義』指文章所表達
的思想內容而言」。他說，二句可直譯爲：「寫作的活動和寫成的文
章是從精心結構產生出來的；同時文章的思想內容終歸要通過確切
如實的語言加工來體現的。」〔註12〕

　　楊明先生贊同殷孟倫先生對「事」的解釋，又認爲「義」在這
裏也是指寫作活動、寫作行爲而言。作者選取《論衡》、《宋書》、《文
心雕龍》、《昭明太子集序》、《藝文類聚序》等當時著作中的 22 例，
說明「事」「義」對舉時，「義」的含義其實與「事」差不多，只是
指某些「事情」而言，並不涉及思想內容、意義等。而「義歸乎翰
藻」之「歸」，乃屬「歸屬」之意。「翰藻」當然指藻采，即經過加
工的美麗的語言；而聯繫上下文，也可以說特指「篇翰」、「篇什」，
即運用藻采的單篇文章。「歸乎翰藻」不是說「通過藻采予以表現」，
而是說「歸屬於講究藻采的單篇文章一類」。因此，「若其贊論之綜
輯辭采，……故與夫篇什，雜而集之」這幾句話，可以譯爲：「至於
贊論序述，乃是組織、運用辭采文華的作品，其寫作出於精心結撰，
與寫作篇翰屬於同類，因此與那些單篇文章編集在一起（指編入《文
選》）。」〔註13〕楊明先生的這個解釋應該說是持之有故、言之成理
的。筆者完全贊同他的富有新意又比較切合實際的認識。

　　基於此，「事出於沉思，義歸乎翰藻」就既不能簡單說成是贊、
序之類作品的編選標準，更不能說它就是整部《文選》的編選標準；
雖然這兩句話是符合蕭統編纂《文選》的基本標準的。我們倒是更應
關注蕭統所說的「綜輯辭采，錯比文華」。在「深思」與「華美」之

〔註11〕見《朱自清古典文學論文集》中《〈文選序〉「事出於沉思，義歸乎
　　　　翰藻」說》一文，上海古籍出版社，1991 年版。
〔註12〕見殷孟倫《如何理解〈文選〉編選的標準》，載《文史哲》，1961 年
　　　　第 1 期。
〔註13〕楊明：《「事出於沉思，義歸乎翰藻」解》，見於中國文選學會、鄭州
　　　　大學古籍整理研究所編《文選學新論》，中州古籍出版社，1997 年版。

間，蕭統無疑是更重視華美，即辭采之美的。仔細分析《文選序》和昭明的其他相關文論，對照《文選》的實際編選情況，我們認爲《文選》的編輯標準有三個方面，即：辭采之美，抒情之美，中和雅正之美。

辭采與抒情是文學性的重要表現。重視辭采與抒情，是齊梁時期文學思想的主要潮流。《文選序》強調「蓋踵其事而增華，變其本而加厲」，正是認同這種發展的潮流。這從他的《答湘東王求文集及詩苑英華書》中也可得到印證：

> 夫文典則累野，麗亦傷浮，能麗而不浮，典而不野，文質彬彬，有君子之致……吾少好斯文，迄茲無倦。……或日因春陽，其物韶麗，樹花發，鶯鳴和，春泉生，暄風至，陶佳月而嬉遊，藉芳草而眺矚；或朱炎受謝，白藏紀時，玉露夕流，金風時扇，悟秋山之心，登高而遠託；或夏條可結，倦於邑而屬辭；冬雪千里，？紛霏而興詠。密親離則手爲心使，昆弟宴則墨以硯露。〔註14〕

這段論述兼及情辭，有關物色興感的話，與鍾嶸《詩品序》有相似之處，體現出對感發興情的重視。至於辭采，他既反對浮靡，也反對樸野。《答玄圃園講頌啓令》謂：「得書並所制講頌，首尾可觀，殊成佳作。辭典文豔，既溫且雅。」可見，他是讚賞「文豔」的，只不過要求豔而不浮而已。劉孝綽持有與此相近的觀點，《昭明太子集序》云：「深乎文者，兼而善之，能使典而不野，遠而不放，麗而不淫，約而不儉，獨擅眾美，斯文在斯。」從另一個角度看，也未嘗不可把劉孝綽此種觀點看作曾得到昭明認可者。再說，劉孝綽本來就參與了《文選》的編輯工作，其文學觀自然也會直接影響《文選》的編纂。

蕭統所標舉的中和雅正之美，既體現在作品的形式方面，更體現在思想內容方面。他以儒家的文質兼備、典麗雅正爲思想性標準。他把這種藝術標準運用於《文選》的編選，形成了自己的特色。例如，在所選二十三類詩歌中，放在前面的就是「補亡」、「述德」、

〔註14〕《梁昭明集》。

「勸勵」等符合雅正標準的作品。南朝民歌，受到當時社會上層的歡迎，一些文人紛紛仿製，但由於有浮豔輕靡之嫌，不符合雅正標準而未予收錄。關於編選標準在詩歌中的具體表現，我們還將在下文展開論述。從儒家雅正的文學觀出發，蕭統《文選》收錄了託名孔安國的《尚書序》、杜預的《春秋左傳序》，儘管從文采辭情的角度看，它們都略有不足。

第四節　《文選》中的詩歌編輯旨趣

在《文選》中，詩歌無疑佔有很重的分量。《文選》選錄了先秦至梁朝八百年間的各種體裁的文章詩賦，分爲賦、詩、騷、七、詔、冊、令、教等三十九類〔註15〕，大致可以概括爲辭賦、詩和文三大部分，計有辭賦九十九篇，詩四百三十四篇，文二百一十九篇，總共七百五十二篇。就篇數所佔比重而言，詩歌（含楚辭類作品）無疑具有舉足輕重的地位。而詩歌編選中所體現出來的文學觀念與編輯思想，更是有著十分重要的理論價值和借鑒意義。

如果我們將《文選》所選錄的作品，按時代順序進行排列，或者作一些綜合性的分析，《文選》就好像是一部文學史；把其中的詩歌部分作一排比研究，也是一部詩歌發展史。馮友蘭先生曾將哲學史分爲兩種，一種是敘述式的哲學史，一種是選錄式的哲學史。他指出：「寫的哲學史約有兩種體裁：一爲敘述式的；一爲選錄式的。西洋人之所寫哲學史，多爲敘述式的。用此方式，哲學家可盡量敘述其所見之哲學史。但其弊則讀者若僅讀此書，即不能與原來史料相接觸，易爲哲學史家之見解所蔽；且對於哲學史家所敘述亦不易有明確的瞭解。中國人所寫此類之書幾皆爲選錄式的；如《宋

〔註15〕常見各種《文選》本子和研究論著都認爲是三十七類，也有持三十八類說者。今從傅剛先生三十九類說。依傅剛考證，六家和六臣的底本即秀州本在合併時漏掉了「移」、「難」二體，因此其後重雕的各刻本也同樣漏掉了這兩類這就是爲什麼現在所見宋本都標三十七類的原因。見傅剛《〈昭明文選〉研究》第 190 頁。

元學案》、《明儒學案》，即黃梨洲所著宋元明哲學史；《古文辭類纂》、《經史百家雜抄》，即姚鼐、曾國藩所著之中國文學史也。用此方法，哲學史家文學史家選錄各哲學家各文學家之原來著作；於選錄之際，選錄者之主觀的見解，自然亦須摻入，然讀者得直接與原來史料相接觸，對於其研究之哲學史或文學史，易得較明確的知識。惟用此方式，哲學史家或文學史家之所見，不易有系統的表現，讀者不易知之。」〔註16〕如果我們套用以上哲學史的兩種寫法可知，蕭統的文學史、詩歌史其實就是一種選錄式的，值得認真歸納和清理。

　　《文選》中的詩歌編選體現出厚今薄古的傾向，折射出蕭統對文學發展規律的認識。在所錄四百三十多首詩作中，年代最晚的宋齊梁三百餘年間的作品占一百七十首以上（約 40%），超過了前代兩晉時期一百五十年間的作品（一百五十首，約占 35%）。並且此四朝的詩作合起來竟然占到了全部入選詩歌的四分之三，在數量上完全壓倒了與此時間大約相等的後漢三國的詩。從這種宏觀的比照中，不難看出編者厚古薄今的選擇傾向。這中間反映出編者對文學特別是詩歌創作演進規律的認識。在蕭統看來，文學是由「質」向「文」發展進化的，古代樸實無華的文風演變爲現代華麗綺靡的文風是勢所必然。《文選序》云：「若夫椎輪爲大輅之始，大輅寧有椎輪之質。增冰爲積水所成，積水爲增冰之凜。何哉？蓋踵其事而增華，變其本而加厲。物既有之，文亦宜然。隨時變改，難可詳悉。」事物是由簡單向複雜、由低級向高級發展的，文學發展也是如此。

　　從《文選》收錄的兩漢至齊梁不同階段詩人詩作來具體分析，更可見出蕭統的詩歌發展史觀〔註17〕。漢代，《文選》共收七位詩人（《古詩十九首》除外）三十四首作品。其中一首四言，一首五言樂府，二首「雜歌」，三十首「雜詩」。在七位詩人中有三位被後人所證僞，即

〔註16〕馮友蘭：《中國哲學史》上冊，中華書局，1984 年版，第 22 頁。
〔註17〕參閱傅剛《從〈文選·詩〉看蕭統的詩歌觀》，見中國文選學研究會、鄭州大學古籍整理研究所編《文選學新論》，中州古籍出版社，1997年版。

班婕妤和李陵、蘇武。建安，《文選》收七人五十八首，曹植爲首，
王粲、劉楨爲副。這與鍾嶸《詩品》的評價相符。正始，收錄二人二
十五首，以阮籍、嵇康爲代表，另一人是應璩，這與劉勰和鍾嶸的評
價也是一致的。西晉，《文選》收二十四人一百二十六首，以陸機爲
首，張協、左思、潘岳爲副。與鍾嶸評價相符。東晉，收五人十八首，
以陶淵明爲首，郭璞爲副，其他三人爲謝混、殷仲文、王康琚。這一
狀況與劉勰、鍾嶸的看法有所不同。宋，收十人九十七首，以謝靈運
爲首，顏延年、鮑照爲副。此與鍾嶸基本一致而異於劉勰。齊，收三
人二十四首，以謝朓爲首。梁，收六人五十三首，以江淹爲首，沈約
爲副。雖江淹入選作品超過沈約，但由於其「擬體」的特殊性，所以
他的作品數量其實並不代表他的成就。

從以上排列可見蕭統的詩歌史觀。他收西晉詩人詩作最多，其
次爲劉宋，再其次爲建安。若以單個詩人而論，以列類首爲據，以
入選作品數量爲據，以詩人的類別分佈爲據說，三者結合起來綜合
考察，排在前面幾位的詩人爲：陸機、謝靈運、曹植、顏延之、鮑
照和潘岳、左思。這些基本上是魏晉南北朝時期公認的優秀詩人，
而前三位的陸機、謝靈運、曹植正是鍾嶸《詩品》所說的「太康之
英」、「元嘉之雄」和「建安之傑」。蕭統對晉、宋詩歌的高度評價又
確與同時代人不同，這一評價對於研究魏晉南北朝詩歌發展史，無
疑有著重要的參考價值。日本學者興膳宏指出：「個別人中，晉的陸
機五十二首，爲最多；其次是謝靈運三十九首，曹植二十五。他們
三人，正是站立在各個時期美文最高峰上的人物。這也顯示了對於
詩歌要在修辭技巧上取勝的一種共感。」〔註18〕當我們調整了自己
的過於主觀化以思想內容甚至僅僅是政治內容爲第一評判標準後，
而把藝術審美性作爲一個重要的尺子來衡量，也許不得不承認蕭統
《文選》通過編輯選擇所體現出的詩歌發展觀更加符合文學歷史演

〔註18〕〔日〕興膳宏：《〈文選〉選詩的基準》，見《文選學新論》，中州古
　　　籍出版社，1997年版，第142頁。

進的實際。

　　蕭統並非只重形式，不講內容。他的詩歌編輯觀，是貫穿著儒家正統的「雅正」思想的。就作品而言，選什麼不選什麼；就詩人而言，選誰不選誰；入選者誰先誰後；入選的詩類哪前哪後等等，都是受一定的編輯思想支配的。在《文選》的二十三類詩歌中，放在前面的是「補亡」、「述德」、「勸勵」等最符合雅正標準的作品。從《文選》不收錄的範圍，可以更清晰地見出他的文學藝術的思想性標準。蕭統基本上不收漢樂府民歌及南北朝民歌；《文選》所收四首《古樂府》，更接近於古詩，而與「感於哀樂，緣事而發」的樂府民歌不同。南朝民歌，受到當時上層社會的歡迎，一些文人紛紛仿製，但由於有浮豔輕靡之嫌，不符合雅正標準未予收錄，沈約、謝朓等人學習南朝民歌的作品也因此而拒收。《文選》還不收彌漫於南朝詩壇的詠物詩；不收豔情詩；甚至基本不收女詩人的作品（僅班婕妤一首）。此外，齊梁以來的「新體詩」在《文選》中也沒有得到明確的反映。這正折射出他「麗而不淫，典而不野，文質彬彬，有君子之致」的文學原則。當代學人有從政治思想傾向批評蕭統者說：「《文選》是正統派的文集，從政治上來講，除選了少數進步作家的作品外，主要選的是爲封建統治者歌功頌德，粉飾太平，描述剝削階級生活方式和思想感情的作品。」〔註19〕說蕭統編選的《文選》屬於正統派無可厚非，但用今人的標準苛求他的詩文選錄，就有些脫離歷史的客觀實際了。

　　詩歌的內容和形式往往是有內在聯繫的。蕭統對某些詩歌類型的態度看似在形式方面，其實與其思想性標準有著密切的聯繫。興膳宏所論五言八句詩即其一例。編輯時間稍後於《文選》的《玉臺新詠》專以歷代豔詩爲對象，其中南齊以後各卷中選錄有不少五言八句的短詩，引人注目。愛好五言八句形式的傾向，至五世紀末的南齊永明年間以後，顯得特別分明了。首先推進這種傾向的是以沈約、謝朓爲代

〔註19〕伍傑編著：《中國古代編輯家小傳》，中國展望出版社，1988 年版，
　　　　第 52 頁。

表的所謂永明詩人,然後繼承他們而更加掀起愛好短詩的風潮是以梁簡文帝為中心的宮體詩人。這種五言八句短詩,內容多與詠物詩、豔詩相關。這種傾向,就現存的六朝詩人作品的全集來看,也是明顯可以得到確認的。講齊梁詩,便不可迴避這種短詩的存在。蕭統、劉孝綽等人也創作此類小詩。蕭統的文集中就有六首五言八句的詩。這說明他們作為梁朝文人並非是時代潮流之外的存在。儘管如此,《文選》卻幾乎沒有選錄當時流行的這種五言八句形式的詩。《文選》之所以不重視這種新興的詩歌形式,與其說是由於形式上的問題,恐怕不如說多起因於短詩型內容的輕浮、視野的狹窄,或者詩情的不健康等等。

重中和之美,講典麗雅正,從《文選》對陶淵明的態度中也可以得到進一步的說明。陶淵明的作品由於不符合當時輕豔華靡的審美時尚,因而不受重視。但蕭統認為他「其文章不群,辭采精拔,跌宕昭彰,獨超眾類,抑揚爽朗,莫之與京。橫素波而傍流,於青雲而直上。語時事則指而可想,論懷抱則曠而且真」。尤其推崇陶淵明「貞志不休,安道苦節,不以躬耕為恥,不以無財為病」的人品,「嘗謂有觀淵明之文者,馳競之情遣,鄙吝之意祛,貪夫可以廉,懦夫可以立,豈止仁義可蹈,抑乃爵祿可辭,不必傍遊泰華,遠求柱史。此亦有助於風教也。」〔註20〕基於這樣的認識,蕭統對陶淵明的詩文加以「搜校,粗為區目」,為他編選文集,撰寫小傳。在《文選》中收錄了陶詩八首,數量雖不算多,但在當時,亦屬罕見。當然,蕭統所欣賞的,主要是陶淵明詩歌文采與雅正的一面,對其平淡自然風格的代表作如《歸田園居》、《飲酒》等,卻未收錄。

我們從蕭統所否定的作品中,同樣也可見其編輯旨趣。他認為陶淵明作品「白璧微瑕,惟在《閒情》一賦,揚雄所謂勸百而諷一者,卒無諷諫」。這樣的作品出自淵明之手「惜哉」,「亡是可也」。陶淵明的《閒情賦》描寫女人妖豔之美,顯然不符合蕭統雅正的編輯思想。此雖談賦,其實也是適用於他對詩歌的認識的。

〔註20〕蕭統:《陶淵明集序》。

　　講求文采，追求雅正，這還體現在蕭統對不同朝代作品的輕重取捨之中。從時代來看，建安、正始時期，文學朝著重文采、重抒情的方向發展，爲兩晉南朝作家所崇尙，《文選》收錄其作品較多。西晉文學一面追蹤建安、正始，一面崇尙雅正，南朝作家對此很推崇，所以《文選》大量收錄其作品。而東晉詩歌受玄學風氣影響，「雖綴響聯辭，波屬雲委，莫不寄言上德，託意玄珠，遒麗之辭，無聞焉爾」〔註21〕。齊梁作家大都對此持否定態度，因此，《文選》收東晉詩很少。《文選》通過選文選詩來提倡重視文采又崇尙雅正的藝術標準和編輯旨趣，代表了當時文藝思潮中的主流傾向。

第五節　《文選》詩歌編輯的價值及其對後世的影響

　　《文選》的詩歌編輯與文章編輯是一個有機的整體，有著重要的文學價值和編輯學價值。

　　首先，保存了豐富的文學資料。根據《漢書・藝文志》和《隋書・經籍志》的著錄，先秦兩漢魏晉南北朝的文學作品散佚很多，而《文選》保存了豐富的詩文資料，僅詩歌就有四百多篇。有的作品是由於入選了《文選》才得以流傳至今的，是我們今天研究漢魏六朝文學必須參考的重要典籍。《文選》問世後，就在文人中產生了很大的影響。特別是隋唐以後，實行科舉制度，重視以詩賦爲主要內容的進士科，所以當時的士人，無不以《文選》爲學習詩文的主要範本。宋代陸游在《老學庵筆記》中記載當時人的諺語說：「《文選》爛，秀才半。」其流行程度及影響可見一斑。關於這一點，文學研究者論之甚詳，不再多說。

　　其次，《文選》樹立了文學總集編輯的典範。《文選》在詩文編輯上的典範意義與編輯學價值，倒是我們需要認眞探討的。《文選》的成書自然是離不開編輯活動的。從南北朝到清代，人們常常使用

〔註21〕沈約《宋書・謝靈運傳論》。

「編輯」或「編緝」，含義很豐富：（1）人們的編輯活動有收集、連接、系統之義；（2）締結材料使之達到中和統一的效果，即構成一個文化知識體系；（3）對材料加工，變無序爲有序，形成有秩序有條理的文化載體；（4）使內含知識的訊息的簡冊能夠用車船運載傳播而不散亂；（5）按照一定的內在聯繫，次第編排書籍。用現代語言概括表述，編輯是一種對文化載體進行收集整理，使之次第有序、條理和諧，以便傳播和貯存的活動。〔註22〕從編輯學的角度看，《文選》所確立的辭采、抒情、雅正的編選標準，立體分類、以類相從的編輯體例，輯錄爲本、編選爲法的編輯策略，都爲後世的總集包括詩歌編輯工作樹立了榜樣。文學批評史家方孝岳曾說：

> 摯虞的《流別》，既然已經失傳，我們就以昭明太子的《文選》爲編「總集」的正式祖師。……凡是選錄詩文的人，都算是批評家，何況《文選》一書，在總集一類中，眞是所謂「日月麗天，江河行地」。那末，他做書的目的，去取的標準，和所有分門別類的義例，豈不是在中國文學批評史中，應該占一個很重要的位置麼？〔註23〕

方先生別具隻眼，道出了《文選》的文學理論批評價值。在中國古代，編輯活動往往是和收藏、著述等緊密結合的精神文化活動。作爲一種非職業化的編輯工程，《文選》正是一種以收集文獻資料、分類編排，使之便於儲藏和傳播的精神文化活動。方先生所言，換爲編輯學的角度審視，我們也可以說它應該在中國編輯史特別是文學編輯史中應該佔有重要的地位。尤其是《文選》的分類，對後世的文學編輯有著直接而深遠的影響。北宋初年李昉等人編選的《文苑英華》一千卷，上續《文選》，其文體分爲三十八類。姚鉉編選的《唐文粹》一百卷，姚氏也「以嗣《文選》」的，分體爲二十三類。南宋呂祖謙編的《宋文鑒》一百五十卷，分體五十八類。元代

〔註22〕參閱王振鐸、趙運通著《編輯學原理論》（修訂本），中國書籍出版社，2004年版，第28～29頁。
〔註23〕方孝岳：《中國文學批評》，三聯書店，1986年版，第63頁。

蘇天爵編的《元文類》七十卷，分體四十三類。明代程敏政編的《明文衡》九十八卷，分體四十一類。清代黃宗羲編的《明文海》四百八十二卷，分體二十八類。這些總集在文體分類上無一例外地都受到了《文選》的影響。

《文選》對後世詩文創作的影響也是十分顯著的。著名歷史學家范文瀾先生指出：「《文選》取文，上起周代，下迄梁朝。七八百年間各種重要文體和它們的變化，大致具備，固然好的文章未必全得入選，但入選的文章卻都經過嚴格的衡量，可以說，蕭統以前，文章的英華，基本上總結在《文選》一書裏。」〔註24〕僅就詩歌編選來說，《文選》所選之詩歌，由於選擇精審，形成了自己的特點，被後世稱之為「選詩」。「選詩」對唐代詩歌的繁榮和發展有著重要的影響。這從近人李詳的《韓詩證選》、《杜詩證選》等文章中，可探尋得此中消息。據說大詩人李白早年曾三次擬作《文選》中的詩文；杜甫更告誡他兒子要「精熟《文選》理」。顯然，唐詩的創作之盛、選本之多，無疑有《文選》的直接影響在。有研究者認為「《文選》是唐代文學發展的一座橋梁」〔註25〕，確實是有道理的。盛唐時期，中國詩歌的發展進入一個新的高潮，進士考試也正是在這一時期確立了詩賦的重要地位。進士考試要求有典雅的形式有能夠證明其學養的表達方法，要「依齊梁體格」；這樣，《文選》自然就成了舉子們學習文辭和備考的必讀書籍。中唐宰相李德裕曾經這樣說：

> 臣無名第，不合言進士之非。然辰祖天寶末以仕進無他伎，勉強隨計，一舉登第。自後不於私家置《文選》，蓋惡其祖尚浮華，不根藝實。〔註26〕

作者這裏顯然是批評那些學力不夠，但善於模仿，以《文選》為應舉捷徑的人。但這一事例也反過來說明了在初盛唐時代，《文選》確實

〔註24〕范文瀾：《中國通史》第二冊，人民出版社，1978 年版，第 528 頁。

〔註25〕尚學鋒、過常寶、郭英德：《中國古典文學接受史》，山東教育出版社，2000 年版，第 217～219 頁。

〔註26〕《舊唐書·武宗紀》。

是被相當一部分人所認定的詩賦的規範，也是文辭的淵藪。當人們反
對梁陳時期的宮體詩風之時，又不得不繼承前代的詩歌藝術成就，有
所依傍，《文選》就以其「典雅宏麗」而成爲人們取法的對象。

第六節　《文選》的抄寫、刊刻與傳播

　　關於《文選》的版本最近這些年成爲文選學研究的一個重點。
《文選》有一個編輯的問題，還有一個出版的問題。所謂出版，「是
指通過一定的物質載體，將著作製成各種形式的出版物，以傳播科
學文化、信息和進行思想交流的一種社會活動」〔註27〕。而所謂版，
是中國古代用以書寫的木片的稱謂。後來用雕版印刷的書籍稱爲雕
版書。在古代漢語中，「版」與「板」往往是通用的。中國早在五
代（907～960）時就有「刻印板」、「鏤板」，宋代有「開板」、「刻
板」等詞。我國最早使用「出版」一詞是在 19 世紀末，有學者認
爲該詞是從日本轉譯過來的。我們現在使用「出版」一詞，通常是
指用印刷或其他複製辦法將作品製成出版物在社會上傳播。現代文
選學研究的最亮麗的風景是關於《文選》版本的研究。版本是與出
版密切相連的，因此，《文選》版本研究與出版研究其實是一個問
題的兩個側面。

　　從文選學發展史的角度來看，重視《文選》版本研究當始於清
儒。但清儒的《文選》版本研究有著與生俱來的缺陷，即版本的匱
乏。近些年來，隨著各種版本《文選》的陸續發現，加之人們版本
系統研究的整體觀的形成，使得《文選》的版本研究取得了突破性
的進展。〔註28〕敦煌吐魯番本《文選》的發現爲唐寫本《文選》增
添了重要內容。唐寫本《文選集注》的發現使在中國早已失傳的《文
選抄》、《文選音訣》與陸善經注等《文選》舊注爲學林所見。珍藏

〔註27〕《中國大百科全書・新聞出版》，中國大百科全書出版社，1990 年
　　　　版，第 18 頁。
〔註28〕參閱王立群著《現代〈文選〉學史》第 7 頁。

於日本的各種《文選》古抄本陸續披露，更爲寫本時代的《文選》版本研究提供了極爲珍貴的資料。北宋天聖監本殘卷《李善注文選》在北京國家圖書館與臺灣故宮博物院的發現使宋刊李善注單注本得以重見。珍藏於臺灣的南宋建陽陳八郎本《五臣注文選》的影印出版，使五臣注單注本顯露學林。庋藏於韓國漢城大學的奎章閣《文選六家注》又使歷史上第一部秀州州學刊本《六臣注文選》的翻刻本亦呈現於學林。日本足利學校庋藏的《文選》使宋刊明州本爲學界所知曉。北京國家圖書館藏贛州本《文選》與臺灣藏南宋廣都本《文選》的發現，使諸宋刻《文選》版本相繼出現，爲現代文選學的《文選》版本奠定了令清儒無法比擬的客觀條件。

　　從出版的角度看，《文選》及其各種注本有抄寫和雕版印刷兩種出版形式。先來看看抄本與寫本。我國 1991 年 5 月 30 日頒佈的《中華人民共和國著作權法實施條例》對「出版」的界定爲「指將作品編輯加工後，經過複製向公眾發行」。如果考慮到古今中外的複雜的出版實際，可以將「出版」定義爲「編輯和複製作品向公眾傳播」。我國古代編著合一是重要的編輯形式，而抄寫其實也是一種重要的作品複製形式，也當納入出版的範疇。所謂「傭書」者即其一例。要略作說明的是，寫本與抄本有時並無嚴格的界限。著名圖書館學家劉國鈞將隋唐時期（公元 581～907 年）看作「我國寫本書的極盛時期」，並且指出：「在這時期的後半期，我國勞動人民已經發明了雕版印刷術，但還沒有成爲書籍生產的主要方式。這時期的書籍主要還是寫本。而在六至七世紀之間寫本的發展達到了它的最高峰。」〔註29〕

　　《文選》成書的年代自然還沒有發明印刷術，它的最初的保存與傳播也就只有靠抄寫了。至唐初李善與五臣爲之作注，《文選》寫本、抄本更多，流播更廣。但從唐末五代有《文選》刻本以後，寫、抄本遂日漸稀少，現在所能見者，只有敦煌寫本數卷及東鄰日本所傳殘

〔註29〕劉國鈞著、鄭如斯訂補：《中國書史簡編》，書目文獻出版社，1981
　　　　年版，第 45 頁。

本。傅剛《文選版本研究》〔註30〕對於《文選》的寫本、抄本述之甚
詳。實際上,寫本與抄本還是有些區別的。所謂寫本,這裏主要是指
時代較早的手寫《文選》版本,與產生年代偏後,依據某種底本再行
傳寫的抄本略有不同。《文選》的敦煌寫本因爲歷史的原因現分別藏
於英國倫敦不列顛博物院、法國巴黎國立圖書館和俄羅斯聖比得堡亞
洲研究中心。我國近代學者羅振玉等進行過收羅、整理,《文選》的
寫本殘卷見於其《鳴沙石室古籍叢殘》等影印本。除了敦煌寫本外,
還有一篇吐魯番《文選序》寫本。此寫本見於黃文弼《吐魯番考古記》
〔註31〕,書中附有該《序》圖版,又有作者所寫校記。據云出於三堡
(即哈拉和卓)西北張懷寂墓中,蓋爲初唐所寫。

　　日本的寫本有十世紀左右的《文選集注》。該書原爲日本金澤文
庫之物,後陸續散出。原書爲一百二十卷,集李善、五臣及陸善經、
《文選音訣》、《文選抄》等書。現存可見者二十四卷,日本京都大學
文學部於 1935 年以《影印舊抄本》名義印行,1942 年印成(見京都
大學文學部影印舊抄本第三集至第九集)。1918 年,羅振玉先生影印
了十六卷,雖不及京都大學影印本完善,但對於推動我國的《文選》
學研究還是起到了極重要的促進作用。

　　《文選》抄本,主要集中在日本。漢籍東傳起碼在四世紀後半
期便已開始,而《文選》在七世紀初日本聖德太子制定的《十七條
憲法》中就已引用〔註32〕。當代學者嚴紹璗先生將從金澤文庫帶回
的《文選集注》影印件與《四部叢刊》本作一校讎,發現異文甚多,
極有研究價值。又據日本島田翰《古文舊書考》卷一載,日本天平
七年(相當唐開元二十三年),唐人袁晉卿從遣唐使至日本,通《爾
雅》、《文選音》,因授大學音博士。由於漢籍的傳入,帶動了日本
的抄書業,《文選》是抄寫的主要典籍之一。楊守敬說:「蓋日本所

〔註30〕北京大學出版社,2000 年 9 月出版。

〔註31〕中國科學院考古研究所編輯,中國科學院,1954 年印行。

〔註32〕嚴紹璗:《漢籍在日本的流佈研究》,江蘇古籍出版社,1992 年版,
　　　　第 8 頁。

得中土古籍，自五經外，即以《文選》為首重，故其國唐代曾立《文選》博士，見其國《類聚國史》。」〔註33〕日本《文選》古抄本數量既多，品類亦全，有白文抄、五臣注、李善注、集注等，據日人阿部隆一《本邦現存漢籍古寫本所在略目錄》介紹，現存《文選》古抄本有二十七種之多。其中許多為私家所藏，外間難得一見。傅剛在《文選版本研究》中就其中最有價值者介紹了五種，即：古抄《文選》殘二十一卷；古抄《文選》卷七；九條家本；觀智院本《文選》卷第二十六；三條家本《五臣注文選》卷第二十。〔註34〕上述寫本、抄本作為一種重要的複製形式載入了《文選》出版史的史冊。它們不僅是研究《文選》本身的重要資料，也是研究中日書籍交流的重要文獻。

　　《文選》自五代以來，屢經雕印，它既是讀書人必讀之書，也是藏書家寶愛的插架之物。最早的《文選》刻本當為五代的毋昭裔所為。宋代王明清《揮麈錄餘話》（卷二）引陶岳《五代史補》云：「毋丘儉（昭裔）貧賤時，嘗借《文選》於交遊間，其人有難色。發奮異日若貴，當板以鏤之遺學者。後仕王蜀為相，遂踐其言刊之。印行書籍，創建於此。」這是《文選》刻本的最早記載。考毋昭裔生平事迹，這個記載當是可信的。自此以後，《文選》一再被雕印、翻刻，廣為傳播。據有關專家考證，《文選》的版本有幾個系統，即李善注系統、五臣注系統、六家注系統，以及屬於六家注系統的六臣注本。〔註35〕傅剛先生在這幾個系統的刻本中分別有代表性的進行研究，其中李善注系統的有：北宋天聖明道本（國子監本）、尤刻本；五臣注本系統的有：陳八郎本、杭州貓兒橋河東岸開箋紙馬鋪鍾家刻本；六家本系統的有：秀州本、明州本；六臣本則有贛州本和建州本。范志新的《文選版本論稿》也對若干版本進行了考辨。〔註36〕各種《文選》版本的

〔註33〕楊守敬：《日本訪書誌》卷十二，清光緒二十年蘇園刻本，第674頁。
〔註34〕傅剛：《文選版本研究》第143～150頁。
〔註35〕傅剛：《文選版本研究》第151頁。
〔註36〕范志新：《文選版本論稿》，江西人民出版社，2003年版。

刊刻總是伴隨著新的分卷、排列、注釋、校勘、闡釋等，歷代的專家學者借《文選》添加了許多新的內容。新的版本不等於簡單的重印，它實際上既是文化的傳播，也是文化的增值。

最後，我們還需要特別提到的是活字印刷術與《文選》刊印與傳播的關係。有研究者認為，宋代《文選》刻本頗多，當歸功於活字印刷術的發明。「在北宋時，有一個重要的情況，就是活字印刷術的發明。這對《文選》的傳播起了重大的作用。」〔註37〕的確，宋代《文選》的刻本增多了，主要有《文選李善注》六十卷，南宋孝宗淳熙八年（1181）尤袤刊本；《五臣注文選》三十卷，宋杭州開箋紙馬鋪鍾家刻本、宋紹興辛巳建陽崇化坊陳八郎宅刻本；《六臣注文選》六十卷，南宋紹興二十八年明州刻本，此本五臣注在前，李善注在後；《六臣注文選》六十卷，南宋贛州學刊本，此本李善注在前，五臣注在後。這些刻本的廣泛流傳，無疑對《文選》的傳播起了很大的作用。但我們需要澄清的是，宋代的這些《文選》刻本都是雕版印刷品，而非活字印刷物。我們現在能見到的活字印刷本《文選》在國內是清代的。

應該肯定，活字版的發明是世界印刷史上一個偉大的里程碑。它既繼承了雕版印刷的某些傳統，又開創了新的印刷技術。〔註38〕但宋代畢昇發明的活字印刷技術，在當時並沒有引起人們的重視，只有當時的科學家沈括在其所著《夢溪筆談》一書中，作了較詳細的記載。北宋慶曆年間發明活字印刷後，這一技術並未真正得到推廣普及。宋代用活字印過什麼書，缺乏記載，其中比較可信的是南宋光宗紹熙四年（1193）周必大用泥活字印自著的《玉堂雜記》〔註39〕。而《文選》最早的活字本不是出自中國，而是韓國。該書刊於朝鮮世宗十年

〔註37〕穆克宏：《昭明文選研究》，人民文學出版社，1998年版，第160頁。

〔註38〕參閱張秀民：《中國印刷史》，上海人民出版社，1989年版；張秀民、韓琦：《中國活字印刷史》，中國書籍出版社，1998年版。

〔註39〕詳參張秀民、韓琦：《中國活字印刷史》，中國書籍出版社，1998年版，第11頁。

（1428），即中國明朝的宣德三年。〔註 40〕這比康熙二十五年孫氏山曉閣《重訂昭明文選》而卷之所謂活字本要早二百多年。至於活字印刷術發明後爲什麼沒有得到廣泛的運用，印刷史專家論之盛詳，有關的論著可以參看。

〔註40〕詳參范志新：《文選版本論稿》，江西人民出版社，2003 年版，第 179
～180 頁。

第五章　《玉臺新詠》編輯論

　　現存的古代詩歌總集，繼《詩經》、《楚辭》之後，以南朝梁、陳間著名詩人徐陵所編的《玉臺新詠》為最早。在中國詩歌編輯史上，《玉臺新詠》是一部有新的特點和價值的詩集。它與大致編輯於同一時期的《文選》相比，有著截然不同的鮮明個性。

　　讀其書，必先知其人。研究《玉臺新詠》的編輯特點與價值，自然也應先對其編選者徐陵有所瞭解。

　　徐陵（公元 507～583 年），字孝穆，東海郯（今山東郯城）人。他的父親徐摛是梁代著名文人，和庾肩吾同為梁簡文帝蕭綱的啓蒙老師。徐陵自幼聰穎，「八歲屬文，十三通莊、老義。及長，博涉史籍，縱橫有口辯」〔註1〕。梁武帝時為東宮學士，先後當過蕭統（昭明太子）、蕭綱（後為簡文帝）兩個太子的屬官。《玉臺新詠》就是在任蕭綱屬官時奉命編選成集的。這一點，可以在書中找到證明。書中稱梁簡文帝蕭綱為皇太子，稱梁元帝蕭繹為湘東王，說明此書是在蕭綱為皇太子、蕭繹為湘東王時，大約是在梁朝末年編成的。至於書中題為「陳尚書左僕射太子少傅東海徐陵孝穆撰」，顯係後人所加。

　　太清二年（公元 548 年），徐陵以兼通直散騎侍郎的身份出使東魏。此時梁朝發生侯景之亂，而東魏亦為北齊所代，徐陵遂被留在鄴

〔註1〕《南史・徐陵傳》。

城多年，屢次要求南歸，都沒有得到同意。南返後，入陳，歷任御史
中丞、吏部尚書、尚書左僕射、中書監、左光祿大夫、太子少傅等職，
封建昌縣侯。陳後主至德元年卒，享年七十七歲。徐陵在陳稱號「一
代文宗」，文檄軍書及受禪詔策皆出其手筆。有集三十卷，早佚，後
人搜輯遺文爲六卷，清人吳兆宜有《徐孝穆集注》。

　　徐陵早年在梁，與庾信同爲東宮抄撰學士，詩文齊名，號爲
「徐庾體」，以流麗輕豔爲特色。徐陵和庾信都擅長寫宮體詩，很
受寵愛。後庾信入北，備嘗亂離，文風一變而趨於蒼勁，成就遠在
徐陵之上。徐陵詩風與蕭綱、蕭繹等人相近。至晚年，徐陵由於經
歷了一段艱難和流離的生活，詩風也由綺麗而轉向樸實蒼老，獨具
特點，別有成就。〔註2〕

　　《玉臺新詠》是徐陵受命編輯的，看似一種個人的、偶然性的
行爲，實則是有其社會文化的、尤其是文學的背景的。這部詩歌總
集在編選標準、編排體例、收錄範圍等方面，又均有不同於前此各
種詩文集的特點，同時也有其特殊的價值。下面我們將從四個方面
略作評述。

第一節　「宮體」興盛：《玉臺新詠》產生的
　　　　　文學土壤

　　南朝從齊武帝永明年間至梁代前期的近五十年中，詩壇上以謝
朓、沈約爲代表的永明體詩風爲主；從梁武帝普通年間至陳代末年的
近七十年中，以蕭綱和徐摛、庾肩吾所提倡的宮體詩風開始興起並逐
漸占統治地位。而《玉臺新詠》的出現，無疑是以宮體詩的興起和興
盛爲文學背景的。

　　袁行霈先生從題材內容、文學產生發育的環境土壤以及作者、欣
賞者幾個方面綜合考慮，將中國文學分爲四類，即：宮廷文學、士林

〔註2〕參閱曹道衡、沈玉成編著《南北朝文學史》，人民文學出版社，1991
　　　年版。

文學、市井文學和鄉村文學。〔註3〕宮體詩無疑屬於典型的宮廷文學範疇，符合宮廷文學的基本特徵。所謂宮廷文學，是以帝王的宮廷爲中心，聚集一批文學家，並由他們創作的主要是描寫宮廷生活、歌功頌德、點綴升平的文學。這類文學必須有帝王的宮廷爲其活動場所，必定是文人的創作，同時在一個帝王的宮廷裏產生的文學有某種大體近似的風格，形成一個流派或準流派，對當時的文學創作有較大的影響。梁簡文帝和陳後主正是梁陳宮體詩創作的中心。

　　所謂宮體詩，是南朝梁後期和陳代所流行的一種詩歌流派，是始自梁簡文帝宮廷的、以描寫宮廷生活爲主要內容的詩歌，其總體風格可以概括爲麗靡輕豔。「宮體」之名，見於《南史‧梁簡文帝紀》對蕭綱的評語：「弘納文學之士，賞接無倦。……雅好賦詩，其自序云七歲有詩癖，長而不倦。然帝文傷於輕靡，時號『宮體』。」但這種風格的詩歌，自梁武帝及吳均、何遜、劉孝綽已開其端。若溯源，這種詩體還是得之於徐摛的，《南史‧徐摛傳》：「屬文好爲新變，不拘舊體。……摛文體既別，春坊盡學之，『宮體』之號，自斯而始。」宮體詩的主要作者就是蕭綱、蕭繹以及聚集於他們周圍的一些文人如徐摛、庾肩吾、徐陵等。陳後主陳叔寶及其侍從文人也可歸入此類，《南史‧陳後主本紀》記載其宮廷情況云：「荒於酒色，不恤政事，……常使張貴妃、孔貴人等八人夾坐，江總、孔範等十人預宴，號曰狎客。先令八婦人襞採箋，制五言詩，十客一時繼和，遲則罰酒。君臣酣飲，從夕達旦，以此爲常。」在這樣的環境、由這樣一些人創作的詩歌其內容和形式是可以想見的。

　　從宮體詩的作者來看，可謂君主侯王喜好，群臣僚佐附和，「雅道淪缺，漸乖典則，爭馳新巧，簡文、湘東啓其淫放，徐陵、庾信分路揚鑣，其意淺而繁，其文匿而彩」〔註4〕。這就造成了「宮體所傳，且變朝野」〔註5〕的局面。

〔註3〕袁行霈：《中國文學概論》，高等教育出版社，1990年版，第48頁。
〔註4〕《隋書‧文學傳序》。
〔註5〕《南史‧梁簡文帝紀論》。

　　對於宮體詩的特點，隋唐人有過不同論述。成書於隋代的《梁書‧徐摛傳》的解釋是「不拘舊體」的「新變」詩體，《庾肩吾傳》中又補充說：「齊永明中，文士王融、謝朓、沈約始用四聲，以為新變，至是（指蕭綱為太子）轉拘聲韻，彌尚麗靡，復合逾於往時。」

　　《梁書》的作者姚察由梁入陳，由陳入隋，他的這段側重形式和風格的評述應是較為準確、有充分依據的。至唐代，對宮體詩又有新的認識，例如：

> 梁簡文之在東宮，亦好篇什。清辭巧製，止乎衽席之間；雕琢蔓藻，思極閨闈之內。後生好事，遞相放（仿）習，朝野紛紛，號為「宮體」。〔註6〕

> 先是，梁簡文帝為太子，好作豔詩，境內化之，浸以成俗，謂之「宮體」。晚年改作，追之不及，乃令徐陵撰《玉臺集》以大其體。〔註7〕

　　這兩段文字，既談起因，也敘特點；既關乎形式，也涉及內容，雖不盡準確，但也說到了事情的一個方面。文學史家在前人論述的基礎上綜合分析，認為宮體詩特點有三：

　　一、聲韻、格律，在永明體的基礎上踵事增華，要求更為精緻；二、風格，由永明體的輕綺而變本加厲為穠麗，下者則流入淫靡；三、內容，較之永明體時期更加狹窄，以豔情、詠物為多，也有不少吟風月、狎池苑的作品。

　　陸侃如、馮沅君先生在其《中國詩史》中，也曾從風格入手，對宮體詩的特點作了這樣的概括：「冶豔而不深刻」；「輕佻而不莊重」；「富麗而不自然」。

　　正是由於宮體詩的上述特點中包含著種種缺點，因此以往對它的評價多持否定態度，或是出於封建衛道，強調詩歌「厚人倫、美教化、移風俗」的功能，或是以簡單化的階級觀點，一概加以否定。如胡國瑞先生就曾這樣評宮體詩及《玉臺新詠》：

〔註6〕《隋書‧經籍志》四。
〔註7〕劉肅：《大唐新語‧公直》。

蕭綱爲了替他腐朽的宮體詩製作找尋根據，以宣揚淫靡詩
風，乃令徐陵編纂《玉臺新詠》。自漢代起，至於梁代，凡
略微涉及女性的詩篇，都被網羅於其中。許多前代珍貴的
珠玉，都與當時腐臭的泥土混積在一堆裏。〔註8〕

　　這個評語自然失之簡單與絕對，但又從另一方面道出了一個事
實：《玉臺新詠》是在歷代尤其是梁代涉及女性的詩篇（其中大部分
是宮體詩）爲基礎編纂的；它的編選成冊，又爲宮體詩的創作與發展
提供了樣板和「根據」。

　　「文變染乎世情，興廢繫乎時序」〔註9〕。宮體詩風的出現與興
盛，《玉臺新詠》的編纂結集，無不是時勢使然。偏安江左的蕭梁政
權，幾十年中社會表面一直維持著升平氣象。梁武帝「文武兼資」，
愛好文學，馭下比較寬大，所以梁代文風之盛冠於南朝，現存的作家
作品，數字超過宋、齊、陳三代的總和。社會相對安定，文士習於逸
樂，思想愈益狹窄。劉永濟先生在《十四朝文學要略》中分析六朝文
學演變的原因，認爲「莫非時變」。在他總結出的「時變」的六條中
與梁代有關的最後兩條是：「加以南都佳麗，山水娛人，避世情深，
則匡時意少。五也；中原板蕩，恢復難期。晏安可懷，則淫靡斯著。
六也。」在這樣的社會環境與自然風物中，梁代詩壇暢行輕浮綺靡之
詞，描寫婦女之態，吟詠男女之情，是一點也不奇怪的。正是這樣的
社會氣候和文學氛圍滋養了宮體詩，也催生了宮體詩的結晶——《玉
臺新詠》。當時曾在文學界佔有重要地位的蕭統已經棄世，舊文學的
著名作家相繼凋零，以宮廷爲主要舞臺的文學界正面臨著重大轉機。
剛任皇太子不久的蕭綱清楚地意識到這種形勢，迫切希望以自己和周
圍文士所掀起的新的波瀾來改革由於其兄蕭統逝世後而出現空白狀
態的文學界。他想以自己一派的新文學來樹立昭示天下的豐碑，編纂
詩集以鞏固自己一派的文學基礎，《玉臺新詠》才應運而生。

〔註 8〕　**胡**國瑞：《魏晉南北朝文學史》，上海文藝出版社，1980 年版，第 145
　　　　　頁。
〔註 9〕　《文心雕龍・時序》。

《玉臺新詠》在梁代中大通年間編纂成集，有其社會的、文學的原因。而它之所以由徐陵來編輯，則又有其個人的、特殊的原因。前已述及，據唐人劉肅講，《玉臺新詠》是徐陵奉蕭綱之命而編纂。其所以如此，一是由於兩人文學觀相近。據史傳可知，徐陵與他的父親徐摛都與蕭綱關係很深，爲蕭綱所愛重。蕭綱出戍石頭，年僅七歲，徐摛即爲其侍讀。後來蕭綱歷鎮江州、京口、襄陽等地，徐摛皆追隨左右。中大通三年，蕭綱入爲皇太子，徐摛又爲太子家令，在蕭綱身邊長達二十多年。而徐陵於蕭綱西上襄陽時，年方十七歲（比蕭綱小四歲），即被引爲參軍事；八年後蕭綱爲皇太子，又爲東宮學士。蕭綱撰《長春殿義記》〔註10〕，使徐陵撰序；又使徐陵整理其所製《莊子義》。由此可見，蕭綱對徐陵是十分信任的，關係非同一般。從歷史上的情況看，徐陵之所以受命編纂《玉臺新詠》，在相當程度上又是由於他父親徐摛的緣故。應該說，宮體詩在皇太子綱的沙龍裏逐漸形成的過程中，徐摛是個不出面的實力人物，作用甚大。在擬編纂以同人詩爲主體的豔詩集時，他仍是最合適的編者。但他在中大通三年七月任蕭綱的太子家令僅數月，便受權勢日盛的朱異排擠，離開了京都，《梁書》云：「中大通三年，遂出爲新安太守。」他三年任滿才還都回任。因此他不可能參加籌劃《玉臺新詠》的編纂工作。其子徐陵任東宮學士未久，在同人中算是幼輩，他之所以被選爲編者應該說是代父執勤。皇太子正是爲了對長年忠勤、在文學方面又對自己起過很大啓迪教化作用的老臣表示敬愛之心，才起用比自己小幾歲的徐陵的。〔註11〕另外，徐陵父子與蕭綱均爲提倡宮體詩的核心人物，其文學觀比較接近。劉肅認爲蕭綱令徐陵編選《玉臺新詠》，「以大其體」，在某種程度上接觸到了事實的眞相。「以大其體」意思是用來擴大宮體的範圍和影響。從深層的意義來說，《玉臺新詠》是蕭綱一派詩人爲反對過去「陳腐」詩風，宣揚自己的文學觀念而編選的一部示範性

〔註10〕《隋書・經籍志》著錄於經部五經總義類。
〔註11〕參閱日本興膳宏著《六朝文學論稿》，嶽麓書社，1986年版，第345～346頁。

詩集。蕭綱、徐陵等人的文學主張與蕭統、劉勰主張尊經、反對豔詩的文學觀迥然有異，這一點下文還要詳談，不再贅述。

第二節　撰錄豔歌：《玉臺新詠》獨特的編輯旨趣

　　《玉臺新詠》是一部宮體詩的選集，宮體詩集何以取名爲《玉臺新詠》呢？過去有人引王逸《九思》中「登太乙兮玉臺」和陸機《塘上行》中「發藻玉臺下」兩句來闡釋，認爲「玉臺，以喻婦人之貞」〔註12〕。依此解釋，即是說這個集子是貞潔的閨閣情詩，也就是徐陵序文裏所說的「閱詩敦禮，豈東鄰之自媒」、「無忝於雅頌，亦靡濫於風人」的那一類詩。其實這是曲加粉飾的說法。與集中所錄詩歌的實際並不相符。權威的辭書（如《辭源》、《辭海》）「玉臺」一詞皆有三個義項：一是傳說的天神居處。其書證有上引王逸詩句，和《漢書·禮樂志》：「天馬徠，龍之媒，遊閶闔，觀玉臺。」顏師古注引應劭曰：「閶闔，天門；玉臺，上帝之所居。」二是指朝廷、宮室。曹植《冬至獻履襪表》：「茅茨之陋，不足以入金門，登玉臺也。」梁簡文帝蕭綱《臨安公主集序》：「出玉臺之尊。」可見，玉臺往往泛指宮廷的臺觀，可以之代指宮廷。玉臺的第三個義項是「鏡臺」，與此詩集無關。由上可知，徐陵所謂「玉臺」就是宮廷，《玉臺新詠》就是宮廷歌詠的新詩選集。對於詩集取「新詠」二字，當代學者作過這樣的解釋：「《玉臺新詠》中所收詩篇的詩題標明『詠』字者甚多，可見該集以『新詠』命名自有其用意，因爲所有的豔詩，包括後來的宮體詩，其作者都是從『詠』的興趣出發作詩的。『詠』的興趣是一種遊戲的和玩味的審美態度，它不是由對象與詩人內情的感應激發出的詩興，而是詩人對所詠對象表面特徵的關注。詠某事某物，就是把所詠的事物歪曲成適應詩人主觀嗜好的對象，『詠』

〔註12〕徐陵《玉臺新詠序》，見《玉臺新詠箋注》，穆克宏點校，中華書局，1985 年版。

的創作意旨是『情必極貌以寫物，辭必窮力而追新』。」〔註13〕此論未必盡當，但可備一說。

　　徐陵為什麼要編輯《玉臺新詠》？其間又體現出怎樣的審美趣味和編輯旨趣呢？前面談到，徐陵是在蕭綱的授意下，為宮體詩張目而編選詩集的。而對於編選此書的直接目的，徐陵在其序文中說得十分清楚。序云：

> 但往世名篇，當今巧製，分諸麟閣，散在鴻都。不藉篇章，
> 無由披覽。於是，燃脂暝寫，弄筆晨書，撰錄豔歌，凡為
> 十卷。

　　這便是徐陵編輯《玉臺新詠》的直接動機，而更深遠的目的——確立蕭綱、蕭繹文學集團的新文學地位前已述及。南朝皇宮的婦女成千上萬，長日無聊，「優遊少託，寂寞多閒。厭長樂之疏鐘，勞中宮之緩箭。纖腰無力，怯南陽之擣衣；生長深宮，笑扶風之織錦。雖復投壺玉女，為觀盡於百驍；爭博齊姬，心賞窮於六箸。」（徐陵序語）她們需要讀書、作文以為消遣。《玉臺新詠》在某種意義上就是為這一目的而編的一部詩選。實際上，梁代編纂有關婦女的集子或專為女人編集，並非只有徐陵一個。據《梁書·張率傳》，早在「天監初……（張率）直文德待詔省，敕使抄乙部書。又使撰婦人事二十（千）餘條，勒成百卷，……以給後宮。」可見，張率曾經承梁武帝蕭衍之命，專為後宮婦女編書。又據《隋書·經籍志》可以發現不少有關婦女（或為婦女而編）的總集，僅注明梁代編纂的就有以下幾種：

> 《婦人集》二十卷，梁有《婦人集》三十卷，殷淳撰。《古今箴
> 　　銘集》十四卷，梁有《女箴》一卷，《女史箴圖》一
> 　　卷。
> 《女鑒》一卷，梁有《女訓》十六卷。

〔註13〕康正果：《風騷與豔情——中國古典詩詞的女性研究》，河南人民出
　　　版社，1988 年版，第 149～150 頁。

《婦人訓誡集》十一卷,並錄。梁十卷。

如此看來,徐陵爲東宮妃嬪們編選詩集,撰錄豔歌,以代博弈,爲消閒忘憂之用,便不足爲奇了。由於《玉臺新詠》獨特的編輯目的與特定的讀者對象,其入選作品大多是言情之作,在題材上一般都和婦女有關。對女性的描寫,特別是對男女之情的詠歎,成爲其最主要內容;在風格上則以宛轉綺靡爲主。徐陵的這種審美情趣和編輯旨趣在其序文中已見端倪。《玉臺新詠序》目的在於說明編纂此集的主旨,但作者別出心裁,既不如實敘述撰集緣起,也不直接闡發其文學觀點,而是以虛構手法,將《玉臺新詠》的撰集,說成是出於「傾國傾城,無雙無對」的後宮佳麗之手。序文一起首便落墨於麗人所居宮室之華麗,其體貌之美好,歌舞之精妙。其言曰:

> 夫凌雲概日,由余之所未窺;千門萬戶,張衡之所曾賦。周王璧臺之上,漢帝金屋之中,玉樹以珊瑚作枝,珠簾以玳瑁爲押,其中有麗人焉。其人也,五陵豪族,競選披庭;四姓良家,馳名永巷。亦有潁川、新市、河間、觀津,本號嬌娥,曾名巧笑。楚王宮裏,無不推其細腰;衛國佳人,俱言訏其纖手。閱詩敦禮,豈東鄰之自謀;婉約風流,異西施之被教。弟兄協律,生小學歌;少長河陽,由來能舞。琵琶新曲,無待石崇;箜篌雜引,非關曹植。傳鼓瑟於楊家,得吹簫於秦女。至若寵聞長樂,陳後知而不平;畫出天仙,閼氏覽而遙妒。至如東鄰巧笑,來侍寢於更衣;西子微顰,將橫陳於甲帳。陪遊馺娑,騁纖腰於結風;長樂鴛鴦,奏新聲於度曲。妝鳴蟬之薄鬢,照墮馬之垂鬟。反插金鈿,橫抽寶樹。南都石黛,最發雙蛾;北地胭脂,偏開兩靨。……驚鸞冶袖,時飄韓掾之香;飛燕長裾,宜結陳王之佩。雖非圖畫,入甘泉而不分;言異神仙,戲陽臺而無別。眞可謂傾國傾城,無對無雙者也。

這些描寫,文字竭盡排比鋪張,頗近辭賦,幾乎一句一典,對仗工整,辭藻華麗;而「態冶思柔,香濃骨豔」〔註14〕,與宮體詩

〔註14〕許槤《六朝文契》評語。

一樣，充分體現了細緻刻畫女子形貌的文學趣味。這種趣味與徐陵選詩的旨趣是相當一致的。《玉臺新詠》的主要內容是寫閨情，所收的詩多數是豔詩，即宮體詩。徐陵自己說是「撰錄豔歌，凡為十卷」。明代胡應麟說：「《玉臺》但輯閨房一體。」〔註15〕清人紀容舒也指出：「按此書之例，非詞關閨闥者不收。」〔註16〕這正是《玉臺新詠》在內容上的特點，充分體現了編選者浮豔輕靡的審美趨向與編輯旨趣。在《玉臺新詠》中，宮中美人是詩人們常「詠」不衰的主角：有早晨梳妝的美人（蕭綱《美人晨妝》），有觀畫的美人（庾肩吾《詠美人自看畫》），有夕陽中臨窗而坐的美人（蕭綱《擬落日窗中坐》），有正在路上行走的美人（蕭綸《車中見美人》），甚至還有白日午睡的美人（蕭綱《詠內人晝眠》）。在宮體詩的作者中，蕭綱是有代表性的，本書收入他的詩竟多達一百零九首，除上面已提及的作品外，另有《倡婦怨情》、《和徐錄事見內人作臥具》、《戲贈麗人》、《和湘東王名士悅傾城》、《詠美人觀畫》、《春夜看妓》等作品，都是典型的宮體詩。茲錄幾首，窺一斑而見全豹。

> 美人稱絕世，麗色譬花叢。雖居李城北，住在宋家東。
> 教歌公主第，學舞漢成宮。多遊淇水上，好在鳳樓中。
> 履高疑上砌，裾開持畏風。衫輕見跳脫，珠概雜青蟲。
> 垂絲繞帷幔，落日度房櫳。妝窗隔柳色，井水照桃紅。
> 非憐江浦佩，羞使春閨空。（《和湘東王名士悅傾城》）

> 楊柳葉纖纖，佳人懶織縑。正衣還向鏡，迎春試舉簾。
> 摘梅多繞樹，覓燕好窺簷。只言逐花草，計校應非嫌。
> （《春閨情》）

> 北窗向朝鏡，錦帳復斜縈。嬌羞不肯出，猶言妝未成。
> 散黛隨眉廣，燕脂逐臉生。試將持出眾，定得可憐名。
> （《美人晨妝》）

> 北窗聊就枕，南簷日未斜。攀鈎落綺障，插捩舉琵琶。

〔註15〕《詩藪·外編》卷二。
〔註16〕《玉臺新詠考異》卷九。

夢笑開嬌靨，眠鬟壓落花。簟文生玉腕，香汗浸紅紗。
夫婿恒相伴，莫誤是倡家。（《詠內人晝眠》）

這些豔情詩，將婦女作為一種玩賞之物品嘗、把玩，對婦女的容貌、服飾、體態、風韻、神情的描寫可謂纖毫不失，這正好見出作者失之綺靡輕薄的美學趣味。編選者將此類豔情詩一併收入詩集，其編輯旨趣也是十分明顯的。日本學者興膳宏通過考證後指出：《玉臺新詠》卷七、卷八主要收錄皇太子綱——湘東王繹的文學團體的詩作。「這二卷雖亦採有他們的父親武帝的作品十四首，但是連一首唱和應酬之作也沒有，只能說武帝的存在有孤立之感。可以認為在後臺操縱編者徐陵的皇太子綱的編輯方針是：以皇太子——湘東王係同人之詩為主幹，另外點綴一些武帝以下尚在世間的名家作品，並以此為《玉臺新詠》的中心，也就是卷七和卷八。從這個基礎出發，再選取歷代若干與豔詩的傳統有關的作品，從而構成全書。《大唐新語》所謂『以大其體』，鈴木虎雄氏解作『更進一步選錄了前代的同類詩篇』，這種說法看來是不錯的。《文選》是從過去的詩文中採擷堪為創作楷模的英華，而《玉臺新詠》則是以編者所屬的文學團體的詩風為基準對過去進行剪裁。總之，此書實際上新闢了一個從來總集所未曾有的天地。」〔註17〕這個看法十分深刻，也符合《玉臺新詠》的編輯實際。

歷來對宮體詩的批評，多以為其中有不少以寫婦女生活及體態為內容，其實宮體詩內容並非僅限於婦女生活，也有一些抒情詠物之作，即使寫婦女生活的作品，格調低下的也只占少數。《玉臺新詠》作為第一部專選歌詠婦女詩篇的集子，選錄了不少宮體詩典範之作，情調流於輕豔，詩風比較柔靡緩弱。但它同時又有所突破，選錄和保存了一些優秀的詩作。即使是選錄的那些傷於綺豔的宮體詩，對於我們瞭解當時的文學創作，研究詩歌發展流向，乃至探尋中古時期的社會文化心理，也是有積極作用的。

〔註17〕〔日〕興膳宏：《六朝文學論稿》，第342～343頁。

第三節　突破宮體：《玉臺新詠》的重要價值

晁公武《郡齋讀書志》卷四引唐李康成語說：「昔徐陵在梁世，父子俱事東朝，特見優遇，時承平，好文雅，尚宮體，故採西漢以來詞人所著樂府豔詩，以備諷覽。」看來，《玉臺新詠》為「豔詩」（或「豔歌」）之集是大家公認的。徐陵自序中也說是「撰錄豔歌」。但我們切不可認為，「豔」專指男女之情，《玉臺新詠》全為男女情歌。書中選錄的《漢時童謠歌》、阮籍《詠懷》、左思《嬌女詩》、李充《嘲友人》、陶潛《擬古》等等，都不屬於「豔情」之列。茲錄幾首，略加評說。

城中好高髻，四方高一尺。城中好大眉，四方眉半額。

城中好廣袖，四方用匹帛。（《漢時童謠歌》）

此詩郭茂倩《樂府》亦錄，作《城中謠》。《後漢書》曰：「前世長安《城中謠》，言改政移風，必有其本，上之所好，下必甚焉。」這首童謠寫「鄉下學小鎮，小鎮仿大都」的風習，與男女之情毫無關係。卷十中收了不少小巧清新的民歌，無綺豔之態，卻很有生活情趣。如《冬歌》：「淵冰厚三尺，素雪復千里，我心如松柏，君心復何似？」《青陽歌曲》：「青荷蓋綠水，芙蓉發紅鮮，下有並根藕，上生同心蓮。」陶潛《擬古》，雖言「佳人」，但也無關豔情。詩云：

日暮天無雲，春風扇微和。佳人美清夜，達曙酣且歌。

歌竟長歎息，持此感人多。明明雲間月，灼灼葉中華。

豈無一時好，不久當如何？

此首《文選》亦載，前人評其為「言榮樂不常」。詩歌前四句寫景，實喻人生最美好酣暢的短暫時光。後四句亦取譬「雲間月」與「葉中華（花）」，即景起興，慨歎青春易逝，盛年難久。

錄於卷二的左思《嬌女詩》，更是與纏綿悱惻、香豔綺靡的男女之情有天壤之別。詩作寫左思的兩個女兒在日常生活中的種種憨態，細緻傳神，生動如見，一長一幼，各有個性，如寫幼女學母梳妝：

明朝弄梳臺，黛眉類掃迹。濃朱衍丹唇，黃吻爛漫赤。

　　這裏活畫出一副天眞可愛的模樣，準確地表現了兒童善於模仿、小女孩尤其愛美而又不曉事的特點。此詩結尾「瞥聞當與杖，掩淚俱向壁」二句也收得有趣。滿篇淘氣，以挨打告終，尚未受杖便向壁而泣，更是乖覺可樂。

　　像上述這類詩，在《玉臺新詠》中雖占比例不大，但畢竟突破了宮體的範圍。事實上，書中所選漢晉樂府和許多梁以前作家的詩，儘管「辭關閨闥」，寫作態度和作品的傾向都與宮體詩不同。可見，《玉臺新詠》並非純粹的宮體詩集，而是如梁啓超所說的「甄錄古人之作，尤不免強彼以就我」〔註18〕。

　　顯而易見，《玉臺新詠》之「撰錄豔歌」，並不限於香豔一類詩歌。徐陵之所謂「豔」，主要指的還是辭藻的華麗和情調的纏綿。《玉臺新詠》從卷一首篇「上山採蘼蕪」下迄徐陵自己的詩，都離不開這一標準。且看徐陵自己選入《玉臺新詠》的兩首得意之作：

> 此日乍殷勤，相嫌不如春。今宵花燭淚，非是夜迎人。
> 舞席秋來卷，歌筵無數塵。曾經新代故，那惡故迎新。
> 片月窺花簟，輕寒入帔中。秋來應瘦盡，偏自著腰身。
>
> （《走筆戲書應令》）
>
> 十五屬平陽，因來入建章。主家能教舞，城中巧畫妝。
> 低鬟向綺席，舉袖拂花黃。燭送窗邊影，衫傳篋裏香。
> 當關好留客，故作舞衣長。（《奉和詠舞》）

　　《玉臺新詠》中還錄有不少詠物之作，若言其「豔」，則也在辭采與情調。此處從卷十選蕭綱「雜題」數首：

> 本是巫山來，無人觀容色。
> 惟有楚王臣，曾言夢相識。（《行雨》）
>
> 兔絲生雲夜，蛾形出漢時。
> 俗傳千里意，不照十年悲。（《華月》）
>
> 新禽應節歸，俱向吹樓飛。
> 入簾驚釧響，來窗礙舞衣。（《新燕》）

─────────────

〔註18〕《玉臺新詠》跋語。

在徐陵看來，他所選的言情詠物之作「曾無忝於雅頌，亦靡濫於風人」，即宮體詩上接風騷樂府的傳統，源遠流長，屬於詩歌的正統。這當然只是徐陵一己之見。其實，真正的宮體詩與詩騷藝術傳統是有相當距離的。就以「辭藻華麗」、「情調纏綿」而論，宮體之作雖得屈騷之「形」，但並未得其「神」，二者的藝術精神無疑有霄壤之別。

蕭綱、徐陵從其思想藝術標準出發選詩，使《玉臺新詠》的詩歌選錄必然顯得內容狹窄，但在藝術上「詠新而專精取麗」〔註19〕，選擇得比較嚴格。在今天看來，蕭統的《文選》體例寬泛，所選作品自較《玉臺新詠》所選的覆蓋面廣，也更具有代表性；但由於思想標準偏於正統，藝術標準偏於典雅，所以也遺漏了一些好詩。蕭統主張尊經，對豔歌情詩持蔑視和否定態度。他在《答湘東王求文集及詩苑英華書》中說「麗而不浮，典而不野，文質彬彬，有君子之致」，又在《陶淵明文集序》中說陶淵明「白璧微瑕，唯在《閑情》一賦」，就是這一思想的表露。從這樣的文學觀出發，蕭統編《文選》便對豔情、詠物一類詩一概摒而不錄，這樣自然也就排斥了不少健康的有思想藝術價值的愛情詩。另外，《文選》重典雅絢麗，追求形式美，故對質樸無華、清新明白的詩歌極少收錄，這無疑又是一個缺憾。《玉臺新詠》「撰錄豔歌」，同時也就採錄了不少健康清新的愛情詩作，正可補《文選》之不足。下面這些詩都是《玉臺新詠》所錄、《文選》所遺之明珠：秦嘉夫婦的贈答詩，繁欽的《定情詩》，楊方的《合歡詩》，左思的《嬌女詩》等，其他如沈約的《六憶》、《八詠》之類，確實可代表其一個方面的成就，也端賴《玉臺新詠》而得以保存。此外，《文選》不收王融的詩，《玉臺新詠》中所錄《古意》兩首，其實不失為佳作。據《文鏡秘府論》載，唐人對《文選》不錄這兩首詩已有非議。這又正可見出徐陵獨特的編輯識見。

〔註19〕趙均《玉臺新詠》跋語。

　　特別值得強調的是我國古代第一篇長篇敍事詩《古詩爲焦仲卿妻作》（又名《孔雀東南飛》），若不是《玉臺新詠》加以採錄，很可能就會在漫長的歲月中湮沒失傳。另外，像曹植的《棄婦詩》、庾信的《七夕》，不僅《文選》未錄，連本集皆失載，也正是因爲選入本書才免於失傳。《孔雀東南飛》大家已相當熟悉，這裏我們將王融、曹植、庾信的幾首詩轉錄如下，可資品鑒。

> 游禽暮知反，行人獨不歸。坐銷芳草氣，空度明月輝。
> 頓容入朝鏡，思淚點春衣。巫山彩雲沒，淇上綠條稀。
> 待君竟不至，秋雁雙雙飛。
>
> 霜氣下孟津，秋風度函谷。念君淒已寒，當軒卷羅縠。
> 纖手廢裁縫，曲鬢罷膏沐。千里不相聞，寸心鬱氛氳。
> 況復飛螢夜，木葉亂紛紛。（王融《古意二首》）
>
> 石榴植前庭，綠葉搖縹青。丹華灼烈烈，帷彩有光榮。
> 光好曄流離，可以戲淑靈。有鳥飛來集，樹翼以悲鳴。
> 悲鳴復何爲？丹華實不成。拊心長歎息，無子當歸寧。
> 有子月經天，無子若流星。天月相終始，流星沒無精。
> 棲遲失所宜，下與瓦石並。憂懷從中來，歎息通雞鳴。
> 反側不能寐，逍遙於前庭。踟蹰還入房，肅肅帷幕聲。
> 搴帷更攝帶，撫節彈素箏。慷慨有餘音，要妙悲且清。
> 收淚長歎息，何以負神靈。招搖待霜露，何必春夏成？
> 晚獲爲良實，願君且安寧。（曹植《棄婦詩》）
>
> 牽牛遙映水，織女正登車。星橋通漢使，機石逐仙槎。
> 隔河相望近，經秋離別賒。愁將今夕恨，復著明年花。
>
> （庾信《七夕》）

　　作爲一部詩歌總集，《玉臺新詠》保存了不少《文選》中沒有收錄的作品（不限於宮體），特別是梁代中期的作品，對瞭解前代和當時的文學面貌以及詩歌的發展過程都有很重要的意義。《玉臺新詠》有一個很重要的方面，即「略古詳今」，前八卷中從漢代至南齊五百餘年只占四卷，而梁初至中大通三十餘年也占四卷，而且大量選錄了

存者的作品，這也和《文心雕龍》、《詩品》、《文選》中所論或所選的僅以逝者爲限不同，這和蕭綱的「今文爲是」（《與湘東王書》）的觀念正相一致。《玉臺新詠》所保存的樂府詩，以及《文選》所不載的許多作家的作品，對研究漢魏六朝許多詩人的面貌有很大幫助。詩歌編輯對文化積纍、傳播和研究的功用於此可見一斑。

此外，《玉臺新詠》還爲輯佚考證提供了珍貴的文學資料。對此，《四庫全書提要》作了具體論述：

> 其中如曹植《棄婦篇》、庾信《七夕詩》，今本集皆失載，據此可補闕佚。又如馮惟訥《詩紀》載蘇伯玉妻《盤中詩》，作漢人，據此知爲晉代。梅鼎祚《詩乘》載蘇武妻答外詩，據此知爲魏文帝作。古詩《西北有高樓》等九首，《文選》無名氏，據此知爲枚乘作。《飲馬長城窟行》，《文選》亦無名氏，據此知爲蔡邕作。其有資考證者，亦不一。

《玉臺新詠》中的有些看法是可信的，如蘇伯玉妻《盤中詩》是晉代作品，而後人誤作漢代，可據《玉臺新詠》改正。有些說法雖不可信，但也爲後人提供了考證古代詩歌作者、時代、字句的線索。例如，《文選》將著名的《古詩十九首》歸在一起，題爲無名氏作品；《玉臺新詠》則錄其十二首，認爲其中九首爲枚乘所作。這當然不見得可靠，但卻反映了六朝一些人的看法，也啓發了後人不要把十九首古詩當作一個不可分割的整體，而應該把它們分別看待，當作東漢後期一個階層的思想資料來研究。如此等等，都表明了這部選集的重要價值。

還有一點以往人們似乎注意不夠的是，《玉臺新詠》不僅是一部詩歌總集，同時也是一部歌辭總集。〔註20〕晁公武《郡齋讀書志》將《玉臺新詠》與《樂府詩集》、《古樂府》並列收入樂類中，當有所據。從入樂的角度看《玉臺新詠》，我們就不難理解，爲什麼它選詩在形式方面更加注重自然流麗，其實是歌辭便於傳唱的需要。前面講到的

〔註20〕參閱劉躍進《玉臺新詠研究》，中華書局，2000年版，第97～98頁。

一些《文選》不收的作品，徐陵在《玉臺新詠》中是從樂府的角度來收錄的，比如吳聲歌和西曲歌，還有大量的文人擬樂府。現代學人中朱謙之先生是比較早注意《玉臺新詠》的音樂性質的，他在其《中國音樂文學史》第五章「論樂府」中有過探討。〔註21〕這也提醒我們，中國古代詩樂、舞同源互滲的傳統，在研究詩歌的創作和編纂時，音樂是要重視的一個角度。

第四節　以史爲綱：《玉臺新詠》的編排體例

　　《詩經》中的詩是按《風》、《雅》、《頌》三大部分編排起來的。因「詩三百篇」本來都是可以配樂演唱的樂歌，故而「風」、「雅」、「頌」也就因樂調分類而得名。簡言之，《詩經》是按音樂分類編排的。蕭統的《文選》是按作品的形式體裁分類編排的。全書分爲賦、詩、騷、七、詔、冊、令等三十九類，賦和詩又分若干小類。這是魏晉以來文體辨析的體現。我國的文體論，殆發軔於魏晉，而盛於齊梁以後。專論或涉及文體的文學批評著作從曹丕的《典論·論文》起，代有佳作，探討也日益深入。晉初陸機的《文賦》、稍後的摯虞的《文章流別志論》（他還另有《文章流別集》，是一部按體編排的文章總集）、李充的《翰林論》、劉勰的《文心雕龍》等，對文體的分類、辨析、研究都做出了貢獻。《文選》正是在此基礎上，把各體詩文和賦等總匯起來，按體區分，從類編排，形成了一部規模宏大的總集。它在我國文學批評史上和文體史上具有重大意義和影響，對後世詩文編輯也有積極的借鑒和啓示作用。

　　《詩經》和《文選》在編排體例上各有特點，也各有其獨特的價值。而徐陵在編纂《玉臺新詠》時，並不是簡單地沿襲前人，而是在體例上另闢蹊徑，同時也有所繼承。《玉臺新詠》的編排體例，兼顧詩歌發展的歷史軌迹與詩體的以類相從兩個方面。總體上看，突出了

〔註21〕北京大學出版社，1989 年重印本。

以史爲綱這個特點。這可說是在《文選》以文體爲綱之外另樹一幟，它和《文選》分別體現了文論發展的兩個方面的成果。全書十卷，卷一至卷八，以時代爲序，編錄漢代至梁代詩人的五言詩；卷九爲歌行體，以七言爲主（其中《越人歌》相傳作於春秋戰國外，其餘均繫漢及漢以後詩）；卷十爲五言小詩（四句，二韻）。這種編排，從總體上反映了詩歌發展的歷史面貌，體現出文學發展的歷史觀念。

　　《玉臺新詠》以史爲綱的編排方法，與當時文學發展的歷史觀念的形成有密切聯繫。關於文學歷史發展觀，現今可見最早的材料是《世說新語·文學》劉孝標注中所引劉宋檀道鸞《晉陽秋》的一段話。之後沈約《宋書·謝靈運傳論》和蕭子顯《南齊書·文學傳論》，可以代表齊梁間文壇上對文學，特別是詩歌發展的看法。劉勰不但對歷代文學作了廣泛深入的評論，而且形成了自己的文學發展史觀。《文心雕龍·時序》云：「時運交移，質文代變。」又云：「故知文變染乎世情，興廢繫乎時序。」篇末讚語有云：「質文沿時。」這些語句表達了劉勰對於文學歷史發展的綱領性看法，即是：一，文學隨時代發展而變化，其風貌有時偏於質樸，有時偏於華豔；二，文學面貌的變化，是受著時代社會情況影響的。劉勰還將這種文學發展的歷史觀念滲透到對各文體作品的批評之中。鍾嶸《詩品》專論五言詩，其序概括敍述歷代五言詩的發展大勢，正文分品具體評論歷代五言詩，文學發展的歷史觀念亦十分清晰。

　　文學編輯活動往往是以一定的理論觀念爲先導的。《玉臺新詠》正是在上述理論影響下編撰而成的。詩歌的編排以時代先後爲序，讀者可以從中看到，有關婦女題材自漢詩以迄宮體的大致脈絡。《玉臺新詠》十卷，具體情況前後又有所差別。對其排列法，日本學者興膳宏作過較細緻深入的考辨。總的說來，卷一至卷六是按照作家（皆爲已去世者）卒年先後來定順序的。而七、八兩卷，情況又有所不同，把編纂時尚在人世的詩人先君後臣排列，而臣下又根據他們在朝中地位的高低來定先後。卷九和卷十則是把卷一至卷八的結

構壓縮在一卷之中，前半卷按卒年順序後半卷按在世者的地位來進行排列。《玉臺新詠》的編者徐陵把過去的詩人和現在的詩人按照不同的原則來進行編排，其中是否另有用意呢？興膳宏作了如下闡釋：「到當時為止所有的總集，就已知者而言，差不多都是以已登鬼錄者的作品為對象的，並不選取存世者之作。可稱為總集之祖的西晉末摯虞《文章流別集》就是如此，稍後的東晉李充《翰林論》亦然，在時間上與《玉臺新詠》最接近的《文選》更不用提。在與總集有密切關聯的文學批評領域中，《文心雕龍》和《詩品》涉及的都只是過去的作家。《玉臺新詠》前半部採用與《文選》相同的方式即按照作者卒年進行排列，可以說是總集的傳統方法。採錄存者作品的選集，恐怕到當時為止還是相當罕見的。同時按地位排列作者與文學批評基準全然無關，雖可能是編者徐陵的創見，卻也是令人感到俗不可耐的『現代』氣息的事實。」興膳宏的批評不無道理，但作為宮廷御用詩人的徐陵在沒有前例可循的情況下，按官位編排在世詩人作品，可能是沒有辦法的辦法，似乎也不可苛求。

為了便於直觀，不妨將前六卷目錄臚列如下：

卷第一

古詩八首古樂府六首

枚乘雜詩九首李延年歌聲一首（並序）

蘇武詩一首辛延年羽林郎詩一首

班婕妤怨詩一首（並序）宋子侯董嬌嬈詩一首

漢時童謠歌一首張衡同聲歌一首

秦嘉贈婦詩三首（並序）秦嘉妻徐淑答詩一首

蔡邕飲馬長城窟行一首陳琳飲馬長城窟行一首

徐幹室思六首情詩一首繁欽定情詩一首

古詩為焦仲卿妻作（並序）

卷第二

魏文帝於清河見挽船士新婚與妻別一首又清河作一首

甄皇后樂府塘上行一首劉勳妻王宋雜詩二首（並序）

曹植雜詩五首樂府三首棄婦詩一首

魏明帝樂府詩二首阮籍詠懷詩二首

傅玄樂府詩七首和班氏詩一首

張華情詩五首雜詩二首潘岳內顧詩二首悼亡詩二首

石崇王昭君辭一首（並序）左思嬌女詩一首

卷第三

陸機擬古七首爲顧彥先贈婦二首爲周夫人贈車騎一首樂府三首

陸云爲顧彥先贈婦往返四首張協雜詩一首

楊方合歡詩五首王鑒七夕觀織女一首

李充嘲友人一首曹毗夜聽擣衣一首

陶潛擬古詩一首荀昶樂府詩二首

王微雜詩二首謝惠連雜詩三首

劉鑠雜詩五首陸機擬古二首（宋刻不收）

卷第四

王僧達七夕月下一首顏延之爲織女贈牽牛一首秋胡詩一首

鮑照雜詩九首王素學阮步兵體一首

吳邁遠擬樂府四首鮑令暉雜詩六首

丘巨源雜詩二首王融雜詩五首

謝朓雜詩十二首陸厥中山王孺子妾歌一首

施榮泰雜詩一首鮑照樂府二首（以下宋刻不收）

王融雜詩三首謝朓雜詩五首

陸厥邯鄲行一首虞羲自君之出矣一首

卷第五

江淹古體四首丘遲二首沈約二十四首柳惲九首

江洪四首高爽一首鮑子卿二首何子朗三首

范靖婦四首何遜十一首王楅三首庚丹二首

范雲四首（以下宋刻不收）江淹四首沈約三首

卷第六

吳均二十首王僧孺十七首

張率擬樂府三首徐悱二首

費昶十首姚翻同郭侍郎採桑一首

孔翁歸奉和湘東王教班婕妤一首

徐悱妻劉令嫻答外詩二首何思澄三首

徐悱妻劉氏答唐娘七夕所穿針一首

吳均四首（以下宋刻不收）

王僧孺詠歌姬一首徐悱妻劉氏聽百舌一首

費昶芳樹一首徐勉採菱曲一首楊皦詠舞一首

如果我們能按上述目錄細品漢以來的五言詩，有關婦女題材詩歌的發展輪廓便可了然於胸。上述六卷皆為五言詩，依時代先後選錄自漢至梁的作品。卷七為武帝為首的梁皇族的作品，主要詩人依次為梁武帝、皇太子（蕭綱）、邵陵王綸、湘東王繹、武陵王紀。卷八為梁朝群臣之作，作者依次為蕭子顯、王筠、劉孝綽、劉遵、王訓、庾肩吾、劉孝威、徐君倩、鮑泉、劉緩、鄧鏗、甄固、庾信、劉邈、紀少瑜、聞人蒨、徐孝穆（陵）、吳孜、湯僧濟、王淑英妻劉氏（末二人不是朝臣）。卷七除梁武帝，卷八幾乎全屬宮體。在編者看來，這是前代詩歌發展的必然結果。《玉臺新詠》吳兆宜注本卷八按語云：「三、四卷是宮體間見；五、六卷是宮體漸成；七卷是君倡宮體於上，諸王同聲；此卷是臣仿宮體於下，婦人同調。」這則按語比較清晰地勾勒出了宮體詩（也是豔詩）的發展軌迹。的確，宮體詩的出現、發展是文學本身發展的結果，誠如文學史家所說的，詩歌創作到南朝開始呈現盡態極妍，爭新競異的局面，作家們有意識地追求「新變」，「若無新變，不能代雄」〔註22〕。詩風一變於元嘉，二變於永明，三變於普通以後。宮體是永明體新變之後的又一

〔註22〕《南齊書・文學傳論》。

次新變。

此僅論南朝詩風流變，從《玉臺新詠》看，詩風的流變自漢迄於梁陳，同時又澤被後世。另外，本書卷九係雜言體詩，主要是選錄七言歌行，卷十全部是五言二韻的古絕句。前者是五言之外的另一體，後者是五言中富有生命力的新形式，單獨成卷，顯示了編者的敏感與識見。這對後世的七言詩創作和唐代絕句的發展有一定的影響，同時為我們研究漢魏六朝的七言歌行和古絕句也提供了一些方便。這種以史為綱、兼顧詩體的編排體例，無論對詩歌編輯還是詩歌藝術發展，都有著積極意義。

這裏順便提及，明代鄭玄撫輯有《續玉臺新詠》，收錄了陳代和隋代一些玉臺體詩歌，可以作為研究這一時代文學源流的參考資料。清代朱存孝編纂《唐詩玉臺新詠》顯然也是繼徐陵《玉臺》之選，以唐詩中豔麗旖旎之作類成一編。編者自序云：

> 陳徐孝陵撰漢魏六朝豔詩十卷為《玉臺新詠》，唐李康成亦撰陳、隋、唐初詩十卷為《玉臺後集》。蓋唐一詩取士，作者號稱極盛，而豔詩之撰止於初唐，殊有不全不備之感。予不揣疏陋，因仿孝陵之例，撰自初至晚唐詩八百餘首，分為十卷，仍以《玉臺新詠》為名，亦尤續《騷》者不廢三閭之義，續史者一準龍門之規云爾。〔註23〕

這裏對《唐詩玉臺新詠》編纂緣起述之甚詳，專取豔詩的編輯指歸也是十分清楚的。從中我們也不難看到《玉臺新詠》在詩歌編輯史上的地位和影響所在。

《玉臺新詠》在後世流傳很廣，現存的有敦煌唐寫本殘卷，據說到南唐時已有刻本，但這個本子已亡佚不可考。今天可以看到的最早刻本，是南宋嘉定八年（1215）永嘉陳玉父序刻本；這個本子是根據兩三個不同本子拼合校訂的。明代的刻本有好幾種，以五雲溪館本和華氏蘭雪堂本為較早，但以明崇禎間寒山趙均覆宋本為較近徐陵原

〔註23〕引自孫琴安《唐詩選本提要》，上海書店出版社，2005 年版，第 262 頁。

貌，過去有些學者甚至誤認爲此即宋本。1955 年文學古籍刊行社本
《玉臺新詠》，就是用趙刻本影印的。華氏蘭雪堂本則有《四部叢刊》
影印本。現今通行的《玉臺新詠》經後人添補，羼入了陳代以及北朝
的一些作品及徐陵所未收的梁以前作品。但因流行已久，所以清人吳
兆宜《玉臺新詠箋注》、紀容舒《玉臺新詠考異》均依據通行本。吳
兆宜注本刻印以後，乾隆年間的程琰又用王鳴盛所藏的明嘉靖年間徐
學謨海曙樓刻本與吳本對校，有所刪補和校改。1985 年，中華書局
出版了穆克宏先生點校的程琰刪補本。另外，《四部備要》也收有吳
兆宜的箋注本，較易於查找。紀容舒《玉臺新詠考異》，參校清以前
各本，作了不少考證和校訂，現在較易見到的是《叢書集成》排印本。

第六章　唐詩編輯論

　　中國詩史最光輝的篇章是唐詩。新詩體運動到初唐完成，最終
確定了五七言古近體詩的範式，成爲當時和後世詩人常用的百代不
易之體。唐詩今存五萬首之多，超出西周到南北朝一千六七百年間
存詩總數的兩到三倍；知名詩人多達兩千多個，具有獨特風格的詩
人也有五六十位，超過了戰國到南北朝著名詩人的總和，其間產生
了李白、杜甫、白居易等世界性的偉大詩人。

　　明代胡應麟讚歎道：「甚矣，詩之盛於唐也：其體則三四五言、
六七雜言、樂府歌行、近體絕句靡弗備矣；其格則高卑遠近、濃淡
淺深、鉅細精粗、巧拙強弱靡弗具矣；其調則飄逸渾雄、沉深博大、
綺麗幽閒、新奇猥瑣靡弗詣矣；其人則帝王將相、朝士布衣、童子
婦人、緇流羽客靡弗預矣」〔註 1〕，因而被王國維稱爲「一代之文
學」，謂「後世莫能繼焉者」。〔註 2〕

　　一千多年來，人們熱愛唐詩、研究唐詩，同時也傳播唐詩。有
研究者認爲「唐詩的傳播方式，一是宴會賦詠，一是譜曲傳唱。」
〔註 3〕我們認爲，唐詩的傳播還有一個重要的方式是編輯與刊刻。

〔註 1〕《詩藪》外編卷三。
〔註 2〕《宋元戲曲考・序》。
〔註 3〕趙義山、李修生主編：《中國分體文學史・詩歌卷》，上海古籍出版
　　　　社，2001 年版，第 80 頁。

本章就試圖對唐詩編輯的概況、唐詩編輯的特點進行初步探索，最後選取較有特色的唐詩選本予以具體闡述。

第一節　唐詩編輯概說

　　唐代詩歌的編輯與刊刻有著有久遠的歷史。僅是唐詩的編輯就完全可以寫成一部專著。當代學者孫琴安先生早在 1987 年就編著出版了《唐詩選本六百種提要》，收羅宏富，考證精微。〔註4〕以唐詩的各種選本為基礎，完全可以撰寫出一部唐代詩歌編輯史。唐代詩歌編輯有各種各樣選集和斷代總集，還有眾多的別集等等。這裏，我們側重探討《全唐詩》與唐詩選本的編輯問題。

　　收集唐詩最完備的本子，要數清康熙年間編輯成書的《全唐詩》。該書煌煌九百卷，收集了唐代兩千二百餘人的四萬八千九百多首詩。這樣一部卷帙浩繁的著作，是由曹寅、彭定求、徐樹本、楊中訥、汪繹、汪士鋐、查嗣瑮、俞梅、沈三曾、潘從律、車鼎晉等十一人，在康熙四十四年（1705）五月到四十五年（1706）十月這一年零五個月的時間內編輯完成的。這樣一部宏大的著作能在不到一年半的時間內順利完成，其實是有前人的編輯工作為基礎的。宋人《萬首唐人絕句》、《分類唐歌詩》等已開始了唐詩的匯總工作。《文苑英華》、《樂府詩集》、《唐詩紀事》和眾多的唐詩別集的整理刊行，在客觀上為總集的編纂準備了條件。而明朝胡震亨的《唐音統籤》多達一千零三十三卷，清初季振宜編《全唐詩》也有七百一十七卷。胡震亨是明代萬曆年間有名的學者，功夫很深，家富藏書。所編《唐音統籤》細大不捐，力求完備，連單句及碑碣、稗史、雜說上所引的斷簡殘篇都收羅書中，收詩人一千八百九十五家，已有相當規模。而作為清初著名藏書家、鑑賞家的季振宜編纂《全唐詩》又是淵源有自。他從錢遵王手中得到了明清之際名詩人錢謙益所編

〔註4〕 孫琴安：《唐詩選本六百種提要》，陝西人民出版社，1987 年版。該書修訂後更名為《唐詩選本提要》2005 年由上海書店出版社出版。

唐詩總集的殘稿本後，進一步加以修訂補充，使之趨於完善。季振宜編的《全唐詩》，很少佚句斷簡，主要是完整的詩篇，且大多按原集編次，校勘較爲精審，尤其是初盛唐部分編得比較好。曹寅等人奉敕編纂的新《全唐詩》就是在這樣的基礎上進行的，雖有所沿襲，但也有進步，有自己的特色與優點。

　　首先，是搜集更全。雖說因編纂成書太快，《全唐詩》還有不少遺漏，特別是中晚唐詩的缺略更多。但它在所有的唐詩集子中仍是材料最豐富、搜羅面最廣的，比起此前的規模最大的《唐音統籤》多收詩人三百多家。主要編纂者之一的曹寅是著名藏書家，他的《棟亭書目》卷八卷九記載他藏有不少宋元舊本唐詩總集、別集；清初學者徐幹學所藏的宋版唐詩別集，也都轉入曹寅之手，這都爲校勘增補提供了有利條件。

　　其次，是對唐詩作了一定的校訂考證工作。曹寅、彭定求等都是很有學問的人，又有不少好的版本作校勘依據，所以在校訂考證方面，《全唐詩》也取得了新的進展和成績。例如其中高適的詩，比其他單行本多出了四首，都是據《文苑英華》、《韻語陽秋》、《唐人萬首絕句》等書增補的。同時，它還保留了許多他本所無的高適詩原注，這是很有價值的。編者對於一些僞託之作、誤收之作也作了處理。例如出於僞託的詩（如《冊府元龜》所收李淵贈李世民詩）、誤收前朝的詩（如劉長卿集中《昔昔鹽》實爲隋代薛道衡詩）、誤以詩題作姓名的詩（如上官儀《高密公主挽詞》誤爲高密《公主挽詞》），一經編者發現，都得到了改正。至於詩歌字句的異同，互見的詩篇，編者均根據各種版本作了校注。

　　再次，是從詩歌藝術和文體規範的角度進行了增刪。《全唐詩》的編纂雖有所本又力求其全，但也不是有聞必錄的。編者對《唐音統籤》等詩集的材料做過一番增刪訂誤的工作。如唐人詩集以外的逸詩，「或見於他書，或傳之石刻」，編者便「旁加搜求，次第補入」

〔註5〕。《唐音統籤》收有道家符咒 4 卷、佛家偈頌 24 卷，編者判斷它們不是詩，而且內容毫無可取之處，便毅然刪去了。

除了成書快速，加之當時的客觀條件和編纂者水平等方面的原因，《全唐詩》也還存在分類編排不夠科學、漏收、誤收仍然不少，詩篇重複、詩人重出時有所見，小傳小注間有錯誤等問題。特別是從斷代總集的角度來看，它的「全集不全」的缺點是很突出的。它漏收中晚唐詩是比較明顯的。曹寅在康熙四十四年七月的奏摺中就說了，「中晚唐詩尚有遺失，已遣人四處訪覓，添入校對。」但從實際結果看，仍有不少沒有「添入」。朱彝尊《潛採堂書目四種》之一《全唐詩未備書目》曾列出四十餘種集子，大都爲中晚唐詩集。此外，也有由於編修者疏忽大意而缺略的，例如徐鉉的詩和影宋本《徐文公集》相比，竟然漏掉了整整兩卷。儘管如此，《全唐詩》仍然是我們今天研究唐詩最完備的書，它收集了大部分唐詩，記錄了大量有名無名的詩人，正如《四庫全書總目》所說：「得此一編，而唐詩源流正變，始末釐然。」後人爲了彌補《全唐詩》的不全之憾，長期對它進行輯補的工作。其中有日本上河毛世寧的《全唐詩逸》（已附入中華書局《全唐詩》）、王重民的《補全唐詩》和《敦煌唐人詩集殘卷》、孫望《全唐詩補逸》、童養年《全唐詩續補遺》（中華書局已彙編爲《全唐詩外編》）。

唐詩的選本是唐詩編輯史更爲豐富、更值得深入研究的寶貴資源。《四庫全書總目提要》收錄了其中的五十餘種，這僅僅是歷代唐詩選本的一小部分。據孫琴安先生搜羅和考證，現在所能知見的唐詩選本尚有六百多種。〔註6〕從公元七世紀的孫季良編選的第一本唐詩選，到辛亥革命前不久王闓運、吳汝倫爲止，在漫長的一千兩百多年中，平均每兩年就有一種唐詩選本。如果考慮到散失的，或根本就沒

〔註5〕《全唐詩·凡例》。

〔註6〕孫琴安：《唐詩選本六百種提要》，陝西人民出版社，1987 年版。以下論述多參考本書。

有記載的選本，唐詩選本當在千種以上。歷代編纂者上至帝王將相，中有文人學士，下至普通百姓，涉及社會的各個階層、各類人士，形成一個龐大的隊伍。其編纂目的、編輯形式、編排體例，以及所體現的文學觀、編輯觀呈現出多樣化的態勢。

　　從編選的目的來看，有的意在宣傳自己的詩學主張，借題發揮，闡發自己的文學思想，李攀龍的《唐詩選》、王士禎的《唐賢三昧集》、鍾惺和譚元春的《唐詩歸》等等當屬此類。有的是編輯兒童詩歌讀物，或著眼於詩歌的啓蒙與欣賞，如劉克莊的《唐五七言絕句》，孫洙的《唐詩三百首》；或旨在運用唐詩進行綱常倫理教化，如王納善的《唐代倫常詩選》、周必昌的《唐詩家訓》。有的直接爲當時的科舉考試提供服務，如紀昀的《唐人試律說》、朱琰的《唐試律箋》。有的是把唐詩作爲繪畫、書法的練習材料來編輯成冊的，如黃鳳池、蔡元勳的《唐詩畫譜》、樊新的《新鐫草字唐詩》。有的是認爲以前的某著名選本太繁而加以刪訂以便流傳的，如朱克升的《唐詩品彙刪》、吳昌祺的《刪訂唐詩解》。甚至還有從頤養性情、安度晚年的需要來編選唐詩的，如馬思贊的《唐詩閒》、彭維新的《唐音集玨》。事實上，每一種唐詩選本的編輯都有其意圖和目的。

　　從編輯的切入角度看，也呈現出豐富多彩的局面。有的從詩體著手，或律詩，或絕句，或五言，或七言，如佚名的《唐五言詩》、《唐七言詩》，林清之的《唐絕句選》，李存的《唐人五言排律選》，孫礦的《唐詩排律辨體》等。有的從時期入手選編，或初、盛，或中、晚，或取某一階段，如樊鵬的《初唐詩》，蕭彥的《初唐鼓吹》，杜詔、杜庭珠的《中晚唐詩叩彈集》，曹學銓的《晚唐詩選》，劉成德的《唐大曆十才子詩集》等等。有的從內容題材出發進行編輯，如楊廉的《唐詩詠史絕句》，聶先的《唐人詠物詩》，黃中通《柳元山水譜》，佚名《唐賢岳陽樓詩》等。有的從詩人並稱或詩人群體的角度來進行編選，如汪瓊《李杜五律辨注》，汪森的《韓柳詩選》，

嶽端的《寒瘦集》，錢穀的《蘇州三刺史詩》，佚名的《王孟錢劉近體詩》等等。有的從詩人的身份或姓氏入手進行編選，如法欽的《唐僧詩》，無名氏的《唐帝後詩》，劉雲份的《全唐劉氏詩》，費密的《唐宮閨詩》等等。此外，還有從風格入手的，或濃鬱，或清淡；從數字入手的，或十家詩，或百家選，或萬首集；或著眼於音律，或取道於分類。而更多的選本並非從單一的角度切入，而往往同時兼有不同的視點。

從編輯體例來看，各種唐詩選本或以人為序，或以類相從，或同題唱和相屬，或不同體裁分類，有的在選篇之下還附以詩人小傳和評語等，可謂五花八門，應有盡有。具體來說，則有的從音韻的角度來加以編排，如施端教的《唐詩韻彙》、焦袁熹的《此木軒唐五言律七言律讀本》；有的從內容題材的不同來加以分門別類，如張之象的《唐詩類苑》、胡以梅的《唐詩貫珠》；有的從藝術風格的區別來進行編排，如唐汝詢的《彙編唐詩十集》、鮑桂星的《唐詩品》。有的按照詩體的差異進行排列，如王安石的《唐百家詩選》、王夫之的《唐詩評選》。有的以詩人的先後而不分詩體來編排，如喬億的《大曆詩略》、馬允剛的《唐詩正聲》。有將時代先後和藝術風格結合起來而加以編次的，如黃周星的《唐詩快》。還有將時代先後、藝術風格、詩體分類三者結合起來而加排列的，如高棅的《唐詩品彙》等。具體每一種詩選都各有特點，千差萬別。

從注釋的情況來看，唐詩選家們也往往自出機杼，各不相同。有詳注，有簡注，有箋注，有題解，有雙行夾註，有詩尾總注，有訓有解，有正有附。從批的角度來看，有眉批，有尾批，有旁批，有總批，有題下批，有少至一二字，有多至上百字，乃至上千字的，有字斟句酌的，有即興而發的，有借題發揮的，有畫龍點睛的，有疏通文字的，有考察史實的，有專事於章法結構的，有著眼於美學風格的。從圈的角度看，有實圈，有虛圈，有單圈，有雙圈，有單點，有雙點。清代姚鼐曾說：「圈點啓發人意勝於解說。」這種注釋、批校、圈點其實

也是中國古代文學編輯特別是詩歌編輯中的一種重要形式，值得深入從編輯理論的角度作深入的探討。

除了以上論及的斷代總集和各種形形色色的選本，唐代詩人的別集的編輯也是很豐富的。這裏我們不就此展開論述。我們注意到，如果把唐代數千名有名和無名詩人的數萬首詩作比作各種宴會的原料，不同時代的不同選家則充分利用這些豐富多樣的原料，創造性地做出了或「滿漢全席」，或「南粵大菜」，或「湖湘風味」，或「江浙佳肴」等風格各異的宴席。若從文化學的角度來審視，歷代編輯家對唐詩的編纂刊刻不僅僅是一種文化的積纍，它也同樣蘊涵著文化的整理、創新與增殖〔註7〕。唐詩的編輯無疑是一種文化儲存，但它不僅僅是收藏，同時也是對文化的整理，它可以使散亂、蕪雜的文化更有條理，更便於應用。一些優秀的唐詩編輯者，往往廣羅異本，以相校讎，考異集同，相互補充，刪去重複，述其原委，發凡起例，分門別類，編定目次，考證作者等等。這種整理工作不僅對保持作為一種文化的唐詩的完整性是不可缺少的，而且也是對文化的再生產的一項基本建設。它使紛亂無序的文化成為有系統、有組織的知識，使後來學者、詩人可知其源流、根本。

第二節　唐詩編輯興盛探因

唐代詩歌的編選是我國古代文學研究的重要傳統的反映，也是一時代文學創作繁榮發達的標誌。作品數量多了，質量高了，吸引著廣大讀者來誦習與揣摩，於是便有了「選」的需要、「集」的呼聲。這些別集的刊行，總集的編纂，特別是選本的層出不窮，並非作品的簡單錄寫，它往往與時代的政治風雲、經濟發展、文化變遷、文學演變，乃至出版事業本身的種種變化，都有著千絲萬縷的聯繫。就唐詩編輯具體情況來分析，則其興盛主要有以下原因：

〔註7〕參閱司馬雲傑《文化社會學》，山東人民出版社，1990年版，第328～329頁。

首先，歷代最高統治者的提倡和鼓勵，大大刺激了唐詩的編輯與傳播。在中國數千年的封建時代，以皇帝爲代表的最統治者的文化追求、朝廷的文化政策等對於文學藝術乃至整個文化的發展都有著及其重要的作用。孫琴安先生認爲唐詩的編輯與梓行有四次高潮，分別是南宋時期、明代的嘉靖萬曆年間、清初的康熙年間以及此後的乾隆時期。〔註8〕

仔細分析，發現這些唐詩編輯出版高潮的形成與封建帝王的提倡與鼓勵有著內在的關係。上述四次高潮，就有三次與當朝皇帝的態度相關。南宋時期，洪邁編選了《萬首唐人絕句》進呈宋孝宗趙眘，得到了孝宗皇帝的重賞。王士禎《帶經堂詩話》卷四曾感慨道：

> 宋洪容齋纂《唐人萬首絕句》，曾表進孝宗御覽，批答甚優，又賜茶一百瓻、清馥香十帖、熏香二十帖、金器一百兩，當時右文之盛，可以想見。

這一事件對於文人學士是一個極大的鼓勵，在此影響下，時天彝的《續唐絕句》，柯夢得的《唐絕句選》，林清之的《唐絕句選》，胡次焱的《贅箋唐絕句》，劉克莊的《唐五七言絕句》、《唐絕句續選》等等紛紛編成刊行。這次以編選絕句爲主要內容和特色的唐詩編輯高潮，無疑是和最高統治者的重視與獎勵有直接關聯的。據有關研究者統計，唐人編選的詩歌選本有一百多種，其中流傳下來僅十餘種。而宋代編選的詩文選本多達四百多種，這其中南宋的佔了四分之三，可考者有九十六種，待考者有二十多種。〔註9〕這中間唐詩的選本是編選的重心。康熙年間的唐詩編輯高潮自然離不開康熙皇帝的作用，關於他下令組織編纂《全唐詩》並親自賜序前已述及，其實，文才武略的康熙帝爲了實現其思想文化統治，穩定政權，牢籠士人，消弭對抗，對歷朝各代的文化整理早已是不遺餘力的。除

〔註8〕 孫琴安：《唐詩選本六百種提要》「自序」，陝西人民出版社，1987年版。

〔註9〕 參閱張智華著《南宋的詩文選本研究》第二章，北京師範大學出版社，2002年版。

了《全唐詩》外，他還御定了《全金詩》、《四朝詩》、《題畫詩》、《歷代賦彙》等大型文獻總集。1706 年，徐倬進呈《全唐詩錄》一百卷，康熙大喜，不但將徐倬陞官，而且親製序文，賜金予以刊刻。1713 年，康熙又命陳廷敬等編撰了《御選唐詩》三十二卷，並御製序文。皇帝如此重視唐詩的編輯與刊行，自然會形成詩歌編纂的浪潮。事實上，除了康熙、乾隆二帝，清朝的其他最高統治者也大都喜好和提倡編纂唐詩，有的也親自以「御選」的方式署名。例如雍正皇帝就有《御選寒山拾得詩》，道光皇帝有《道光御選唐詩全函》。據《御香縹緲錄》記載，慈禧太后在閒暇或高興之時，也常向她左右的宮女誦讀並講解李白、孟浩然等人的詩作，以顯示自己的學問和雅趣。我們現在見到清代唐詩選本之多固然有時代相對較近的因素，但這一時期統治者高度重視詩歌編輯、選本眾多也是原因之一。

其次，詩賦取士的教育考試制度無疑是詩歌編纂的一個動力。乾隆年間的唐詩新一輪編纂刊刻高峰就與科舉考試的改革有關。我們知道，唐代以詩取士，考試一般以五言六韻律詩為主，也有根據官限，四韻、八韻雜出不一的。到中唐時期，進士科出身者在唐代政治中的影響已迅速增大，重視文學辭章的社會風氣業已形成。隨著詩賦在進士科考試中成為主要考試內容，甚至以詩贖帖取代經學考試內，唐代進士科的文學性質愈來愈明顯。〔註 10〕到兩宋時期，進士科最終合併了經義科，進士科與中國傳統的儒家文化的距離越來越大，加之當時政局多變，國家岌岌可危，所以在唐代經術與文學兩種不同取士觀的基礎上，宋代的經義與詩賦之爭十分激烈。後世的考試多以經義為主，也兼收詩賦。到南宋高宗紹興三十一年（1161），進士科被分為經義進士科和詩賦進士科，此後有關經義和詩賦的論爭才漸漸平息〔註 11〕。詩賦取士以及由此引發的討論，其

〔註10〕參閱劉海峰等著《中國考試發展史》，華中師範大學出版社，2002 年版，第 99 頁。

〔註11〕王炳照、徐勇主編：《中國科舉制度研究》，河北人民出版社，2002 年版，第 162 頁。

實都是有利於詩歌的創作繁榮和編輯出版發達的。

科舉考試的科目、內容幾經變化，到清初又已不再考試詩賦。康熙晚年欲在後場減判增詩，但僅偶爾爲之，未成定制。即便如此，康熙乙未年（1715 年）就出現了吳學謙的《唐人應試六韻詩》，黃六鴻的《唐詩筌蹄集》，车欽元的《唐詩排律》，花豫樓主人的《唐五言六韻詩豫》等專選唐人應試詩的選本。乾隆即位以後，發現科場論判，試卷雷同嚴重，且不乏擬作或抄襲之作，於是下決心改革。乾隆二十二年（1757）於鄉會試增五言八韻詩一首，自後童試用五言六韻，生員歲考科考及考試貢生與復試朝考等均用五言八韻，官韻只限一字，爲得某字，取用平聲，詩內不許重字，遂爲定制。出題必有出處，或用經史子集語，或用前人詩句。〔註12〕這種應試詩稱爲試帖詩，其結構與八股文相近，程序化的特點突出，也難以寫出眞正有意境、有情韻的佳作。但這樣一項考試舉措，卻大大刺激了文人們的唐詩編輯與刊刻的熱情。據孫琴安先生統計，自乾隆施行科舉改革，到他去世的短短三十多年間，這類以備考應試爲編輯目的的唐詩選本就有二十種左右；如果再加上其他各種唐詩的選本、別集，數量就更多了。由此可進一步證實，統治者的統治思想、文化策略、教育考試政策等等，甚或是個人的好惡往往都對詩歌之類的文學活動產生巨大而持久的影響。唐詩的編纂與梓行自然也不例外。

第三，印刷複製技術的進步、出版業的發展也給唐詩的編輯與傳播帶來了新的活力。我們從各種資料上可以看到，時代愈往後，唐詩的選本、各類集子反倒愈多，這除了時代愈近流傳愈易的因素外，靠後的時代編選的選本等確實更多才是最主要的原因。印刷術的發明，複製技藝的提高，對於唐詩編纂的促進也許人們的估計還不足。關於印刷術的起源，學術界一直存在著不同的看法，現在趨於一致的認識定位於唐代。我們比較贊成李致忠先生的說法：「雕版印刷術發明應

〔註12〕王炳照、徐勇主編：《中國科舉制度研究》，河北人民出版社，2002年版，第 204～205 頁。

該是一個階段，到能運用這種技術印製整部書籍則又是一個階段。唐代應該是雕版印書術起始的時代」〔註13〕。

在寫本時代，編輯一部書籍後要想複製，使其傳播，確實很不容易。用手抄寫一部圖書，要花費很多時間和人力，特別是大部頭書，抄寫更不容易。自雕版印刷術發明以後，上百部、千部的書可以一次印成。書籍的生產量，比過去手寫本時代大大增加了。我國雕版印書，在唐代中後期已經流行，最積極的使用者是佛教徒。佛教印刷成為唐至五代印刷的主體。而佛教印刷的發展，也促進了其他印刷的興起，起初是民間讀物（如曆書、字書、占夢、雜記、小學讀物等），進而有道家和儒家著作的印刷版本出現。〔註14〕雕版印刷技術用於唐詩的刊刻有人認為是在中唐時期。元稹給白居易詩集作序，云：

> 《白氏長慶集》者，太原人白居易之所作……二十年間，禁省觀寺、郵侯牆壁之無不書，王公妾婦牛童馬走之口無不道。至於繕寫模勒，玄賣於市井，或持之以交酒茗者，處處皆是。揚越間多作書模勒樂天及余雜詩，賣於市肆中也……長慶四年冬十二月十日，微之序。〔註15〕

清代趙翼、近代王國維都把「模勒」釋為「刊刻」，認為這可以看作是唐代中葉江浙地區已有雕印本的唐人詩集。但也有學者提出了有力的反駁意見。曹之先生旁徵博引，論證「模勒」二字，模是模仿，勒是編輯。即元白詩作膾炙人口，至有模仿他們的詩作玄賣於市井者，並非雕印他們的詩集鬻賣。

至五代，個人詩文集、文學總集的雕版印刷已經一再出現。歷仕數朝的和凝「性好修整……平生為文章，長於短歌豔曲，尤好聲譽。有集百卷，自篆於版，模印數百帙，分惠於人焉」〔註16〕。曾任後蜀宰相的毋昭裔在主持刻印《九經》的同時，「又令門人句中

〔註13〕李致忠：《古代版印通論》，紫禁城出版社，2000年版，第23頁。
〔註14〕參閱羅樹寶《中國古代印刷史》，印刷工業出版社，1993年版，第82～83頁。
〔註15〕《白氏長慶集》卷五十一。
〔註16〕《舊五代史》卷一二七《和凝傳》。

正、孫逢吉書《文選》、《初學記》、《白氏六帖》，刻版行之」〔註17〕。
另據《四庫全書》，五代還刻印了唐僧人貫休的《禪月集》。黃伯思
《東觀餘論·跋何水部集》中說此書有「天福本，但有詩二卷」。

宋代則形成了我國雕版印書事業發展的黃金時代。南北兩宋刻
書之多，規模之大，版印之精，流通之廣，都是前所未有的。官刻、
私刻和坊刻體系完善。（或稱家刻）這除了政治制度、社會經濟、文
化風尚、社會與民族矛盾等多方面的原因外，印刷出版業自身的進
步也是重要因素之一。雕刻工人的培養、印刷力量的積蓄、技術造
詣的提高，包括紙墨等物質材料製作的進步，都爲宋代版印事業的
興盛和精熟做了充分準備。

正是在這樣的基礎上，宋元以後唐詩編輯與刊刻至宋代有了長
足的進步。特別是書籍的商業傳播大大促進了唐詩的編纂、刊刻與
流通。所謂書籍的商業傳播，是指使用印刷手段廣泛、迅速而大量
地傳播書籍的方式。它與書籍的人際傳播相比較，是一種公開的、
正式的傳播渠道，具有較強的影響力和較大的覆蓋面。至於有的學
者提及的唐詩傳播方式 —— 宴會賦詠、譜曲傳唱，都還只是人際傳
播的形式，對唐詩的編纂、出版、流佈影響有，但不及正規的書籍
的編輯出版活動影響大且深遠。一些著名的出版家、專業的出版機
構對唐詩編纂與傳佈的貢獻，學界似乎還重視不夠。僅舉兩例。明
代出版家毛晉，一生刊行著作近六百種，其出版物品位高、校勘精、
品種多。他的出版活動涉及藏書、選題、編校、刻印、發行等各個
環節，每個方面都有出色的建樹。〔註18〕他刻書的內容除了傳統的
經史著作外，文學書籍佔有重要地位。他彙刻了歷代名家的詩文精
品，以時代、文體、流派、作家編次，重視其文學價值，以大大小
小的叢書的形式出現，蔚然成爲一部以作家作品爲主線的大文學
史。就唐詩選本（少數詩文並集）來說，毛晉汲古閣印行的就有《盛

〔註17〕《十國春秋·毋昭裔傳》。
〔註18〕參閱繆詠禾《明代出版史稿》，江蘇人民出版社，2000年版，第111
　　　　～132頁。

唐二大家》、《三唐人文集》、《四唐人集》、《五唐人集》、《六唐人集》、
《八唐人集》、《唐三高僧詩集》、《唐人選唐詩》、《唐詩類苑》、《唐
詩紀事》等。清代內府殿本的「分號」──揚州詩局，顯然屬於官
刻的範疇。它是康熙四十四年四月皇帝命令江南織造曹寅設立的，
爲內府刊印各種書籍。除了大型的《全唐詩》的編纂刊刻，它還刻
印過《全唐詩錄》、《佩文齋詠物詩選》、《歷代題畫詩類》等詩歌選
本。刻書業的發達，特別是唐詩刻印的商業傳播大大刺激了社會受
眾的文學接受，而受眾的文學接受也反過來刺激各種唐詩選本、別
集、總集的生產。這方面，實在是可以深入研究的課題。近年來，
有研究者開始從出版對文學影響的角度來討論明清通俗小說、戲曲
的繁榮，從現代出版與文學的關係來研究五四時期的文學活動，取
得了令人欣喜的進展。這種研究，也是值得唐詩編纂、刊刻研究予
以借鑒的。

　　第四，唐詩編纂的興盛也是後世文學風氣、文學思潮、文學流派、
文學團體等眾多文學自身因素的曲折反映。如果說前面講的原因。主
要是唐詩編纂興盛的外因的話，這裏則側重於從文學自身的發生發展
來進行討論。

　　伴隨著唐代詩歌創作的繁榮，唐人編選唐詩也蔚然成風。據有
關的文獻記載，唐人選唐詩的本子就有近百種。〔註19〕對於唐人自
己編纂本朝詩歌，有學者將其分爲兩個相關聯的階段，即唐中葉以
前和晚唐以後。〔註20〕大體上說，前一個階段的選本側重於選取唐
詩發展中某一階段或某一流派的作品，收錄面相對單一。例如今存
《翰林學士集》殘卷專收貞觀時期唐太宗君臣的唱和詩，一定程度
上反映了唐初宮廷的狀貌；佚名的《搜玉小集》雜採王、楊、盧、
駱、沈、杜、沈、宋諸家的詩篇，更多地顯示出高宗、武后時期詩
風改變的痕跡；殷璠的《河嶽英靈集》標舉「風骨」和「音律」兼

〔註19〕可參看兩《唐書》經籍、藝文志和宋人的公私目錄。
〔註20〕參閱陳伯海《唐詩學引論》，東方出版中心，1988 年版，第 178～179
　　　　頁。

備的宗旨，體現了典型的盛唐氣象；元結的《篋中集》揭示「雅正」的詩歌主張，代表著沈千運、孟雲卿一派追求古淡的趣尚；高仲武的《中興間氣集》倡導「理致清新」，實以「大曆十才子」爲楷模；令狐楚的《元和御覽詩》則又以供奉皇帝消閒遣興爲目的，所錄皆新制的「研豔短章」〔註21〕。這些選本都是唐詩演進時期的產物，從一定程度上反映了詩歌進展中的某些情況。而到了晚唐以後，隨著詩歌創作高潮的過去，唐詩發展的總體輪廓逐漸顯示出來了，於是選詩也開始走向綜合。具體例證就不多舉了。

　　宋元以後唐詩編選與刻印是相當普遍的文學現象和文化現象。而唐詩選本的編纂一般都帶有鮮明的文學傾向性和流派色彩。明人譚元春《古文瀾編序》道出了個中三昧：「故知選書者，非後人選古人之書，而後人自著書之道也》」〔註22〕如北宋王安石的《唐百家詩選》二十卷，《四庫全書總目提要》認爲「是書去取，絕不可解」，其實它的編纂旨趣還是很明確的，就是「欲矯」西崑「其失」，故「多取蒼老一格」。南宋周弼的《三體唐詩》，則體現出當時詩壇反江西、崇晚唐的詩學觀念，故《四庫全書總目提要》卷一八七云：

　　　　乃知弼是書，蓋以救江湖末派油腔滑調之弊，與《滄浪詩
　　　　話》各明一意，均所謂有爲言之者也。

而元明文人崇奉唐詩，以唐詩爲詩歌創作圭臬，所以他們多編刻唐詩選本，如元人楊士宏的《唐音》，明代高棅的《唐詩品彙》、馮惟訥的《唐詩紀》、臧懋循的《唐詩所》、唐汝詢的《唐詩解》等等。明代和清代的不少文學流派也往往通過編選、刊刻不同旨趣和審美風格的唐詩選本，來爲我所用，昭示自己的文學主張，支持自己的流派創作。明「後七子」的領袖人物李攀龍編刻《唐詩選》，這部著名的唐詩選本反映的正是他「詩必盛唐」的文學主張。鍾惺、譚元春爲明代詩壇「竟陵派」的代表人物，二人合纂《古詩歸》、《明

〔註21〕毛晉《御覽詩跋》。
〔註22〕《譚友夏合集》卷八，《中國文學珍本叢書》本。

詩歸》外，專門編選有影響很大的《唐詩歸》。《詩歸》正是編者詩歌藝術「性靈說」的直接反映。賀貽孫《詩筏》就曾指出《唐詩歸》特色在「諸家評詩，皆取聲響，惟鍾、譚所選，特標性靈」，但其失也在「專任己見」，不免偏狹。清人編選唐詩，也多有文學思潮和詩歌流派的印記。王士禎力主「神韻」，編選有《唐賢三昧集》、《唐詩七言律神韻集》、《十種唐詩選》、《唐人萬首絕句選》等唐詩選本多種。沈德潛追求「格調」，所選《唐詩別裁》等意在爲其詩學主張張目。諸如此類的例子還有許多。這種文學創作自身的需要和文學理論的論爭與創新，往往是借古人的材料來建設今天的世界的，唐詩就成了人們取之不盡、用之不竭的寶庫，也就成了編輯出版業的源頭活水。

第三節　唐詩選本評說之一 ——《唐詩品彙》

　　在眾多的唐詩選本中，明代初年高棅所編的《唐詩品彙》以其作品的廣泛、體系的完整、理論的闡發等特點，超邁前賢，形成了很大的影響。它的出現，是對前代文學創作與編纂活動的總結和推進。此前的唐詩總集和選集，都有一定的局限。或限於一段時期（初唐或晚唐），或限於少數作者（一般只有數十人，最多一兩百人），或限於幾種詩體（或五律），或偏重某種風格（如清雋），入選的詩作也偏少（一般只有幾百首，最多的有一千首）。文學發展的歷史要求有一種全面系統的總集問世。這種總集所收的詩人和詩作要有足夠的數量，風格要兼收並蓄，詩體要盡可能齊備。同時，還有合理的理論體系來統領全書。這個任務歷史地落到了高棅肩上。他用了十多年的時間精心編纂，終於在洪武二十六年（1393）編成了被當今學者尊推爲「明代唐詩學的第一個範本」的《唐詩品彙》〔註23〕。

　　高棅（1350～1423）字彥恢，更名廷禮，號漫士，長樂（今屬

〔註23〕陳伯海：《唐詩學引論》，東方出版中心，1988年版，第190頁。

福建）人。永樂初以布衣召入翰林，爲待詔，遷典籍。高棅爲閩中十才子之一，山居時有《嘯臺集》，入京後有《木天清氣集》。其詩虛廓平冗，在十子中實屬下乘。他的主要成就在其所編輯的《唐詩品彙》一書。《明史·高棅傳》中曾說：「其所選《唐詩品彙》、《唐詩正聲》，終明之世，館閣宗之。」足見其在當時的影響和地位。同爲閩中十才子之一的陳亮亦有《奉寄高廷禮時求賢甚急高且講學編詩不暇》詩云：

　　壯遊心事已蹉跎，寂寞扃扉似養痾。
　　秋畫卻看來雁少，暮愁空對遠山多。
　　頻傷白露摧蘭蕙，獨羨清風滿薜蘿。
　　見說新編又超絕，近來衡鑒復如何？

這裏所謂「新編」即指《唐詩品彙》，可見當時在十才子中高棅就是以精於詩歌鑒賞著稱的。

《唐詩品彙》凡九十卷，拾遺十卷。按時代分體選編，分爲五古、七古、五絕、七絕、五律、五言排律、七律等七類。「隨類定其品目，因目別其上下、始終、正變，各立序論，以弁其端。」〔註24〕他自視甚高，對以前諸家選本如《篋中集》、《河嶽英靈集》、《中興間氣集》以及《文苑英華》、《樂府詩集》等都表示不滿意。高棅獨對楊士宏的《唐音》倍加讚賞，稱之「能別體制之始終，審音律之正變，可謂得唐人之三尺矣」〔註25〕。這兩端其實也正是《唐詩品彙》一書的精神之所在。〔註26〕

從編輯體例上看，高棅是依詩體來進行編排的。他把入選的六百二十位詩人、五千七百六十九首詩作，按照不同的詩歌體裁進行有序的編排的，其中五言古詩二十四卷，七言古詩十三卷（長短句附內），五言絕句八卷（六言絕句附內），七言絕句十卷，五言律詩

〔註24〕《唐詩品彙·總敘》。
〔註25〕《唐詩品彙·總敘》。
〔註26〕參閱袁震宇、劉明今《明代文學批評史》，上海古籍出版社，1991年版，第60～69頁。

十五卷，五言排律十一卷，七言律詩九卷（七言排律附內）。如果到此爲止，高棅的詩歌總集從編輯體例到編輯思想都沒有什麼突破。事實上，他之重視詩歌辨體，絕不只是在五言七言、古詩律詩等表面形式上做文章。他在唐詩編輯中所展現的辨體觀涉及到詩人、時代、作品三個方面：

> 觀詩以求其人，因人以知其時，因時以辨其文章之高下，
> 詞氣之盛衰，本乎始以達其終，審其變而歸於正。〔註27〕

　　而這三者的結合和統一，高棅又是通過七類唐詩的編排與四個階段的劃分、九格的闡發來具體呈現的。在每一種詩體中，高棅又分爲正始、正宗、大家、名家、羽翼、接武、正變、餘響、旁流，謂之「九格」。而這九格又和唐詩的初、盛、中、晚四個階段有內在的聯繫。他在該書的《凡例》中這樣解釋「九格」：

> 大略以初唐爲正始，盛唐爲正宗、大家、名家、羽翼，中
> 唐爲接武，晚唐爲正變、余響，方外異人等爲旁流，間有
> 一二成家特立與時異者，則不以世次拘之。

　　他所謂「正始」是指初唐開端的意思，而「正宗、大家、名家、羽翼」是盛唐時極盛的面貌，「接武」是指中唐在繼承中孕育著變化的情況，正變則是指晚唐由正趨變、由變歸正的態勢。具體到某一詩人在各體中的位置卻是依據實際成就有所變化的，例如杜甫在五、七言古詩和五、七言律詩中皆被置於「大家」之中，但在五、七言絕句中就被放在了「羽翼」的位置上。同樣的，王昌齡的七言絕句屬於「正宗」之列，但他的五言絕句只能居於「羽翼」名下。這樣分別處置，就是對每個詩人不絕對化。因爲唐代詩體眾多，詩人個體難以眾體兼善。高棅這樣一區分，對於詩人的優長劣短，一目了然。編者在七體之下，再分四唐、列九格，目的是爲了區別不同時代的特點、不同詩人水平的高下，這是因爲「有唐三百年詩眾體備矣，故有往體、近體、長短篇、五七言律句絕句等制，莫不興於始，成於中，流於變，而墮

〔註27〕《唐詩品彙・總敘》。

之於終，至於聲律、興象、文詞、理致，各有品格高下之不同。」〔註28〕編者區分四唐的標準表面看似乎是以時代來劃定的，實際上他還是更重在「聲律、興象、文詞、理致」的「品格高下」，所以他把本屬於初唐的陳子昂列爲正宗，又把應歸於中唐的劉長卿、錢起等也列入名家之中。他的辨體標準，是提倡「盛世之音」和「大雅之音」的。標舉盛唐，以杜甫、李白爲主要代表，選杜詩二百九十四首，白詩多達四百零二首。在李、杜之中，他顯然更推重李白。除了所選詩歌李最多外，還有一個地位的放置問題。在七類詩體中，李白均爲「正宗」，而杜甫有五類是「大家」，兩類是「羽翼」。可見，他認爲李白更能體現「盛唐精神」。

　　高棅之辨體又是和審音有機結合的。由音聲以辨詩，這本是傳統的品詩之法。我們討論過的《詩經》、《樂府詩集》等都是如此。而自楊士宏選《唐音》，以音聲論詩之風在元末明初已頗爲流行。宋濂論作詩之五要，其一就是「審諸家之音節體制」〔註29〕。朱右稱「古詩三百篇以風雅頌爲經，賦比興爲緯，其音節體制概可考也。」〔註30〕音節與體制密切相關，高棅欲別體制之始終，其主要方法即爲審音節之正變。這也是我們研究其編纂要特別給予關注的。朱謙之先生曾經指出：「詩自唐以來，有古近體的分別」，「因有了古近二體之分，使文學與音樂的關係，似乎便減少了。其實古近二體也都是可歌唱的。」〔註31〕王驥德《曲律》第三十九云：「唐之絕句，唐之曲也。」王世懋《藝圃擷餘·論詩》云：「絕句之源出於樂府，貴有風人之致，其聲可歌。」不唯絕句，其他體制的唐詩也都和音樂有著密切的關聯。審音聲就成爲唐詩編纂要考慮的一個重要視角。

〔註28〕《唐詩品彙·總敘》。
〔註29〕《劉兵部詩集序》。
〔註30〕《羽庭稿序》。
〔註31〕朱謙之：《中國音樂文學史》，北京大學出版社，1989 年版，第 175 頁。

　　實際上，如果認眞領會編者「別體制之始終，審音律之正變」的內涵，再把所有入選詩歌、詩人置於七體、四唐、九格中綜合考察，通過正和變的辯證關係，就可以看出整個唐詩的歷史演進過程和發展規律，看出編者的文學價值取向和美學趣味。這樣的編輯方式在以前的唐詩編輯中是不曾有過的。

　　從編輯方式上看，高棅注重選詩與評詩的結合，體現出編輯家的眼光和史家的識見。《品彙》是繼方回《瀛奎律髓》之後，以評、選結合的方式體現自己的編輯主張和詩學思想的重要唐詩選本。書中的《總敘》是其編選的指導原則，也是其詩論總綱，所謂綱舉目張是也。在《總敘》中，編者對明之前唐詩選本的優劣得失，自己編書的緣起，都作了較爲全面、詳盡的介紹。他認爲宋代的幾種唐詩選本都有「略於盛唐而詳於晚唐」的傾向；而幾種著名的唐人選唐詩和宋人的《三體唐詩》、《眾妙集》等，則「立意造論，各該一端」，規模格局又嫌太小。即便是對他欣賞的楊士宏的《唐音》，認爲其也有明顯不足，特別是存在不選李白、杜甫等大家的缺憾。所以高棅才「遠覽窮搜，審詳取捨」，編纂新的唐詩總集，並且有意與前人詳晚唐的傾向立異，推重盛唐之詩。

　　此外，編者還在每一種詩體前都加了一個《敘目》，用以說明一種詩體的來源，以及在唐代初、盛、中、晚各個階段的發展流變，標示其代表詩人，指出其藝術風格等等。這樣的《敘目》前可呼應《總敘》，後是具體選詩的依據，論述不多，但十分精當。例如七言律詩之「正始」欄云：

　　　七言律詩又五言八句之變也，在唐以前，沈君攸七言儷句已近律體，唐初始專此體。沈、宋等精巧相尚，開元初，蘇、張之流盛矣，然而亦多君臣遊幸倡和之什。

在「正宗」欄中，高棅曰：

　　　盛唐作者雖不多，而聲調最遠，品格最高。若崔顥，律非雅純，太白首推其《黃鶴》之作，後至鳳凰而彷彿焉。又如賈至、王維、岑參早期倡和之什，當時各極其妙。王之

> 眾作尤勝諸人。至於李頎、高適，當與並驅，未論先後，
> 是皆足為萬世程法。

如此論述，貫穿於大家、名家、羽翼、接武、正變、餘響、旁流
等「九格」之中。再看最後的「正變」、「餘響」兩欄：

> 元和後，律體屢變，其間有卓然成家者，皆自鳴所長。若
> 李商隱之長於詠史，許渾、劉滄之長於懷古，此其著也。
> 今觀義山之《隋宮》、《馬嵬》、《籌筆驛》、《錦瑟》等篇，
> 其造詣幽深，律切精密，有出常情之外者。用晦之《淩歊
> 臺》、《洛陽城》、《驪山》、《金陵》諸篇，與乎蘊靈之《長
> 洲》、《咸陽》、《鄴都》等作，其今古廢興、山河陳迹、淒
> 涼感慨之意，讀之可謂一唱三歎矣。三子者，雖不足以鳴
> 乎大雅之音，亦變風之得其正者矣。

> 唐末作者雖眾，而格力無足取焉。

倘若把九格之論貫穿起來，配合所選詩人詩作觀察，我們就可以比較
清晰地梳理出七言律詩在整個有唐一代的發展脈絡和演變規律，具有
「詩史」的性質。這確實是以前的其他唐詩編纂家所沒有做過的。

《品彙》沒有通常選本中的箋注，它的注釋和附錄倒是別有特
點，也是一種編輯創新。編者多引前賢評語，或詩人，或詩作，尤以
殷璠、高仲武、嚴羽、劉辰翁等人的評語為多。所引評語，凡是對有
唐一代的詩歌創作進行評論的，放在書首，稱為「歷代名公敘論」。
此外，「其有評論本人詩者，則附於姓氏之後；有評論本詩者，則附
於本詩之前；有評論本句者，則附於本句之下」〔註32〕。層次清晰，
有條不紊。書中還酌注詩中有關史實、地理與典故等。

《唐詩品彙》無論是從體系和規模上都可以說是前無古人的。當
然，他的編纂成就也並非全無依憑，而是有所借鑒和繼承的。比如，
從編輯觀念、詩歌理論主張方面，他受嚴羽《滄浪詩話》的影響，以
盛唐為尊。在具體編輯體例方面，又對楊士宏《唐音》有所沿襲，在
此基礎上作了進一步的發揮。《品彙》一出，很快引起了人們的關注，

〔註32〕《唐詩品彙·凡例》。

流行了整個明代，至清朝餘響不絕。王世貞在《香祖筆記》中說：

> 宋元論唐詩，不甚分初、盛、中、晚，故《三體》、《鼓吹》
> 等集，率詳中、晚而略初、盛，覽之憒憒。楊士弘（一作
> 「宏」）始稍區別，有正聲，有餘響，然猶未暢其說，間有
> 牴誤。迨高廷禮《品彙》出，而所謂正始、正宗、大家、
> 名家、羽翼、接武、正變、餘響，皆井然矣。

胡震亨在《唐音癸籤》「集錄」中云：

> 自宋以還，選唐詩者，迄無定論。大抵宋失穿鑿，元失猥
> 雜，而其病總在略盛唐，詳晚唐。至楊伯謙氏揭盛唐爲主，
> 得其要領。……高廷禮巧用楊法，別易己裁，分各體以統
> 類，立九目以馭體，因其時以得其變，儘其變以收其詳，
> 斯則流委既復不紊，條理以得全該，求大成於唐調，此其
> 克集之者矣。

而《四庫全書總目提要》對《品彙》的評價更爲全面和公允：

> 《明史文苑傳》謂終明之世，館閣以此書爲宗。厥後李夢
> 陽、何景明等，名爲崛起，其胚胎實兆於此。平心而論，
> 唐音之論爲膚廓者，此書實啓其弊，唐音之不絕於後世者，
> 亦此書實衍其傳。功過並存，不能互掩，後來過毀過譽，
> 皆門戶之見，非公論也。

《唐詩品彙》對明代及後世的影響既有詩歌編纂方面的，也有詩學思想理論方面的。明代的唐詩選本不下百種，但大都未能出其範圍，即使是很有影響的李攀龍的《唐詩選》也不例外。至於明李東陽以音聲格律論詩，「前後七子」標舉「詩必盛唐」，其實也是由《品彙》兆其先的。胡應麟《詩藪》論唐詩的選本，「蓋至明高廷禮《品彙》而始備，《正聲》而始精。習唐詩者必熟二書，始無他歧之惑」。胡應麟是格調說的集大成者，可見《唐詩品彙》一書於格調說實有啓迪之功。然論及格調說之弊，此書亦不能辭其咎。

《唐詩品彙》明成化年間有陳煒的刻本，弘治年間又有張璁刻本。此外，還有汪宗尼、汪季舒、陸允中、張恂等人的校訂本。目前存世的明刻本有十幾種。大約清人多數人對明代的幾種風行的唐詩選

本不太滿意，而《品彙》的卷帙又浩繁，所以清人一般都不作翻刻。1982 年，上海古籍出版社曾影印了明代汪宗尼的校訂本，這是目前比較好找而又較完善的一個本子。

最後還要簡要提及的，是《唐詩品彙》的改編和刪選。《品彙》篇幅浩繁，刊刻流傳和誦讀都不方便；因此，高棅又從中作了精選，計一百四十位詩人的作品九百三十一首，編爲二十二卷，取名《唐詩正聲》。這個本子因其分量適中，編選精當，刊刻方便，深受廣大文人學士和普通讀者的歡迎，在明代就有許多刻本。《正聲》在清朝也廣受好評，不斷被徵引。從編輯選題運作的角度看，這也是一種很有效的策略。就像我們今天的《漢語大字典》煌煌巨著十三大卷，刻印、流通、查閱都很不方便；後來在此基礎上編輯的《漢語大字典》一卷的簡編本和規模更小的普及本，都受到市場的認可。除了《唐詩正聲》，明清兩代都還有多種關於《品彙》的精選本或刪節本，如明代佚名編《唐詩品彙七言律詩》，俞憲的《刪正唐詩品彙》，黃氏的《唐詩品彙選釋斷》，董斯張的《增訂唐詩品彙》，清代則有朱克生的《唐詩品彙刪》等等。

第四節　唐詩選本評說之二——《唐詩三百首》

在歷代眾多的唐詩選本中，流傳最廣、最能經得起時間考驗的恐怕只有清人編輯的兩種，一是沈德潛編纂的《唐詩別裁集》，另一種就是篇幅最小的大眾化選集《唐詩三百首》。《唐詩別裁集》選了近兩千首詩，所選以詩體排列，先五、七言古詩，後五、七言律詩和絕句。所選詩基本上體現了沈德潛的論詩主張和初衷。他在專主雄渾闊大的同時，也兼採了王士禎的「神韻」標準，選詩面較寬，各種流派能兼收並蓄，力求初、盛、中、晚都不偏廢，各有所取，體現出唐詩在各個時期的發展面貌。在《唐詩別裁集》成書後不久，又有人編選了一本供「世俗兒童」用作「家塾課本」的《唐詩三百首》。它曾達到過「家弦戶誦」的流行程度，直到今天，仍是一版

再版的暢銷書。《唐詩三百首》編輯的緣起是什麼？它在體例上有什麼特點？在內容上又有什麼優點？它對我們今天的編輯出版工作尤其是詩歌編輯出版有何啓示？本節嘗試從編輯學的角度，對上述問題進行一些勾勒與分析。我們這裏不討論《唐詩別裁集》而取《唐詩三百首》作爲研究對象，是因爲從詩歌編輯出版史的角度看，後者更有典型意義。

一、《唐詩三百首》的編輯緣起與目的

《唐詩三百首》是清代人孫洙編纂的。據說他的夫人徐蘭英也參與了編選工作。孫洙（1711～1778），字臨西（一作苓西），別號蘅塘退士，無錫（今江蘇省無錫市）人，乾隆十六年（1751）進士，做過知縣等小官。據說他做詩學杜甫，《梁谿詩抄》收了他三首詩。他的繼室夫人徐蘭英字寫得很好，詩也很工巧，據說還得過御賜「江南女士」的印章，《無錫縣志》和《清朝書畫家筆錄》都有她的小傳。乾隆二十八年（1763），孫洙夫婦二人一同商討切磋，編選了這部後來「風行海內，幾至家置一編」的《唐詩三百首》。

爲什麼要編選《唐詩三百首》呢？孫洙寫在書前的《題辭》給了我們答案。他這樣說：

> 世俗兒童就學，即授《千家詩》，取其易於成誦，故流傳不廣。但其詩隨手掇拾，工拙莫辨，且止五七律絕二體，而唐宋人又雜出其間，殊乖體制，因專就唐詩中膾炙人口之作，擇其尤要者，每體得數十首，共三百餘首，錄成一編，爲家塾課本，俾童而習之，白首亦莫能廢，較《千家詩》不遠勝耶？諺云：熟讀唐詩三百首，不會吟詩也會吟。請以是編驗之。

從這個《題辭》可以看出，孫洙編輯《唐詩三百首》的目的，是要爲兒童提供一個理想的學習詩歌的入門讀本。而在此之前，學習詩歌的兒童，主要課本是宋人編選的《千家詩》。孫洙認爲《千家詩》「隨手掇拾，工拙莫辨，且止五七律絕二體，而唐宋人又雜出其間，

殊乖體制」，便要編選新詩集，以取而代之。這裏，我們有必要瞭解一下《千家詩》的編輯及傳播概況。

《千家詩》是幾百年來十分流行的一本古典詩歌啟蒙讀本，是《分門纂類唐宋時賢千家詩選》的簡稱。它最早是由南宋劉克莊編輯而成的。劉克莊號「後村居士」，因此這本詩選又稱為《後村千家詩》。全書二十二卷，選錄的全是唐、宋近體詩（律詩和絕句），其中以宋詩為多。它按照詩歌題材和內容，將選錄的詩分成十四個門類，即：時令、節候、氣候、晝夜、百花、竹林、天文、地理、宮室、器用、音樂、禽獸、昆蟲、人品。劉克莊這個本子，篇目和門類比較多，內容也過於浩繁，不易翻閱普及，對舊時代兒童啟蒙也不方便。因此，《千家詩》傳至明清，選本就有了變化，大都根據劉克莊原本增刪而成，編排體例也隨之有了調整。在諸多本子中，流傳比較廣泛的有署名為王相（明清間江西臨川人）選注的《新鐫五言千家詩》，以及署名為謝枋得（南宋江西弋陽人）選、王相注的《重訂千家詩》。據專家考訂，所謂謝枋得選，當係後人偽託。這兩種本子，一是五絕和五律，一是七絕和七律，各有千秋，又各有欠缺。為了取長補短和方便讀者，後來又把這兩種《千家詩》合而為一，成為現今廣泛流行的版本。

王相選注本雖仍名曰《千家詩》，實際編入詩只二百二十三首，分兩類，一是七言律絕，一是五言律絕。影響最大，也最為普及的是前一類。王相選注本在編排上不是按作者組織單元，也不是以詩作年代為序，而是大體上按春夏秋冬四季的順序排列詩篇。這是對劉克莊「分門纂類」的繼承和發展，此種分類比較概括，又給人以季節感、色彩感和情景感，適合少年兒童。從總體上看，王相的本子篇目適中，通俗易懂，取材廣泛，一些詩歌詩味濃厚，藝術性強。因此它一直影響較廣，流傳不衰。1999 年，中華書局還隆重推出了由袁行霈教授主編的《新編千家詩》。此書以流行的《千家詩》為基礎，以唐宋兩代近體詩為主，同時增加了漢魏六朝元明清及近代的相關作品。這些

詩「寓意深刻，情調健康，意境開闊，形象鮮明，膾炙人口」。在體裁上，增加了五言七言古詩。在編排上，以五絕、七絕、五律、七律、五古、七古爲序。從《新編千家詩》可明顯看到它吸取了王相選注本的長處，彌補了其不足，在編選上也是吸取了《唐詩三百首》的有益經驗的。

　　從《千家詩》的內容、編排，以及今人對它的改造可以看出，王相的選注本是有明顯缺陷的。從詩體來看，僅限於律絕二體，不選古樂府等，自有其片面性。從藝術性來看，編選者沒有多少藝術觀點，少數詩歌選擇不當，較爲膚淺庸陋，詩意平淡，糟粕夾雜。從編排分類看，按季節編排，有的失之牽強，如有些詩的內容時令性並不明顯，還有的將「春詩」編入了「夏詩」，將「夏詩」又混入了「秋詩」。從流傳的版本看，因經過多人的輾轉傳抄，增補刊行，錯誤很多。據專家考證，俗本舛誤有六十多處，有些是作者張冠李戴，有些是詩題謬寫，有些是詩句錯傳，等等。蘅塘退士孫洙正是不滿於《千家詩》的種種不足，才編選了《唐詩三百首》，從而打破了《千家詩》在詩歌啓蒙讀物中的獨霸地位。唐詩是中國古典詩歌的精華，向來被認爲是詩歌的正宗。《唐詩三百首》一經編寫，立即以它短小精悍的篇幅，優美而又通俗的詩章，贏得了人們的喜愛。

二、《唐詩三百首》的編輯特點

　　所謂《唐詩三百首》並非正好是三百首，實際上是三百一十首左右。不同的刻本篇數略有不同，有三百二十一首、三百一十七首、三百一十首和三百零二首等不同刻本。解放後重版的本子及各種注本、新評本，多以光緒年間的四藤吟社本爲依據，該本有詩三百一十三首。孫洙取此書名，是因爲古代的《詩經》是三百零五首，稱爲「詩三百首」，因此他選唐詩，也只選約三百首，表示繼承和效法《詩經》。同時，有俗諺說：「熟讀唐詩三百首，不會吟詩也會吟」，所以定名爲《唐詩三百首》，表示可做家塾課本，爲兒童學習古詩的

啓蒙讀物。

《唐詩三百首》八卷，所選詩歌多爲淺顯易懂、膾炙人口的名篇。八卷分類及所收詩人詩作情況如下〔註33〕：

卷一爲五言古詩。選韋應物七首，杜甫、王維各五首，孟浩然、李白各三首，柳宗元二首，張九齡、王昌齡、邱爲、綦毋潛、常建、岑參、元結各一首；另附五言樂府七首：李白三首，王昌齡、孟郊各二首。

卷二、卷三爲七言古詩。李頎、杜甫各五首，李白四首，岑參、韓愈各三首，白居易二首，陳子昂、孟浩然、元結、李商隱各一首。

卷四爲七言樂府。李白五首，杜甫四首，王維三首，高適、李頎各一首。

卷五爲五言律詩。杜甫十首，王維、孟浩然各九首，李白、劉長卿、李商隱各五首，司空曙三首，錢起、韋應物、許渾、馬戴、崔塗各二首，唐玄宗、張九齡、王勃、駱賓王、杜審言、沈佺期、宋之問、王灣、常建、岑參、韓翃、劉眘虛、戴叔倫、盧綸、李益、劉禹錫、張籍、白居易、杜牧、張喬、杜荀鶴、韋莊、皎然各一首。

卷六爲七言律詩。杜甫十首，李商隱八首，王維、劉長卿、元稹各三首，崔顥、溫庭筠各二首，祖詠、崔曙、李頎、李白、高適、岑參、錢起、韋應物、韓翃、皇甫冉、盧綸、柳宗元、劉禹錫、白居易、薛逢、秦韜玉各一首，沈佺期《獨不見》作爲樂府附後。

卷七爲五言絕句。王維五首，劉長卿三首，孟浩然、李白各二首，裴迪、祖詠、杜甫、王之渙、李端、王建、權德輿、柳宗元、元稹、白居易、張祜、李商隱、賈島、李頻、金昌緒、西鄙人各一首；另外，崔顥的《長干行》二首、李白的《玉階怨》、盧綸的《塞下曲》、李益的《江南曲》均作爲樂府附後。

卷八爲七言絕句。杜牧八首，李商隱七首，王昌齡、張祜各三首，李白、劉方平、劉禹錫、朱慶餘各二首，賀知章、張旭、王維、王翰、

〔註33〕參閱中華書局本，1959年版。

岑參、杜甫、韋應物、張繼、韓翃、柳中庸、顧況、李益、白居易、溫庭筠、鄭畋、韓偓、韋莊、陳陶、張泌、無名氏各一首；而王維的《渭城曲》、《秋夜曲》，王昌齡的《長信怨》、《出塞》，李白的《清平調》三首，王之渙的《出塞》，杜秋娘的《金縷衣》則都作為樂府附後。

　　細讀《唐詩三百首》，可以看出它在編選方面有三個明顯的特點，也可說是優點，即選詩的精美性、代表性、通俗性。

　　先說此書藝術的精美性。寫詩是一門藝術，選詩又何嘗不是一門藝術。選家必須具備很高的藝術趣味和鑒識水平。唐代詩人幾千，留傳下來的詩作近五萬首；要從如此眾多詩人詩作中編選約三百首詩（僅占全唐詩的 1/160），若選擇不精，是不會受歡迎的。孫洙在他的序中說：「就唐詩中膾炙人口之作，擇其尤要者」。這可看作他編輯唐詩的一個藝術標準。從整個篇目看，選擇確實很精，可謂千辛萬苦，披沙揀金，美不勝收。讓我們走進集子，看看那些膾炙人口的藝術佳構。卷一選了像李白《月下獨酌》、杜甫《望嶽》、王維《渭川田家》、孟浩然《夏日南亭懷辛大》、王昌齡《塞上曲》、孟郊《游子吟》這樣一些名作。卷二、卷三也是佳篇迭出，如陳子昂《登幽州臺歌》、李白《夢遊天姥吟留別》、岑參《走馬川行》、白居易《長恨歌》。其他各卷，都有不少大家熟悉的千古不朽的名篇，不再一一列舉。因受篇幅和規模限制，還不能說《唐詩三百首》囊括了唐詩名篇，但完全可以說它編選的唐詩絕大多數堪稱精華。除了像唐玄宗《經魯祭孔子而歎之》、王維《奉和聖製從蓬萊向興慶閣道中留春雨中春望之作應制》等兩三首外，入選的基本上都是經過千百年考驗的佳作，格調健康，意境優美，詩味醇厚，幾乎首首堪誦，句句可玩。

　　再說代表性。孫洙選詩，著眼於歷來為人傳誦的名篇，因此，它較多地收錄了杜甫、李白、王維、李商隱等大家的代表作，同時也適當選收了一些不甚知名的詩人的優秀作品。《唐詩三百首》的

作者除了人們熟知的一些詩人外，還包括「三教九流」，皇帝、和尚、歌女、無名氏都有。這就注意到了入選詩人及作品的代表性。一冊在手，各種體制、各個時期、各個流派和風格的唐詩都能有所瞭解。即便是同一位詩人，也盡可能使其多篇作品具有代表性、全面性。金性堯先生曾論及這一點，說道：

> 在同一作家中，又從幾種體裁來表現他們的不同風貌，如王維以山水詩為主，卻也選了樂府《洛陽女兒行》和《老將行》。李商隱以七律、七絕選得最多，但也選了七古《韓碑》和五絕「夕陽無限好，只是近黃昏」的《登樂遊原》。前者如沈德潛所說，在晚唐人七古中，要算「如景星慶雲，偶然一見」；後者則有哲理，有感情，反映了他和他的時代的精神狀態。又如權德輿是當時名相，在有限的三百首中，本來排不上隊，本書卻選了他的五絕《玉臺體》，可能是想聊備一格。柳宗元的五絕《江雪》，有他兀傲的性格在裏面，五古的《晨詣超師院讀禪經》，則是站在儒家立場上，說明儒釋殊途。作者面廣，流派紛見，體裁眾多，因而也能多方面地反映了那個時代複雜的社會生活，人的複雜的思想感情，大體上也可看作唐一代詩歌的縮影。〔註34〕

對於《唐詩三百首》反映唐詩及唐代生活意義的代表性，朱自清先生也作過論述。他在《〈唐詩三百首〉指導大概》一文中說：「本書選詩，各方面的題材大致都有，分配又均稱，沒有單調或瑣屑的弊病。這也是唐代生活小小的一個縮影。」

第三，關於《唐詩三百首》的通俗性。通俗易懂可說是孫洙的一個編選標準，因為不通俗易懂就不能做「家塾課本」。本書沒有選李賀的詩，可能與他的詩過於標新立異、過於喜好用典與雕琢有關。《唐詩三百首》中，雖也還有極少數既難懂又無甚意義的詩，但從整體看，平易近人之作佔了絕大多數。這一點從卷一所選三首李白的五言古詩既可見一斑，茲錄於此：

〔註34〕金性堯：《唐詩三百首新注》前言，上海古籍出版社，1980年版。

暮從碧山下，山月隨人歸。卻顧所來徑，蒼蒼橫翠微。
相攜及田家，童稚開荊扉。綠竹入幽徑，青蘿拂衣行。
歡言得所憩，美酒聊共揮。長歌吟松風，曲盡河星稀。
我醉君復樂，陶然共忘機。(《下終南山過斛斯山人宿置酒》)
花間一壺酒，獨酌無相親。舉杯邀明月，對影成三人。
月既不解飲，影徒隨我身。暫伴月將影，行樂須及春。
我歌月徘徊，我舞影零亂。醒時同交歡，醉後各分散。
永結無情遊，相期邈雲漢。(《月下獨酌》)
春草如碧絲，秦桑低綠枝。當君懷歸日，是妾斷腸時。
春風不相識，何事入羅幃？(《春思》)

　　像李白這樣明白曉暢而又詩味雋永的詩篇詩句，在《唐詩三百首》中俯拾即是，比如人們都非常熟悉的孟郊的《游子吟》、杜甫的《春望》、孟浩然的《過故人莊》、崔顥的《黃鶴樓》、王之渙的《登鸛雀樓》、柳宗元的《江雪》等等。這些詩對於當時的兒童來說，是較易理解和接受的。朱自清先生在《〈唐詩三百首〉指導大概》一文中說：

　　這部詩選很著名，流行最廣。從前是家弦戶誦的書，現在也還是相當普遍的書。但這部選本並不成為古典；它跟《古文觀止》一樣，只是當年的童蒙書，等於現在的小學用書。不過在現在的教育制度下，這部書給高中學生讀才合適。無論它從前的地位如何，現在它卻是高中學生最合適的一部詩歌選本。

三、《唐詩三百首》所體現的民族文化心理

　　但是，僅從上述特點我們似乎還難以解釋《唐詩三百首》所產生的如此巨大而廣遠的社會影響。編者不是萬歲皇帝，亦非朝廷重臣，甚至也不是文壇領袖。在眾多的唐詩選家中，其地位和知名度要算相當低的。說它淺顯通俗固然不錯，但其中選有一些比較深奧難懂的詩篇也是公認的。唐詩中最淺俗的，恐怕要數元白、張王等人的新樂府詩，這類詩卻一首未入選。李商隱的詩歷來被認為是晦澀難懂的，連

元好問都說「獨恨無人作鄭箋」，但他的詩入選很多，有二十四首，特別是那些千載以下難求「歸趣」的「無題」詩（包括《錦瑟》，共有七首）〔註35〕。可見，《唐詩三百首》的成功還有更深層次的原因，那就是它較好地體現了我們中華民族深層的文化心理。

由於孫洙和他的夫人不是政治家，編輯唐詩自然沒有什麼明顯的政治意圖；不是文學首領，也就不欲為自己的理論或流派張目。這樣，操持「選政」大權的孫洙編選唐詩，表面看是個人的一種取捨，實際上代表著廣大普通讀者的一種選擇，也是大浪淘沙後的歷史篩選。清代詩壇，流派眾多，爭論紛紛，或主神韻，或標格調，或倡性靈，不少詩歌選本就是為爭論而生的。而相對超脫的孫洙和他的夫人只是「專就唐詩中膾炙人口之作，擇其尤要者」來予以編輯，也就是專門挑選經過長期歷史檢驗的能為大多數讀者所接受的優秀作品。這樣的選編，自然受時代風雲、文壇風氣、個人好惡等因素影響的就很少，而更多地體現出人們的文化心理與審美趣味。

從內容題材上看，《唐詩三百首》對社會政治直接關注的詩選的甚少，而把版面更多地留給了那些寫親情、友情、愛情的作品。我國古代文學創作總是和倫理道德有著密切聯繫，重視表現人與人之間相處的道德準則，顯現善和美的感情。《唐詩三百首》選詩就比較充分地體現了這種文學傾向。書中入選的五言古詩四十首，五言律詩八十首，其中涉及家庭、親戚關係的，特別是朋友往來的作品，都在半數以上。編者在編選時，沒有擺出一副「厚人倫，美教化」的儒家詩教面孔，而是著重突出那些人和人日常交往中關懷勉勵、愛護體貼、眷念感懷的作品。比如中唐著名詩人孟郊，詩風崇尚奇險，內容多描寫個人貧病飢寒的悲憤，素有「郊寒島瘦」〔註36〕之稱。但《唐詩三百首》所選孟郊詩是兩首五古，即《列女操》、《游子吟》。這兩首詩皆

〔註35〕參閱曹道衡等撰《古典文學要籍簡介》，江蘇古籍出版社，2000年版，第109～114頁。
〔註36〕「島瘦」指中唐時期詩人賈島的詩風。

為平易之作，感情深摯，樸素自然。內容都是都是寫倫理關係：前者寫夫婦，後者寫母子；前者讚美貞操，後者頌揚母愛。從這裏可以看出編選者著眼點不在某家的風格特色，而在於帶有普遍意義的道德觀念。特別是《游子吟》一詩，至今仍能引起廣大讀者的共鳴，因為它體現了我們民族道德觀念中比較穩定的文化心理。《唐詩三百首》中不少此類作品，成為維繫其生命力的一個重要因素。詩選中對於那些涉及諸如安史之亂、藩鎮割據、宦官弄權、朋黨之爭等方面的作品，編者也主要選取那些表現在一定社會條件下的人們思想感情的，特別是抒發身處亂世之感的詩作，這種把個人感情與時代變幻融合起來的作品，同樣也體現出我們詩歌鮮明的民族文化特徵。

哲學家認為，與西方不同，中國哲學主要是一種倫理哲學。「人生論是中國哲學之中心部分」〔註 37〕。唐代詩人用詩歌來思索、回答人生問題，探討包括親情、友情、愛情在內的人倫關係。《唐詩三百首》正是用詩選的形式，積澱了我們民族的這種深層的文化心理，所以它彌久而常新，百讀而不厭。

從美學風格上看，《唐詩三百首》重視溫柔敦厚、含蓄和諧的民族審美意識。我國古代文學批評常常講究「溫柔敦厚」、「質而不野」、「誇而有節」、「文質彬彬」。這些帶有中庸色彩的標準能反映出我們民族傳統的審美意識。表現在詩歌的鑑賞上，就是易於接受那些感情含蓄、形式和諧、色調溫和的作品。《唐詩三百首》就比較好地體現了這樣的審美選擇。比如對於中唐詩壇上兩個過偏的詩派都給予冷遇，一個是意切言激、淺顯直露的新樂府派，一個是深險怪僻、刻意求奇的韓孟詩派。即便入選他們中的少量詩作，也非反映其風格的典型作品。至於詩風奇詭超常而獨樹一幟的李賀，編者竟一首不選。

如果說《唐詩品彙》、《唐詩別裁集》是標準的專家詩選的話，

〔註37〕張岱年：《中國哲學大綱》，中國社會科學出版社，1982 年版，第 165頁。

《唐詩三百首》應為真正的大眾詩選。前兩種是可以作為「詩史」
來讀的，而《唐詩三百首》是名副其實的普及讀本。因為普通讀者
永遠比專家多，所以《唐詩三百首》至今有多少個版本，發行了多
少數量，肯定是無法統計了。講文學史、文學批評史，《唐詩品彙》、
《唐詩別裁集》都是要涉及的，但幾乎沒有哪本此類著作提到《唐
詩三百首》。我們認為，從詩歌編輯、出版、發行的角度來看，《唐
詩三百首》是很有典型意義的，值得深入地研究。

由於《唐詩三百首》適合初學唐詩者，因此後人關於此書的注
釋和評點本很多。舊注本中以清代陳婉俊的補注本較為簡明流行。
還有一個值得注意的現象，就是《唐詩三百首》的續編本。孫琴安
《唐詩選本提要》著錄，清人的有黃培芳《唐三百首詩選》，於慶
元《唐詩三百首續選》。建國後的本子有武漢大學中文系古典文學
教研組編《新選唐詩三百首》（人民文學出版社 1980 年出版），何
嚴等編《新編唐詩三百首》（江蘇古籍出版社 1991 年出版），陳友
琴主編、段占學選注《少年背誦唐詩三百首》（北京古籍出版社、
北京少年兒童出版社 1992 年出版），志超編《唐詩精選三百首》中
州古籍出版社 1992 年出版，何嚴等編《新編唐人絕句三百首》（江
蘇古籍出版社 1995 年出版），姜光鬥編《新編唐人律詩三百首》（江
蘇古籍出版社 1995 年出版），葛曉音主編《新編唐詩三百首》（河
北大學出版社 1992 年出版）。「續書」作為一種文學現象、一種編
輯出版現象，都很有研究的價值。近年有學者專門研究中國古代小
說「續書」問題〔註38〕，唐詩各種集子特別是一些像《唐詩三百首》
這樣有深遠影響選本的續書，也很值得從編輯學、出版學、圖書市
場學、文化傳播學的角度進行深入的探討。

〔註38〕關於小說「續書」研究的著作有王旭川《中國小說續書研究》（學林
出版社，2004 年出版）、高玉海《明清小說續書研究》（中國社會科
學出版社，2004 年出版。）

結　語

　　關於中國古代詩歌編輯史的研究，這裏僅僅是一種探索、一種嘗試。本書選取六個各自相對獨立又有一定關聯的或詩歌發展階段或重要詩歌選本，是期望通過個別的研究來尋找一般規律。但是事實上，在宏觀審視還相對缺乏、理論建構還顯薄弱的時候，這種個別的分析就存在一些不可避免的局限。筆者以爲，關於這一課題的深入，至少還需要從以下幾個方面來加大力度。

　　理論的支撐是至關重要的。近些年來關於中國編輯史、出版編輯史方面的著作已經陸續問世了若干種。除了《中國編輯史》、《中國古代編輯史稿》、《中國編輯出版史》之類的著作，相關、相近的還有《中國古籍編撰史》、《中國書籍編纂史稿》等也先後出版。這些研究成果更多運用傳統的歷史文獻學的方法，往往缺少編輯學方面的理論支撐。本書雖試圖在原有的基礎上，更多借鑒文藝學、文化學、編輯出版學等方面的成果，但實際上可資參照的東西仍顯不足。我想以後對於編輯學、出版學、文化傳播學的理論研究應給予更多的關注。只有有了更多、更新、更切合古代編輯實際的理論與方法，中國詩歌編輯史的研究才能更上一層樓。其次是整體觀照的視角。中國古代詩歌編輯是整個古代文學編輯活動的一部分，也是整個古代編輯史的一個小的分支。只有把它置於中國古代編輯出版

史和整個文化史的視野中，才可能更清楚地審視其發展狀況，勾勒其演進歷程，探尋其變化規律，爲今天的文化創造活動提供有益的參照。再次，關於古代詩歌編輯的研究還可在進一步解剖個案方面下工夫。比如關於唐詩的編輯、關於宋詞的編輯、關於某些著名文學編輯家的編輯活動等，若選擇其中一個，在進一步爬梳資料、深入考辨的基礎上，倘能運用一些新的理論和方法、選擇某種新的視角或側面，我相信一定會有所收穫。

主要參考文獻

1. 《二十五史》，上海古籍出版社，1986 年版。

2. 《文獻通考》，馬端臨撰，中華書局，1986 年版。

3. 《十三經注疏》，阮元校刻，中華書局，1980 年影印本。

4. 《楚辭集注》，朱熹撰，李慶甲校點，上海古籍出版社，1979 年版。

5. 《楚辭章句》，王逸撰，叢書集成本。

6. 《楚辭補注》，洪興祖撰，中華書局，1983 年點校本。

7. 《樂府詩集》，郭茂倩編纂，中華書局，1979 年點校本。

8. 《文選》，蕭統編纂，中華書局，1977 年版。

9. 《文心雕龍》，劉勰著，范文瀾注，人民文學出版社，1958 年版。

10. 《玉臺新詠》，徐陵選編，吳兆宜注，中華書局，1985 年版。

11. 《玉臺新詠箋注》，徐陵選編，穆克宏點校，中華書局，1985 年版。

12. 《白氏長慶集》，白居易撰，四部叢刊本。

13. 《河嶽英靈集》，殷璠編，四部叢刊本。

14. 《唐人選唐詩（十種）》，上海古籍出版社，1958 年版。

15. 《唐詩品彙》，高棅編纂，上海古籍出版社，1982 年影印本。

16. 《唐詩三百首》，蘅塘退士選編，陳婉俊補注，中華書局，1959 年版。

17. 《全唐詩》，中華書局，1960 年排印本。

18. 《唐詩別裁集》，沈德潛編纂，中華書局香港分局，1977 年版。

19. 《四庫全書總目提要》，永瑢等撰，中華書局，1965 年版。

20. 《直齋書錄解題》，陳振孫撰，上海古籍出版社，1987 年版。

21. 《經學通史》，皮錫瑞著，中華書局，1954 年版。

22. 《論語譯注》，楊伯峻譯注，中華書局，1980 年版。

23. 《漢書藝文志講疏》，顧實講疏，上海古籍出版社，1987 年版。

24. 《詩言志辨》，朱自清著，開明書店民國三十六年版。

25. 《甲骨文字典》，徐中舒主編，四川辭書出版社，1989 年版。

26. 《詩說》，黃焯著，長江文藝出版社，1981 年版。

27. 《詩經選》，余冠英注譯，人民文學出版社，1979 年版。

28. 《詩經》，周滿江著，上海古籍出版社，1980 年版。

29. 《詩經學史》，洪湛侯著，中華書局，2002 年版。

30. 《詩經漫話》，程俊英著，上海文藝出版社，1983 年版。

31. 《現代楚辭批評史》，黃中模著，湖北教育出版社，1990 年版。

32. 《中國楚辭學史》，易重廉著，湖南出版社，1991 年版。

33. 《楚辭學史》，李中華、朱炳祥著，武漢出版社，1996 年版。

34. 《楚辭新探》，湯炳正著，齊魯書社，1984 年版。

35. 《屈原辭研究》，金開誠著，江蘇古籍出版社，1992 年版。

36. 《楚辭書目五種》，姜亮夫編纂，中華書局上海編輯所，1961 年版。

37. 《楚辭要籍解題》，洪湛侯等著，湖北人民出版社，1984 年版。

38. 《現代〈文選〉學史》，王立群著，中國社會科學出版社，2003 年版。

39. 《昭明文選研究》，穆克宏著，人民文學出版社，1998 年版。

40. 《〈昭明文選〉研究》，傅剛著，中國社會科學出版社，2000 年版。

41. 《文選版本研究》，傅剛著，北京大學出版社，2000 年版。

42. 《文選版本論稿》，范志新著，江西人民出版社，2003 年版。

43. 《文選學新論》，中國文選學會、鄭州大學古籍整理研究所編，中州古籍出版社，1997 年版。

44. 《玉臺新詠研究》，劉躍進著，中華書局，2000 年版。

45. 《唐詩三百首新注》，金性堯注，上海古籍出版社，1980 年版。

46. 《唐詩選本六百種提要》，孫琴安著，陝西人民教育出版社，1987 年版。

47. 《唐詩選本提要》，孫琴安著，上海書店出版社，2005 年版。

48. 《唐詩學引論》，陳伯海著，東方出版中心，1988 年版。

49. 《唐詩史》，許總著，江蘇教育出版社，1994 年版。

50. 《南宋的詩文選本研究》，張智華著，北京師範大學出版社，2002 年版。

51. 《中國文獻學》，張舜徽著，中州書畫社，1982 年版。

52. 《中國哲學史》，馮友蘭著，中華書局，1984 年版。

53. 《中國哲學大綱》，張岱年著，中國社會科學出版社，1982 年版。

54. 《中國古代文體概論》（修訂本），褚斌傑著，北京大學出版社，1990 年版。

55. 《中國文學史料學》，潘樹廣主編，黃山書社，1992 年版。

56. 《中國古典文學接受史》，尚學鋒、過常寶、郭英德著，山東教育出版社，2000 年版。

57. 《古代詩文總集選介》，張滌華著，上海古籍出版社，1985 年版。

58. 《歷代詩文要籍詳解》，金開誠、葛兆光編著，北京出版社，1988 年版。

59. 《古典文學要籍簡介》，曹道衡等撰，江蘇古籍出版社，2000 年版。

60. 《先秦兩漢文學史稿》（先秦卷），聶石樵主編，北京師範大學出版社，1994 年版。

61. 《漢魏六朝樂府文學史》，蕭滌非著，人民文學出版社，1984 年版。

62. 《樂府文學史》，羅根澤著，東方出版中心，1996 年版。

63. 《樂府詩述論》，王運熙著，上海古籍出版社，1996 年版。

64. 《魏晉南北朝文學史》，胡國瑞著，上海文藝出版社，1980 年版。

65. 《南北朝文學史》，曹道衡、沈玉成編著，人民文學出版社，1991 年版。

66. 《六朝文學論稿》，〔日〕興膳宏著，嶽麓書社，1986 年版。

67. 《中國文學發展史》（新 1 版），劉大杰著，上海古籍出版社，1982 年版。

68. 《中國文學》（第一分冊），楊公驥著，吉林人民出版社，1980 年版。

69. 《中國文學概論》，袁行霈著，高等教育出版社，1990 年版。

70. 《中國音樂文學史》，朱謙之著，北京大學出版社，1989 年版。

71. 《中國音樂美學史》，蔡仲德著，人民音樂出版社，1995 年版。

72. 《先秦音樂美學論稿》，蔣孔陽著，人民文學出版社，1986 年版。

73. 《中國詩歌發展講話》，王瑤著，中國青年出版社，1956 年版。

74. 《中國詩史》，陸侃如、馮沅君著，山東大學出版社，1996 年版。

75. 《中國分體文學史》（詩歌卷），趙義山、李修生主編，上海古籍出版社，2001 年版。

76. 《中國文學史》，〔日〕前野直彬主編，上海古籍出版社，1995 年版。

77. 《中國古典文學研究史》，郭英德、謝思煒、尚學鋒著，中華書局，1995 年版。

78. 《中國古典文學接受史》，尚學鋒、過常寶、郭英德著，山東教育出版社，2000 年版。

79. 《中國文學批評》，方孝岳著，三聯書店，1986 年版。

80. 《明代文學批評史》，袁震宇、劉明今著，上海古籍出版社，1991 年版。

81. 《風騷與豔情──中國古典詩詞的女性研究》，唐正果著，河南人民出版社，1988 年版。

82. 《中國文學觀念論稿》，王齊洲著，湖北教育出版社，2004 年版。

83. 《游國恩學術論文集》，中華書局，1989 年版。

84. 《朱自清古典文學論文集》，上海古籍出版社，1983 年版。

85. 《漢籍在日本的流佈傳播》，嚴紹璗著，江蘇古籍出版社，1992 年版。

86. 《中國書史簡編》，劉國鈞著、鄭如斯訂補，書目文獻出版社，1981 年版。

87. 《中國編輯史》（修訂本），姚福申著，復旦大學出版社，2004 年版。

88. 《中國書籍編纂史稿》，韓仲民著，中國書籍出版社，1988 年版。

89. 《中國古籍編撰史》，曹之著，武漢大學出版社，1999 年版。

90. 《中國古代編輯家小傳》，伍傑著，中國展望出版社，1988 年版。

91. 《中國古代編輯家評傳》，閻現章主編，河南大學出版社，1996 年版。

92. 《中國印刷史》，張秀民著，上海人民出版社，1989 年版。

93. 《中國古代印刷史》，羅樹寶編著，印刷工業出版社，1993 年版。

94. 《中國活字印刷史》，張秀民、韓琦著，中國書籍出版社，1998 年版。

95. 《古代版印通論》，李致忠著，紫禁城出版社，2002 年版。

96. 《明代出版史稿》，繆詠禾著，江蘇人民出版社，2000 年版。

97. 《書籍編輯學概論》，闞道隆、徐柏容、林穗芳著，遼寧教育出版社，1996 年版。

98. 《編輯學原理論》（修訂本），王振鐸、趙運通著，中國書籍出版社，2004 年版。

99. 《中國大百科全書·新聞出版》，中國大百科全書出版社，1990 年版。

100. 《文化社會學》，司馬雲傑著，山東人民出版社，1990 年版。

101. 《中國考試發展史》，劉海峰等著，華中師範大學出版社，2002 年版。

102. 《中國科舉制度研究》，王炳照、徐勇主編，河北人民出版社，2002 年版。

後　記

　　呈現在朋友們面前的這本小書是依據我的博士學位論文略作修改而成的。壓在書櫃裏多年的論文，因爲自己不滿意一直沒想到出版。2009 年以同題申報了湖北省社會科學研究基金項目，獲得批准。無奈雜務纏身，加以其他教學和研究任務，想徹底修改完善書稿之事也遲遲無法落實。

　　時間就這樣一天天過去。所幸在 2012 年秋季，我的博士指導老師熊鐵基教授建議我將論文交臺灣花木蘭文化出版社。經與該社楊君嘉樂聯繫；提交了目錄、提要等，很快得到總編輯認可，年底便簽訂了出版協議。我開始著手對論文進行小幅度修改，並請我的碩士研究生歐陽敏同學協助核對資料。

　　借這部遲出的著作，我要深深感謝我的家人在我讀博期間給予的精神鼓勵和切實關懷，感謝我的導師熊鐵基先生十多年來的關心、提攜與包容，也要感謝爲本書付梓花費了時間和精力的楊嘉樂、高小娟女士以及歐陽敏同學。

　　早春二月，春暖花開。這本小書就像初春的迎春花，寄託著我小小的歡喜。

2013 年 2 月 21 日於武昌